大學國文
黃寶珊／王翠芳／吉廣輿／李幸長／吳銘宏／林天祥／梁淑芳／鄭瓊月
劉怡廷／蔡舜寧／賴慧玲——編著

編輯凡例

一、有鑑於生命教育在當今人文素養中已日形重要，本書選之編纂，將文學與思想結合生命教育，以加強學子口語、寫作、獨立思考與人格樹立爲主要目標。

二、編排主題依「我與我的邂逅」、「人間有味是眞情」、「向左走向右走，榮辱與共」、「天地悠悠，各言爾志」、「物我共生的桃花源」爲次，分古典文十六篇與現代文十九篇，共計三十五篇。

三、各主題單元皆附「單元導讀」，每一篇章的撰寫體例依序爲「作者題解」、「文本」、「注釋」、「問題討論與應用」與「延伸閱讀」等五個部分，以便學子可自行閱讀與參考。

四、「單元導讀」的部分，介紹單元特色及各篇章閱讀方向；「作者題解」就文本呈現作家生平梗概與該文主旨；「注釋」主要詮訓古典篇章與現代文難解字詞；「問題討論與應用」設計思考方向與生活應用爲連結；「延伸閱讀」則是深化閱讀相關性著作。

五、古典篇章以善本爲首選，現代篇章以原作者之出版書籍及發表報章雜誌者爲主，由出版社負責打字校訂。

六、各領域與單元之撰寫者，一律列於該文篇末。

七、本書因爲教師群合著，雖經多次編輯會議審定修改，恐仍有疏漏謬誤之處，尚祈博雅君子不吝指正。

目錄

【物我共生的桃花源】 337

我與我的邂逅

導讀

本單元主要在瞭解自己，探索自我內在眞實與假我之間的關係。能瞭解自我，才能適切地面對自己，也才能眞實體會群我的榮辱與共，進而產生關懷其他人、事、物的同情共感。所以「自我觀照」，是達成外物與自我關係和諧的基礎，也是眞正瞭解自己，並進一步提升及超越原來的自己之關鍵要素。本單元選文，即環繞上述主題而收錄，共包括有：〈論語選〉、莊子〈逍遙遊〉、司馬遷〈項羽本紀〉、蘇軾〈超然臺記〉四篇古典文選，和錢穆〈如何完成一個我〉、吳興國〈自我學戲的那一天起〉兩篇現代散文，以及管管〈邋遢自述〉、白萩〈雁〉兩首現代詩。

其中〈論語選〉主要選擇孔子自道的篇章，來呈顯儒家聖人在面對自我時，是經由自小立志向學，不斷努力，才能成聖成賢。而選擇莊子〈逍遙遊〉一篇，則可看出所謂崇尚自然、無爲自得的道家，實際其逍遙也並非便宜廉價、一蹴可幾，因從得到世俗的肯定到達至「逍遙乘化」的眞人境界，亦須經過層層轉化。此外，在司馬遷〈項羽本紀〉一篇中，則可看到一位英雄的大起大落，從年輕時對自己的肯定，到不願面對自己失敗的過錯，足可發人深省。而蘇軾〈超然臺記〉一文，則可看到一位多才多藝的文人藝術家，若非現實的頓挫跌宕，便無法激發他創作的能量與深度。

其次在現代散文中的錢穆〈如何完成一個我〉，則可看到史學大師對年輕學子成就眞我的殷殷告誡。而由吳興國〈自我學戲的那一天起〉，則更親切地看到一位知名的京劇演員，如何經由自我的堅持來奠定在專業生涯中的地位。另在管管的〈邋遢自述〉一詩中，則從詩人諧謔的眼光看平凡的人生，以獨特的審美趣味來審視自己，也別有一番滋味。最後白萩的現代詩〈雁〉一篇，則是另一類詩人眼光的反省與自我審視。以上諸篇，將帶領同學經由閱讀前人，也一一自我覺察，既是與前人的邂逅，也是與內心自我的邂逅。

賴慧玲編撰

《論語》選讀

作者、題解

《論語》的主要內容包括孔子弟子所記載的孔子之言行，以及再傳弟子所記載的孔子或孔子弟子之言行。其編輯成書，約當戰國初年，有些內容則是更後之人所附益。書名中的「論」字有論纂之意，「語」是話語，亦即《論語》是論纂孔子應答弟子、時人，及弟子相與言之語。

全書共有二十篇（篇名取自首章前面文字而得，無實質意義），分別是〈學而〉、〈爲政〉、〈八佾〉、〈里仁〉、〈公冶長〉、〈雍也〉、〈述而〉、〈泰伯〉、〈子罕〉、〈鄉黨〉、〈先進〉、〈顏淵〉、〈子路〉、〈憲問〉、〈衛靈公〉、〈季氏〉、〈陽貨〉、〈微子〉、〈子張〉、〈堯曰〉，五〇八章。由於全書所收錄的篇章並非同時期的作品，所以這些篇章的安排沒有明顯的次序性，而且體例稍有差異，若以篇幅來說，前十篇各章文字顯得偏短，後十篇文字相對較長。

《論語》的內容相當豐富，而以人格修養、社會倫理、教育主張與政治哲理最顯重要，至於其核心思想則是「仁」。

《論語》具有可貴的史料、經世與文學之價值，堪稱是研究儒家思想最重要的典籍。這本書的古今注解相當地多，比較早期的注本是〔魏〕何晏的《論語集解》，〔南宋〕朱熹取《論語》與《孟子》、《大學》、《中庸》合爲《四書》，並作《四書章句集注》，這是評價與影響力都極高的注本。

課文

一、子曰：「吾十有❶五而志於學❷，三十而立❸，四十而不惑，五十而知天命❹，六十而耳順❺，七十而從心所欲，不踰矩。」——〈爲政〉

二、子曰：「人而不仁❻，如禮何❼？人而不仁，如樂何？」——〈八佾〉

三、子曰：「禮云禮云❽，玉帛❾云乎哉？樂云樂云，鐘鼓❿云乎哉？」——〈陽貨〉

❶有：音一ㄡˋ，同又。
❷學：學習做君子的道理。
❸立：在社會上有所自立。
❹天命：朱子《集註》：「天命，即天道之流行而賦於物者，乃事物所以當然之故。」
❺耳順：朱子《集註》：「聲入心通，無所違逆，知之之至，不思而得也。」
❻不仁：沒有仁德。
❼如禮何：如果虛有禮的表現，卻沒有禮的實質，就不再成爲眞正的禮，也不再具有禮的價值。下文「如樂何」句意相同。
❽禮云禮云：如此也說是禮，如彼也說是禮，下文「樂云樂云」句意相仿。
❾玉帛：古代諸侯會盟、朝聘時所執的禮物。
❿鐘鼓：諸侯朝聘會盟，或者民間祭典中，奏樂時所用的樂器。

四、子曰：「仁遠乎哉⑪？我欲仁，斯⑫仁至矣！」——〈述而〉

五、顏淵問仁。子曰：「克己復禮⑬爲仁。一日克己復禮，天下歸仁焉。爲仁由己⑭，而由人乎哉？」顏淵曰：「請問其目⑮。」子曰：「非禮勿視，非禮勿聽，非禮勿言，非禮勿動。」顏淵曰：「回雖不敏⑯，請事⑰斯語矣。」——〈顏淵〉

六、子曰：「我未見好仁者⑱，惡不仁者⑲。好仁者，無以尚之⑳；惡不仁者，其爲仁㉑矣，不使不仁者加乎其身。有能一日㉒用其力於仁㉓矣乎？我未見力不足者㉔；蓋有之㉕矣，我未之見㉖也！」——〈里仁〉

⑪仁遠乎哉：孔子認爲「仁」在自己的心中，所以說「仁」難道在遠方嗎？意思是仁道不遠。
⑫斯：指稱詞兼關係詞，指「這樣」。
⑬克己復禮：能克制私欲，則言行自然能回復於禮。
⑭爲仁由己：行仁全靠自己努力下功夫。
⑮其目：行仁的細目。
⑯不敏：不聰明。
⑰事：奉行。
⑱好仁者：眞正愛好仁德的人。
⑲惡不仁者：厭惡不仁德的人。
⑳尚之：超越好仁者。
㉑爲仁：行仁、實踐仁德。
㉒一日：形容在很短的時間裡。
㉓用其力於仁：運用他的心力在仁德方面。
㉔力不足者：心力不夠的人。
㉕蓋有之：大概有這樣的人。
㉖未之見：「未見之」的倒裝句，指未曾見過這種人。

七、冉求曰：「非不說㉗子之道㉘，力㉙不足也。」子曰：「力不足者，中道而廢㉚，今女畫㉛。」——〈雍也〉

八、子曰：「富而可求㉜也，雖執鞭之士㉝，吾亦爲之；如不可求，從吾所好。」——〈述而〉

九、子曰：「富與貴㉞，是人之所欲也，不以其道㉟，得之不處㊱也。貧與賤㊲，是人之所惡也；不以其道，得之不去㊳也。君子去仁，惡乎㊴成名？君子無終食之間㊵違仁，造次㊶必於是，顚沛㊷必於是。」——〈里仁〉

㉗說：通悅，喜歡之意。
㉘子之道：孔子所講的「道」，此「道」指孔子的學說。
㉙力：心力。
㉚中道而廢：中途停止或放棄。
㉛畫：畫地自限。
㉜求：苟且求取。
㉝執鞭之士：古代天子、諸侯出入時，有下士二至八人，在車駕前拿著皮鞭，指揮行人讓路；或指在市場的守門人，手執皮鞭維持秩序；二者都是卑微的差使。
㉞富與貴：錢財豐多稱「富」，職位高顯稱「貴」。
㉟道：指正當的途徑。
㊱處：引申爲安享。
㊲貧與賤：錢財寡少稱「貧」，職位低微稱「賤」。
㊳去：免除、躲避。
㊴惡乎：惡，音ㄨ，「何」也，怎麼的意思；乎，語助詞。
㊵終食之間：吃完一頓飯的時間，形容很短的時間，猶如「須臾」。
㊶造次：「倉猝」二字的轉音，指迫促不暇。
㊷顚沛：傾覆流離之際。

十、子曰：「賢哉回也！一簞食[43]，一瓢飲，在陋巷，人不堪其憂，回也不改其樂。賢哉回也！」——〈雍也〉

十一、子曰：「飯[44]疏食[45]飲水，曲肱而枕之，樂亦在其中矣。不義而富且貴，於我如浮雲。」——〈述而〉

問題與應用

1. 孔子的儒學思想，主要體現在「仁」字，請依《論語》所言之「仁」，省察自己做到了多少？
2. 孔子曾說：「不義而富且貴，於我如浮雲。」請分享您的體會。

延伸閱讀

1. 錢穆：《論語新解》（臺北：蘭臺出版社，二〇〇〇年）。
2. 王熙元：《人文智慧—論語精髓》（臺北：黎明文化事業公司，一九九四年）。

梁淑芳編撰

[43] 一簞食：簞，音ㄉㄢ，古代盛飯的圓形竹器；食，音ㄙˋ，飯食。

[44] 飯：音ㄈㄢˇ，動詞，吃的意思。

[45] 疏食：粗疏的糧食。

逍遙遊

莊子

據清・郭慶藩《莊子集釋》本標注

作者、題解

莊子名周，字子休。戰國宋地蒙（今河南省商邱縣，一說安徽蒙城）人。民國馬敘倫《莊子年表》考證其生卒年爲：約生於周烈王七年（公元前三六九年），卒於周赧王二十九年（公元前二八六年），大致與孟子、梁惠王、齊宣王、楚威王同時。梁惠王、楚威王均曾召見或顧聘相，但其辭不肯往，最高僅嘗爲漆園吏，一生隱遁自全，窮困以歿。唐玄宗開元二十五年（公元七三七年）賜其號爲「南華眞人」，其書亦改稱《南華眞經》。莊子與惠施友善，常互相辯論，兩人亦師亦友、亦友亦敵，故互相成就，終分別成爲道家與名家之代表人物。

《莊子》一書《漢書藝文志・諸子略》列於道家，錄有五十二篇，今只存三十三篇，分別爲內七篇、外十五篇、雜十一篇，其餘佚文散見於《列子》、《淮南子》等書中。一般認爲內篇代表莊子本人思想，外、雜篇則爲其弟子或後學所作。〈逍遙遊〉爲內篇第一篇，故具開宗明義之作用，指出莊子人生哲學的旨趣，乃在追求如「鯤化鵬徙」一般，達到「逍遙乘化」之最高層次與境界。全文以「北冥有魚」一段爲故事主體，另有「堯讓天下於許由」、「肩吾問於連叔」、「惠子謂莊子」等幾段小故事，圍繞「逍遙」之主題以反覆申述莊子之基本觀點。

課文

北冥❶有魚，其名爲鯤❷。鯤之大，不知其幾千里也。化而爲鳥，其名爲鵬。鵬之背，不知其幾千里也。怒❸而飛，其翼若垂天之雲。是鳥也，海運❹則將徙於南冥。南冥者，天池❺也。

《齊諧》❻者，志怪者也。《諧》之言曰：「鵬之徙於南冥也，水擊三千里，摶❼扶搖❽而上者九萬里，去以六月息❾者也。」野馬也，塵埃也，生物之以息相吹也。天之蒼蒼，其正色邪？其遠而無所至極邪？其視下也，亦若是則已矣。

且夫水之積也不厚，則其負大舟也無力。覆杯水於坳堂❿之上，則芥爲之舟。置杯焉則膠，水淺而舟大也。風之積也不厚，則其負大翼也無力。故九萬里，則風斯在下矣，而後乃今培風；背負青天而莫之夭閼⓫者，而後乃今將圖

❶北冥：冥亦作「溟」。北冥指北方無邊無際之大海。
❷鯤：本指「魚卵」，以喻未來能變化增長之可能。
❸怒：奮起狀。
❹海運：海濤洶湧。
❺天池：天然形成的大池。
❻齊諧：書名，應是指齊國專記諧隱怪異內容的書。
❼摶：音ㄊㄨㄢˊ，憑藉之意。
❽扶搖：指上行的風。
❾息：氣也，風也。
❿坳堂：指堂前小窪地。坳音ㄠ。
⓫夭閼：遏阻、阻攔之意。閼音ㄜˋ。

南。

蜩與學鳩笑之曰：「我決起⑫而飛，槍榆枋⑬而止，時則不至而控於地而已矣，奚以之九萬里而南爲？」適莽蒼者，三餐而反，腹猶果然；適百里者，宿舂糧⑭；適千里者，三月聚糧。之二蟲又何知！

小知不及大知，小年不及大年。奚以知其然也？朝菌不知晦朔，蟪蛄⑮不知春秋，此小年也。楚之南有冥靈⑯者，以五百歲爲春，五百歲爲秋；上古有大椿者，以八千歲爲春，八千歲爲秋。而彭祖乃今以久特聞，眾人匹之，不亦悲乎！

湯之問棘⑰也是已：湯之問棘曰：「上下四方有極乎？」棘曰：「無極之外，復無極也。窮髮⑱之北有冥海者，天池也。有魚焉，其廣數千里，未有知其修者，其名爲鯤。有鳥焉，其名爲鵬，背若太山，翼若垂天之雲，摶扶搖羊角而上者九萬里，絕雲氣，負青天，然后圖南，且適南冥也。」斥鴳⑲笑之

⑫決起：指迅速奮起狀。決音ㄐㄩㄝˊ，通「趹」。

⑬槍榆枋：槍通「搶」，碰撞到；榆，榆樹；枋，檀木。

⑭宿舂糧：宿，指過一夜。舂音ㄔㄨㄥ，舂糧，搗糧食。

⑮蟪蛄：音ㄏㄨㄟˋ ㄍㄨ，寒蟬。其壽命乃春生夏死或夏生秋死。

⑯冥靈：指冥冥海域中之靈龜。

⑰棘：商湯時之賢大夫。

⑱窮髮：指不毛之地。

⑲斥鴳：一種小型雀鳥。鴳音ㄧㄢˋ。

曰：「彼且奚適也？我騰躍而上，不過數仞而下，翱翔蓬蒿之間，此亦飛之至也，而彼且奚適也？」此小大之辯⑳也。

故夫知效㉑一官，行比㉒一鄉，德合一君而㉓徵一國者，其自視也亦若此矣。而宋榮子㉔猶然笑之。且舉世而譽之而不加勸，舉世而非之而不加沮，定乎內外之分，辯乎榮辱之境，斯已矣。彼其於世未數數然也。雖然，猶有未樹也。夫列子㉕御風而行，泠然㉖善也，旬有五日而後反。彼於致福者，未數數然也。此雖免乎行，猶有所待者也。若夫乘天地之正㉗，而御六氣之辯㉘，以遊無窮者，彼且惡乎待哉！故曰：至人无己，神人无功，聖人无名。

堯讓天下於許由㉙，曰：「日月出矣，而爝火不息，其於光也，不亦難乎！時雨降矣，而猶浸灌，其於澤也，不亦勞乎！夫子立而天下治，而我猶尸之，吾自視缺然。請致天下。」許由曰：「子治天下，天下既已治也，而我猶

---

⑳辯：在此通「辨」，別也。
㉑效：在此指「能勝任」。
㉒比：比並，合也。
㉓而：即「能」，指能力。
㉔宋榮子：一名宋銒，戰國宋之思想家。
㉕列子：即列禦寇，戰國鄭之思想家。
㉖泠然：飄然美妙的樣子。泠音ㄌㄧㄥˊ。
㉗乘天地之正：乘，駕車；正，常也。
㉘御六氣之辯：指陰陽風雨晦朔等六氣之變化均能操控自如。御，駕馭；辯，在此通「變」，指變化。
㉙許由：字武仲，穎川人。古代傳說隱於箕山之高士。

代子，吾將爲名乎？名者實之賓也，吾將爲賓乎？鷦鷯巢於深林，不過一枝；偃鼠飲河，不過滿腹。歸休乎君，予無所用天下爲！庖人雖不治庖，尸祝㉚不越樽俎㉛而代之矣。」

肩吾問於連叔㉜曰：「吾聞言於接輿㉝，大而無當，往而不返。吾驚怖其言猶河漢而無極也，大有逕庭，不近人情焉。」連叔曰：「其言謂何哉？」曰：「藐姑射㉞之山，有神人居焉。肌膚若冰雪，綽約若處子；不食五穀，吸風飲露；乘雲氣，御飛龍，而游乎四海之外；其神凝，使物不疵癘㉟而年穀熟。吾以是狂而不信也。」連叔曰：「然，瞽者無以與乎文章之觀，聾者無以與乎鐘鼓之聲。豈唯形骸有聾盲哉？夫知亦有之。是其言也，猶時女㊱也。之人也，之德也，將旁礴㊲萬物以爲一，世蘄㊳乎亂，孰弊弊焉㊴以天下爲事！之人也，物莫之傷，大浸稽天㊵而不溺，大旱金石流土山焦而不熱。是其塵垢秕

㉚尸祝：主祭的人。
㉛樽俎：在此指各種廚事。樽，酒器；俎，肉器。
㉜肩吾、連叔：莊子書中所虛構的古代有道之士。
㉝接輿：春秋時代楚國之狂士，隱居不仕。見《論語．微子篇》。
㉞姑射：傳說爲北海中之仙山名。
㉟疵癘：指疾病、病災。
㊱時女：時即「是」；女即「汝」。
㊲旁礴：在此指「混同」。
㊳蘄：音ㄑㄧˊ，祈求也。
㊴弊弊焉：指勞形傷神的樣子。
㊵大浸稽天：指大水滔天。大浸，指大水；稽，至也。

糠㊶，將猶陶鑄堯舜者也，孰肯以物為事！」宋人資章甫而適諸越，越人斷髮文身，無所用之。堯治天下之民，平海內之政。往見四子藐姑射之山，汾水之陽，窅然㊷喪其天下焉。

惠子謂莊子曰：「魏王貽㊸我大瓠㊹之種，我樹之成而實五石。以盛水漿，其堅不能自舉也。剖之以為瓢，則瓠落無所容。非不呺然㊺大也，吾為其無用而掊㊻之。」莊子曰：「夫子固拙於用大矣。宋人有善為不龜手之藥者，世世以洴澼絖㊼為事。客聞之，請買其方百金。聚族而謀之曰：『我世世為洴澼絖，不過數金。今一朝而鬻技百金，請與之。』客得之，以說吳王。越有難，吳王使之將。冬，與越人水戰，大敗越人，裂地而封之。能不龜手，一也，或以封，或不免於洴澼絖，則所用之異也。今子有五石之瓠，何不慮以為大樽㊽而浮乎江湖，而憂其瓠落無所容？則夫子猶有蓬之心也夫！」

惠子謂莊子曰：「吾有大樹，人謂之樗。其大本臃腫而不中繩墨，其小枝

㊶塵垢秕糠：散為塵，膩為垢，穀不熟曰秕，穀皮曰糠。故在此指神人所鄙棄之事物。

㊷窅然：悵然、茫然之狀。窅音ㄧㄠˇ。

㊸貽：音ㄧˊ，贈送。

㊹大瓠：即大葫蘆瓜。瓠音ㄏㄨˋ。

㊺呺然：空虛巨大的樣子。呺音ㄒㄧㄠ。

㊻掊：音ㄆㄡˇ，打破之意。

㊼洴澼絖：洴音ㄆㄧㄥˊ，漂浮之意；澼音ㄆㄧˋ，指在水中漂洗；絖音ㄎㄨㄤˋ，指絲絮。

㊽大樽：樽本為一種酒器，在此大樽指形似酒器，可拴在身上之腰舟，類似今天的游泳圈之物。

卷曲而不中規矩。立之塗，匠者不顧。今子之言，大而無用，眾所同去也。」莊子曰：「子獨不見狸牲㊾乎？卑身而伏，以候敖者㊿；東西跳梁，不辟高下；中於機辟51，死於罔罟52。今夫斄牛53，其大若垂天之雲。此能爲大矣，而不能執鼠。今子有大樹，患其無用，何不樹之於無何有之鄉，廣莫之野，彷徨乎无爲其側，逍遙乎寢臥其下。不夭斤斧，物无害者，無所可用，安所困苦哉！」

問題與應用

1. 請問莊子到底是認為大鵬鳥比小鳥逍遙，還是大鵬鳥與小鳥都一樣逍遙？
2. 請問從「知效一官，行比一鄉，德合一君而徵一國者」，到宋榮子、列子，乃至「至人、神人、聖人」，分別可看出哪幾種層次類型的逍遙？
3. 當惠施確定莊子對自己的權位並無威脅、也毫無興趣後，常喜歡找莊子辯論。請問這兩位名家與道家之代表人物，其思想重點分別為何？

㊾狸牲：狸指野貓，牲指黃鼠狼。

㊿敖者：指遊者如雞鼠之類小動物。敖通「遨」。

51機辟：指捕獸之機關陷阱。

52罔罟：指捕獸網。罔通「網」。

53斄牛：斄音ㄌㄧˊ，即犛牛、旄牛。

延伸閱讀

1. 《莊子外篇．秋水》中，「莊子釣於濮水」、「惠子相梁」及莊子與惠子「遊於濠梁之上」等三段辯論。
2. 《莊子雜篇．外物》中，惠子與莊子辯論「無用之用」一段。
3. 《莊子雜篇．徐无鬼》中「莊子送葬，過惠子之墓」一段。

賴慧玲編撰

項羽本紀（節選）

據《史記》三家注本標注

司馬遷

作者、題解

司馬遷（公元前一四五—公元前八六年）（一說公元前一三五—公元前九〇年），字子長，漢左馮翊夏陽（今陝西韓城，一說山西河津）人。曾南遊江淮，浮沅湘，北涉汶泗，又奉使西至巴蜀以南，南略邛、筰、昆明等地。元封三年（公元前一〇八年）繼父親司馬談之職，任太史令。太初元年（公元前一〇四年）開始寫《史記》，當時約四十二歲。後來因替李陵辯護而下獄，處宮刑。出獄後，任中書令，發憤著書，終於完成《史記》一百三十卷，成爲中國第一本紀傳體史書。

本文節錄自《史記．項羽本紀》，共錄三段：節錄一主要記述項羽少時事蹟與個性，節錄二記其垓下之困一事，節錄三則爲太史公之評論。項羽天生奇人異相，又是位軍事天才，儘管最終敗給劉邦，但在秦、漢之際確實一度成爲天下霸主，故太史公將他編在「本紀」。

課文

節錄一

項籍者，下相❶人也，字羽。初起時，年二十四。其季父項梁，梁父即楚將項燕，爲秦將王翦所戮者也。項氏世世爲楚將，封於項❷，故姓項氏。

項籍少時，學書不成，去學劍，又不成。項梁怒之，籍曰：「書足以記名姓而已。劍一人敵，不足學，學萬人敵。」於是項梁乃教籍兵法，籍大喜，略知其意，又不肯竟學。項梁嘗有櫟陽❸逮❹，乃請蘄❺獄掾❻曹咎書抵櫟陽獄掾司馬欣，以故事得已。項梁殺人，與籍避仇於吳中。吳中賢士大夫皆出項梁下。每吳中有大繇役❼及喪，項梁常爲主辦，陰以兵法部勒❽賓客及子弟，以是知其能。秦始皇帝游會稽，渡浙江，梁與籍俱觀。籍曰：「彼可取而代也。」梁掩其口，曰：「毋妄言，族❾矣！」梁以此奇籍。籍長八尺餘，力能

❶下相：縣名，在今江蘇省宿遷縣西南。
❷項：春秋時國名。在今河南省沈丘縣。
❸櫟陽：縣名，在今陝西省臨潼縣東北。櫟音ㄌㄧˋ。
❹逮：捕也。逮音ㄉㄞˇ。
❺蘄：縣名，在今湖北省蘄春縣。蘄音ㄑㄧˊ。
❻獄掾：監獄中輔佐之官，相當於今天所稱「典獄長」。掾音ㄩㄢˋ。
❼繇役：古代百姓爲朝廷服勞役。繇音ㄧㄠˊ。
❽部勒：組織佈署。
❾族：在此作動詞，指「滅族」之意。

扛鼎，才氣過人，雖吳中子弟皆已憚籍矣。

節錄二

項王軍壁⑩垓下⑪，兵少食盡，漢軍及諸侯兵圍之數重。夜聞漢軍四面皆楚歌，項王乃大驚曰：「漢皆已得楚乎？是何楚人之多也！」項王則夜起，飲帳中。有美人名虞，常幸從；駿馬名騅⑫，常騎之。於是項王乃悲歌忼慨，自爲詩曰：「力拔山兮氣蓋世，時不利兮騅不逝。騅不逝兮可奈何，虞兮虞兮奈若何！」歌數闋⑬，美人和之。項王泣數行下，左右皆泣，莫能仰視。

於是項王乃上馬騎，麾下壯士騎從者八百餘人，直夜潰圍南出，馳走。平明，漢軍乃覺之，令騎將灌嬰以五千騎追之。項王渡淮，騎能屬者百餘人耳。項王至陰陵，迷失道，問一田父，田父紿⑭曰：「左」。左，乃陷大澤中，以故漢追及之。項王乃復引兵而東，至東城，乃有二十八騎；漢騎追者數千人。項王自度不得脱，謂其騎曰：「吾起兵至今八歲矣，身七十餘戰，所當者破，所擊者服，未嘗敗北，遂霸有天下。然今卒困於此，此天之亡我，非戰之罪

⑩壁：駐紮。
⑪垓下：在今安徽省靈壁縣。
⑫騅：音ㄓㄨㄟ，指毛色蒼白相雜之馬。
⑬數闋：幾遍，闋音ㄑㄩㄝˋ。
⑭紿：音ㄉㄞˋ，古同「詒」，欺騙、欺詐。

也。今日固決死，願爲諸君快戰，必三勝之，爲諸君潰圍，斬將，刈旗，令諸君知天亡我，非戰之罪也。」乃分其騎以爲四隊，四嚮，漢軍圍之數重。項王謂其騎曰：「吾爲公取彼一將。」令四面騎馳下，期山東爲三處。於是項王大呼馳下，漢軍皆披靡，遂斬漢一將。是時，赤泉侯爲騎將，追項王，項王瞋目而叱之，赤泉侯人馬俱驚，辟易數里與其騎會爲三處。漢軍不知項王所在，乃分軍爲三，復圍之。項王乃馳，復斬漢一都尉，殺數十百人，復聚其騎，亡其兩騎耳，乃謂其騎曰：「何如？」騎皆伏⑮曰：「如大王言。」

於是項王乃欲東渡烏江⑯。烏江亭長⑰檥⑱船待，謂項王曰：「江東雖小，地方千里，眾數十萬人，亦足王也。願大王急渡。今獨臣有船，漢軍至，無以渡。」項王笑曰：「天之亡我，我何渡爲！且籍與江東子弟八千人渡江而西，今無一人還，縱江東父兄憐而王⑲我，我何面目見之？縱彼不言，籍獨不愧於心乎？」乃謂亭長曰：「吾知公長者。吾騎此馬五歲，所當無敵，嘗一日行千里，不忍殺之，以賜公。」乃令騎皆下馬步行，持短兵接戰，獨籍所殺漢軍數

⑮伏：在此通「服」，指「歎服」之意。

⑯烏江：指今安徽省和縣東北那一段的長江，西岸有個渡口名爲「烏江浦」。

⑰亭長：「亭」是秦漢時「鄉」以下的一種行政機構，十里設一亭，設亭長一人。

⑱檥：音ㄧˇ，附也。在此指停船靠岸。

⑲王：在此作動詞，音ㄨㄤˋ，指「以我爲王」之意。

百人。項王身亦被十餘創，顧見漢騎司馬呂馬童，曰：「若非吾故人乎？」馬童面之，指王翳曰：「此項王也。」項王乃曰：「吾聞漢購我頭千金，邑萬户，吾爲若德[20]。」乃自刎而死。王翳取其頭，餘騎相蹂踐爭項王，相殺者數十人。最其後，郎中騎楊喜，騎司馬呂馬童，郎中呂勝、楊武各得其一體，五人共會其體，皆是。故分其地爲五：封呂馬童爲中水侯，封王翳爲杜衍侯，封楊喜爲赤泉侯，封楊武爲吳防侯，封呂勝爲涅陽侯。

項王已死，楚地皆降漢，獨魯不下。漢乃引天下兵欲屠之，爲其守禮義，爲主死節，乃持項王頭視魯，魯父兄乃降。始，楚懷王初封項籍爲魯公，及其死，魯最後下，故以魯公禮葬項王穀城[21]。漢王爲發哀[22]，泣之而去。諸項氏枝屬[23]，漢王皆不誅。乃封項伯爲射陽侯，桃侯、平皋侯、玄武侯皆項氏，賜姓劉。

節錄三

太史公曰：吾聞之周生曰「舜目蓋重瞳子」，又聞項羽亦重瞳子。羽豈

[20] 德：恩德、好處。
[21] 穀城：封地在今山東省東阿縣。
[22] 發哀：發喪哀泣。
[23] 枝屬：指宗族的分支。

其苗裔邪？何興之暴㉔也！夫秦失其政，陳涉首難，豪傑蠭起，相與並爭，不可勝數。然羽非有尺寸乘勢起隴畝之中，三年，遂將五諸侯滅秦，分裂天下，而封王侯，政由羽出，號爲「霸王」，位雖不終，近古以來未嘗有也。及羽背關懷楚㉕，放逐義帝而自立，怨王侯叛己，難矣。自矜功伐，奮其私智而不師古，謂霸王之業，欲以力征經營天下，五年卒亡其國，身死東城，尚不覺寤㉖而不自責，過矣。乃引「天亡我，非用兵之罪也」，豈不謬哉！

問題與應用

1. 請分析項羽失敗的原因及對個人的啓示。
2. 請討論「漢成楚敗」的可能因素。
3. 如果你是項羽，要不要在烏江渡河？

延伸閱讀

1. 《史記・高祖本紀》。

㉔暴：指快速之意。

㉕背關懷楚：指背離關中、懷戀楚國而都彭城。

㉖寤：在此通「悟」。

2.《史記・呂后本紀》。
3. 杜牧〈題烏江亭〉詩。
4. 李清照〈夏日絕句〉詩。
5. 國光劇團京劇〈閻羅夢〉。

賴慧玲編撰

超然臺記

據四部叢刊影印宋刊本經進《東坡文集事略》標注

蘇軾

作者、題解

蘇軾（公元一〇三七—一一〇一年），字子瞻，號東坡居士，宋眉州眉山（今四川省眉山縣）人。蘇洵之子，與其弟蘇轍（字子由）皆有文學，後人譽稱「三蘇」，父子三人均列名「唐宋古文八大家」之中。自幼聰慧，母親程氏出身於眉山巨富之家，親授蘇軾兄弟經史。蘇軾嘗讀《後漢書．范滂傳》，請於母曰：「軾若爲滂，母許之邪？」母深許其言。詩文雜記有《東坡集》、《東坡詞》、《東坡七集》、《東坡志林》等。中年書法代表名作爲〈黃州寒食詩帖〉，現藏於台灣故宮博物院，被元朝鮮于樞稱爲「天下第三行書」。

本篇記宋神宗熙寧八年，蘇軾整修密州（今山東省諸城縣）北城上之樓臺，並常與僚屬登臨遊覽之事，藉此表達其超然物外之人生觀。其弟蘇轍特爲此臺命名，稱之爲「超然臺」，同時著〈超然臺賦〉與〈超然臺序〉，與東坡之〈超然臺記〉相應和。

課文

凡物皆有可觀。苟有可觀，皆有可樂，非必怪奇偉麗者也。餔糟啜醨❶，皆可以醉；果蔬草木，皆可以飽。推此類也，吾安往而不樂？夫所爲求福而辭禍者，以福可喜而禍可悲也。人之所欲無窮，而物之可以足吾欲者有盡，美惡之辨戰於中，而去取之擇交乎前。則可樂者常少，而可悲者常多，是謂求禍而辭福。夫求禍而辭福，豈人之情也哉？物有以蓋之矣！

彼遊於物之內，而不遊於物之外。物非有大小也，自其內而觀之，未有不高且大者也。彼挾其高大以臨我，則我常眩亂反覆，如隙中之觀鬥，又焉知勝負之所在？是以美惡橫生，而憂樂出焉，可不大哀乎？

予自錢塘❷，移守膠西❸，釋舟楫之安，而服車馬之勞；去雕墻之美，而蔽采椽❹之居；背湖水之觀，而行桑麻之野。始至之日，歲比不登，盜賊滿野，獄訟充斥；而齋廚索然，日食杞菊，人固疑余之不樂也。處之期年，而貌加豐，髮之白者，日以反黑。予既樂其風俗之淳，而其吏民亦安予之拙也。於

❶餔糟啜醨：餔音ㄅㄨ，餔糟，吃酒滓；醨音ㄌㄧˊ，啜醨，喝薄酒。

❷錢塘：今浙江省海寧縣。

❸膠西：即山東省膠縣、高密等地。

❹采椽：采音ㄘㄞˇ，即櫟木；椽音ㄔㄨㄢˊ，承瓦木。以喻住屋簡陋。

是治其園圃，潔其庭宇，伐安邱、高密❺之木，以修補破敗，爲苟完之計。而園之北，因城以爲臺者舊矣，稍葺而新之。時相與登覽，放意肆志焉。

南望馬耳常山❻，出沒隱見，若近若遠，庶幾有隱君子乎！而其東則盧山❼，秦人盧敖之所從遁也。西望穆陵❽，隱然如城郭，師尚父❾齊威公❿之遺烈，猶有存者。北俯濰水⓫，慨然太息，思淮陰⓬之功，而弔其不終。臺高而安，深而明，夏涼而冬溫，雨雪之朝，風月之夕，予未嘗不在，客未嘗不從。擷園蔬，取池魚，釀秫酒⓭，瀹脫粟⓮而食之，曰：「樂哉遊乎！」方是時，余弟子由適在濟南，聞而賦之，且名其臺曰「超然」，以見予之無所往而不樂者，蓋遊於物之外也。

❺安邱高密：安邱、高密兩縣均在山東省。

❻馬耳常山：馬耳、常山爲兩山名，均在今山東省諸城縣南。

❼盧山：在山東諸城縣東南，山陽有盧敖洞，秦博士盧敖曾避難於此。

❽穆陵：關名，在今山東省諸城縣西北。

❾師尚父：師，指西周掌兵之官名；尚父，即姜太公，太公初封於齊地，又稱齊太公。

❿齊威公：齊太公之孫，曾任用田忌、孫臏爲將，故齊國在齊威王時期變得頗強大。

⓫濰水：源出於山東省莒縣，東北流經高密、安邱，至昌邑市內入海。

⓬淮陰：在此指淮陰侯韓信。韓信曾在濰水擊敗楚軍而平定齊地。

⓭秫酒：高粱酒，秫音ㄕㄨˊ。

⓮瀹脫粟：煮糙米飯。瀹音ㄩㄝˋ，煮也；脫粟，即糙米。

問題與應用

1. 請上網搜尋「天下第一行書」、「天下第二行書」、「天下第三行書」分別是誰的作品？臺灣故宮博物院現藏有哪些真跡？
2. 東坡此文所呈顯的，主要是哪一種人生態度？
3. 東坡一生在仕途上不斷被貶官調職，卻也因現實頓挫而不斷創作藝術詩文，請問其得失成就為何？

延伸閱讀

1. 《論語・先進篇》中「盍各言爾志」一章。
2. 王羲之〈蘭亭集序〉。
3. 余秋雨〈蘇東坡突圍〉。

賴慧玲編撰

如何完成一個我

錢穆

作者、題解

錢穆，字賓四，江蘇無錫人。民國前十七年（一八九五）生。弱冠為鄉里小學師，民國十一年（一九二二）轉教中學，先在廈門集美學校一年，轉無錫第三師範。民國十九年赴北京，在燕京、北大、清華、師大諸大學授課。其後，至香港創辦新亞書院，民國五十六年來台定居於台北士林外雙溪素書樓。

先生為學，兼涉四部，著述有數十種之多。經部方面，有兩漢經學今古平議；史部方面，有秦漢史、國史大綱、史記地名考；子部方面，有孔子與論語、論語新解、莊子纂箋、莊老通辨、先秦諸子繫年、朱子新學案、現代中國學術論衡、中國近三百年學術史；集部方面，有理學六家詩鈔等。

抗戰期間，輾轉任教於西南聯大等大學。撰寫《國史大綱》，採取綿延的觀點瞭解歷史之流，堅持國人必對國史具有溫情和敬意。一九五六年，他與胡美琦在香港結婚。一九六〇年應邀講學於美國耶魯大學，獲頒贈人文學名譽博士學位。

《論語・里仁篇》曾記載孔子對曾子說「吾道一以貫之」，曾子對同門解釋說「夫子之道，忠恕而已矣」。朱子注說「盡己之謂忠，推己之謂恕」。足見，盡全力完成自己就是「忠」，推己及人就是「恕」，而合起來看，不正是孔子所謂「己欲立而立人，己欲達而達人」的「仁」。賓四先生這篇文章，既名爲「如何完成一個我」，所欲發揚的，當然就是儒家的人道精神。

一

天地只生了一個一個人，並未生成一個一個我。因此大家是一人，卻未必大家成一我。我之自覺，乃自然人躍進人文世界至要之一關。有人無我，此屬原人❶時代。其時的人類，有共相，無別相。有類性，無個性。此等景況，看鳥獸草木便見。

我之發現，有賴於人心之自覺。今日人人皆稱我，僅可謂人人心中有此一嚮往，卻並非人人有此一實際。僅可謂人人心中俱有此感想，卻並非人人盡都到達此境界。故人心必求成一我，而人未必眞能成一我，未必能眞成一眞我。

所謂眞我者，必使此我可一而不可再。曠宇長宙中，將僅有此一我，此我之所以異於人。惟其曠宇長宙中，將僅有此一我，可一而不可再，故此一我，乃成

❶原人：與現代人類的祖先相近，而略具人類特徵者，謂之原人。

爲曠宇長宙中最可寶貴之一我。除卻此一我之外，更不能別有一我，類同於此一我，如是始可謂之爲眞我。

今試問，人生百年，吃飯穿衣，生男育女，盡人皆同，則我之所以爲我者又何在？若謂姓名不同，此則不同在名，不在實。若謂面貌不同，此則不同在貌，不在心。若謂境遇不同，此則不同在境，不在質。

當知目前之所謂我，僅乃一種所以完成眞我之與料❷，此乃天地自然賦我以完成眞我之一種憑藉或器材。所謂我者乃待成，非已成。若果不能憑此天賦完成眞我，則百年大限，仍將與禽獸草木而同腐。

天地間生生不息，不乏者是人。多一人，少一人，與人生大運何關？何貴於億兆京垓❸人中，多有此號稱爲我之一人？然我不能離人而成爲我。若一意求異於人以見爲我，則此我將屬於非人。我而非人，則將爲一怪物，爲天地間一不祥之怪物。若人人求轉成爲我，而不復爲一人，此則萬異百怪，其可怕將甚於洪水與猛獸。

人既品類互異，則萬我全成非我，此我與彼我相抵相消。曠宇長宙中將竟無

---

❷與料：基本材料。

❸億兆京垓：數字算法，習慣上有兩解：

①十萬爲億，十億爲兆，十兆爲京，十京爲垓。

②萬萬爲億，萬億爲兆，萬兆爲京，萬京爲垓。

垓，音ㄍㄞ。

一我，而人類亦將復歸於滅絕。故我之所貴，貴能於人世界中完成其爲我。貴在於群性中見個性，貴在於共相中見別相。故我之爲我，必既爲一己之所獨，而又爲群眾之所同。

二

生人之始，有人無我。其繼也，於人中有我之自覺，有我之發現。其時則眞得成爲我者實不多。或者千年百年而一我，千里百里而一我。惟我之爲我，既於人中出現，斯人人盡望能成一我。文化演進，而人中之得成爲我者亦日多。此於人中得確然成其爲我者，必具特異之品格，特異之德性。今遂目之爲人品人格，或稱之爲天性。列之爲人之本德。其實此所謂人品人格與人之天性本德云者，乃指人中之我之所具而言。並非人人都具有此品此格與此德性。然久而久之，遂若人不具此品，合此格，不備此性與德，即不成其爲人。就實言之，人本與禽獸相近。其具此高貴之品格德性者，僅屬人中之某一我，此乃後起之人，由於「人文化成」而始有。惟既文化演進日深，人人期望各自成一我，故若爲人人必如此而後始得謂之人。此種觀念，則決非原始人所有。

故人之求成爲「我」，必當於人中覓取之，必當於人中之先我，即先於我而成其爲我者之中覓取之。人當於萬我中認識一自我。人當於萬我中完成一自我。

換言之，人當於萬他中覓己。我之眞成爲我者，當於千品萬儔❹之先我中覓取。此千品萬儔之先我，乃所以爲完成此一我之模型與榜樣。此種人樣，不僅可求之當世，尤當求之異代。既當擇善固執，還當尚友古人。換言之，則人當於歷史文化中完成我。此亦是中國古語之所謂理一分殊。先我後我，其爲我則一，故曰理一。而我又於一切先我之外，自成此一我，故曰分殊。人之嗜好不同，如飲食、衣服、居室、遊覽，各人所愛好喜悅者，決不盡相同。不僅嗜好各別，才性亦然。或長政治，或擅經濟，或近法律，或宜科學。工藝美術，文學哲理，才性互有所近，亦互有所遠。各有所長，亦互有所短。苟非遍歷異境，則將不見己相。

若求購一皮鞋，材料花色，式樣尺度，貴賤精粗，種種有別。必赴通都大邑❺百貨所聚處挑選，庶能適合我心之所欲求。即小可以喻大。今若求在己心中覓認一我，此事更不當草草❻。當更多覓人樣子，多認識先我，始可多所選擇。每一行業中，無不有人樣，所謂人樣者，謂必如此而後可供他人作模楷，爲其他人人所期求到達之標準。如科學家，是科學界中之人樣，如電影明星，是電影界中之人樣。其他一切人樣，莫不皆然。凡爲傑出人，必成爲一種人樣子。然進一步言，最傑出人，卻始是最普通人。因其爲人人所期求，爲人人之模楷，爲人人

❹千品萬儔：品，類也；儔，本匹也，引申爲類也。

❺通都大邑：四通八達的大都會。

❻草草：本是雜亂不齊之意，此處引申爲「草率隨便」。

所挑選其所欲到達之標準，此非最傑出之人而何？此又非最普通之人而何？故俗稱此人不成人樣子。便無異於說其不是人。可見最標準的便成爲最普通的。

然科學家未必人人能做，電影明星亦非人人能當。如此則其人雖傑出，而仍然不普通。必得其人成爲盡人所願挑選之人樣，始屬最好最高的人樣。此一樣子，則必然爲最傑出者，而同時又必然爲最普通者。換言之，此乃一最普通而又最不普通之樣子。再換言之，必愈富❼人性之我，乃始爲最可寶貴之我。即愈具普通人性之我，乃爲愈偉大而愈特殊之我。

三

在西方，似乎每偏重於各別傑出之我，而忽略了普通廣大之我。其最傑出而最不普通者，乃惟上帝。上帝固爲人人所想望，然非人人能到達，抑且斷無一人能到達上帝之地位。故上帝終屬神格，非人格。只耶穌則以人格而上躋神格，乃亦無人能企及。中國人則注重於一種最傑出而又最普通之人格，此種人格，既廣大，亦平易，而於廣大平易中見傑出。

釋迦雖云上天下地，唯我獨尊，然既人皆有佛性，人人皆能成佛，故世界可以有諸佛出世。於是佛亦仍然屬於人格，非神格。但人皆有佛性，人人皆可成佛

❼富：具有。

之理論，實暢發大成於中國。

中國所尊者曰聖人，聖人乃眞爲最傑出而又最普通，最特殊而又最廣大最平易者。故曰人皆可以爲堯舜❽。堯舜爲中國人理想中最偉大之人格，以其乃一種人人所能到達之人格。

中庸有言，極高明而道中庸，致廣大而盡精微，尊德性而道問學❾。此三語，爲中國人教人完成一我之最高教訓。極高明是最傑出者，道中庸則又爲最普通者。若非中庸，即不成其高明。若其人非爲人人之所能企及，即其人格仍不得爲最偉大。縱偉大而有限，以其非人人所能企及故。必其人格爲人人所能企及，乃始爲最偉大之人格，故曰極高明而道中庸。

不失爲一普通人，故曰致廣大。惟最普通者，始爲最廣大者。若科學家，若電影明星，此非盡人所能企及者，因其不普通，故亦不廣大。必爲人人之所能企及，而又可一不可再，卓然與人異，而確然成其爲一我，故曰致廣大而盡精微。

高明精微，由於其特異之德性。此種特異之德性，必於廣大人群之「中庸德性」即普通德性中學問而得。故曰尊德性而道問學。問學之對象爲廣大之中庸階層。而所爲問學以期達成者，厥爲我之德性。斯所以爲精微，斯所以爲高明。最中庸者，又是最高明者。最精微者，又是最廣大者。斯所以爲難能而可貴，斯所

❽語出《孟子・告子下》第二章。

❾語出《中庸》第二十七章。

以爲平易而近人。

人類中果有此一種品格，果有此一種境界乎？曰：有之。

此惟中國人所理想中之聖人始有之。聖人乃人性我性各發展到極點，各發展到一理想境界之理想人格之稱號。此種人格，爲人人所能企及，故爲最平等，亦爲最自由。既爲人人之所能企及，即爲人人所願企及，故爲最莊嚴，亦爲最尊貴。然則又何從獨成其爲我，爲可一而不可再之我？

曰：此因才性不同，職分不同，時代地域不同，環境所遇不同，故道雖同而德則異。此德字乃指人之內心稟賦言，亦指人之處世行業言。道可同而德不必同，故曰：禹、稷、顏回同道，易地則皆然⑩。易地則皆然，指其道之同，亦即指其德之異。

換辭言之，亦可謂是德同而道異。德可同，而道不可同。故曰：孔子，聖之時者也⑪。其實聖人無不隨時可見，因時而異。同故見其爲一人，異故見其爲一我。我與人兩者俱至之曰聖。

對局下棋，棋勢變，則下子之路亦變。惟國手應變無方而至當不可易。若使另換一國手，在此局勢下，該亦唯有如此下。我所遇之棋勢與奕秋⑫所遇之棋

⑩ 語出《孟子．離婁下》第二十九章。
⑪ 語出《孟子．萬章下》第一章。
⑫ 語出《孟子．告子上》第九章。

勢異，我所下之棋路，則雖奕秋復生，應亦無以易。故曰：先聖後聖，其揆一也[13]。

四

人既才性不同，則分途異趣，斷難一致。人既職分相異，則此時此位，僅惟一我。然論道義，則必有一恰好處。人人各就其位，各有一恰好處，故曰中庸。不偏之謂中，指其恰好。不易之謂庸，指其易地皆然。人來做我，亦只有如此做，應不能再另樣做。此我所以爲最傑出者，又復爲最普通者。

盡人皆可爲堯舜，並不是說人人皆可如堯舜般做政治領袖、當元首、治國平天下。當換一面看，即如堯舜處我境地，也只能如我般做，這我便與堯舜無異。我譬如堯舜復生。故曰：言堯之言，行堯之行，斯亦堯而已矣。這不是教人一步一趨模倣堯，乃是我之所言，我之所行，若使堯來當了我，也只有如此言，如此行。何以故？因我之所言所行之恰到好處，無以復易故。

禪家有言，運水搬柴，即是神通。陽明良知學者常說，滿街都是聖人。運水搬柴也是人生一事業，滿街熙熙攘攘，盡是些運水搬柴瑣屑事，但人生中不能沒有這些事，不能全教人做堯舜，恭己南面，做帝王。

[13] 語出《孟子．離婁下》第一章。

我不能做政治上最高領袖，做帝王，此我之異於堯舜處。但我能在人生中盡一些小職分，我能運水搬柴，在街頭熙攘往來。若使堯舜來做了我，由他運此水，搬此柴，讓他在街頭來充當代替我這份賤役，堯舜卻也只能像我般運，像我般搬，照我般來在街頭盡此一分職，此則堯舜之無以異我處。

如是則我亦便如堯舜，仰不媿於天，俯不怍於人[14]，反身而誠，樂莫大焉[15]。故君子無入而不自得[16]。其所得者，即是得一個可一不可再，尊貴無與比之我。若失了我而得了些別的，縱使你獲得了整個宇宙與世界之一切，而失卻了自己之存在，試問何嘗是有所得？更何所謂自得？自得正是得成其爲一個我。人必如堯舜般，始是成其爲我之可能的最高標準。而堯舜之所以可貴，正在其所得者，爲人人之所能得。若人人不能得，惟堯舜可獨得之，如做帝王，雖極人世尊榮，而實不足貴。若懸此目標，認爲是可貴，而獎勵人人以必得之心而群向此種目標而趨赴，此必起鬪爭，成禍亂。人生將只有機會與幸運，沒有正義與大道。

宗教家有耶穌復活之說。若以中國人生哲理言，在中國文化世界中也可另有一套的復活。舜是一純孝，一大孝人。但舜之家庭卻極特殊，父頑母嚚弟傲，此種特殊境遇，可一不可再，所以成其爲舜。周公則生在一理想圓滿的家庭中，

[14] 語出《孟子．盡心上》第二十章。

[15] 語出《孟子．盡心上》第四章。

[16] 語出《中庸》第十四章。

父為文王，母為太姒，兄為武主？處境與舜絕異。但周公也是一純孝，一大孝人。若使舜能復活，使舜再生，由舜來做了周公，也只有如周公般之孝，不必如舜般來孝，亦不可能如舜般之孝。如是則周公出世，即無異是舜之復活了。舜與周公，各成其一我，都是可一而不可再。而又該是易地皆然的，必如此纔成其為聖。

但聖亦是人類品格中一種，孝亦是人類德性中一目。故舜與周公也僅只成其為一個人。因於人類中出了舜與周公，故使後來人認為聖人是一種人格，而孝是一種人性，必合此格，具此性，始得謂之人。故說能在我之特殊地位中，完成此普遍共通之人格與人性者，始為一最可寶貴之我。我雖可一不可再，而實時時能復活，故我雖是一人格，而實已類似於神格。故中國人常以神聖並稱。中國人常鼓勵人做聖人，正如西方人教人信仰上帝，此是雙方的人生觀與宗教信仰之相異處。

在中國古代格言，又有立德立功立言稱為三不朽之說。不朽即如西方宗教中之所謂永生與所謂復活。然立功有際遇，立言有條件，只有立德，不為際遇條件之所限。因此中國人最看重立德。運水搬柴，似乎人人盡能之。既無功可建，亦無言可立。然在運水搬柴的事上亦見德。我若在治國平天下的位分上，一心一意治國平天下，此是大德。我若在運水搬柴的位分上，一心一意運水搬柴，水也運了，柴也搬了。心廣體胖，仰不媿俯不怍，職也盡了，心也安了，此也是一種德．縱說是小德，當知大德敦化，小德川流[17]。驥稱其德，不稱其力[18]。以治國平天下與運水搬柴相較，大小之分，分在位上，分在力上，不分在德上。位與力人人所異，德人人可同。不必舜與周公始得稱純孝，十室之邑，三家村裏，同樣可以有孝子，即同樣可以有大舜與周公。地位不同，力量不同，德性則一。中國的聖人，重在德性上，不看重在地位力量上。伊尹、伯夷、柳下惠[19]，皆似孔子之德，亦皆得稱爲聖，但境遇不同，地位不同，力量亦不同。孔子尤傑出於三人，故孔子特稱爲大聖。運水搬柴滿街熙熙攘攘者，在德性上都可勉自企於聖人之列，只是境遇地位力量有差，但其亦得同成爲一我，亦可無媿所生，其他正可略而不論了。

上述的這種聖人之德性，說到盡頭，還是在人人德性之大同處，而始完成其爲聖人之德性。我之所以爲我，不在必使我做成一科學家，做成一電影明星。因此等等[20]，未必人人盡能做。我之做成一我，當使我做成一聖人，一聖我。此乃盡人能之。故亦惟此始爲人生一大理想，惟此始爲人生一大目標。

我們又當知，做聖人，不害其同時做科學家或電影明星，乃至街頭一運水搬柴人。但做一科學家，或電影明星，乃至在街頭運水搬柴者，卻未必即是一聖

[17] 語出《中庸》第三十章。
[18] 語出《論語．憲問篇》第三十五章。
[19] 語出《孟子．萬章下》第一章。
[20] 此等等：這一些。

人。因此，此種所謂我，如我是科學家或電影明星等，仍不得謂是理想我之終極境界與最高標格之所在。理想我之終極境界與最高標格，必歸屬於聖人這一類型。何以故？因惟聖人爲盡人所能做。顏淵曰：彼亦人也，我亦人也，有爲者亦若是[21]，我何畏彼哉。

聖人之偉大，正偉大在其和別人差不多。因此，人亦必做成一聖人，乃始可說一句「我亦人也」。乃始可說在人中完成了一我。這一懸義[22]將會隨著人類文化之演進而日見其眞確與普遍。

五

以上所說如何完成一我，係在德性的完成上品格的完成上說。若從事業與行爲的完成上說，則又另成一說法，我必在人之中成一我，我若離了人，便不再見有我。

舜與周公之最高德性之完成在其孝。舜與周公之最高品格成爲一孝子。但若沒有父母，即不見子的身分，更何從有孝的德性之表現，與孝的品格之完成呢？當知父子相處，若我是子，則我之所欲完成者，正欲完成我爲子之孝，而並

---

[21] 語出《孟子．滕文公上》第一章（案：「我何畏彼哉」乃成覸之言）。

[22] 懸義：主旨之意。

不能定要完成父之慈。父之慈，其事在父，不在子。若爲子者，一心要父之慈，爲父者，一心要子之孝，如是則父子成了對立，因對立而相爭，而不和。試問父子不和，那裡再會有孝慈？而且子只求父慈，那子便不是一孝子。父只求子孝，那父便不是一慈父。若人人儘要求對方，此只是人生一痛苦，我爲子，我便不問父之慈否，先盡了我之孝。我爲父，便不問子之孝否，先盡了我之慈。照常理論，盡其在我是一件省力事，可能事。求其在人，是一件喫力事，未必可能事。人爲何不用心在自己身上，做省力的可能事來求完成我。而偏要用心在他人身上，做喫力的不可能事來先求完成了他呢？

人心要求總是相類似，豈有爲父者不希望子之孝，爲子者不希望父之慈。但這些要求早隔膜了一層。專向膜外去求，求不得，退一步便只有防制。從防制產生了法律。法律好像在人四圍築了一道防禦線。但若反身，各向自己身邊求，子能孝，爲父者決不會反對。父能慈，爲子者決不會反對。而子孝可以誘導父之慈，父慈可以誘導子之孝。

先盡其在我，那便不是法而是禮。禮不在防禦人，而在誘導人。中國聖人則只求做一個四面八方和我有關係的人所希望於我的，而又是我所確然能做的那樣一個人。如是則先不需防制別人，而完成了一我。防制人，不一定能完成我。完成了我，卻不必再要去防制人。因此中國聖人常主循禮不恃法。孔子說：克己復禮爲仁，爲仁由己，而由人乎哉？㉓這是中國觀念教人完成爲我的大教訓。

總合上述兩說，在我的事業與行爲上，來完成我的德性與品格，這就成爲中國人之所謂禮。亦即是中國人之所謂仁。仁與禮相一，這便是中國觀念裡所欲完成我之內外兩方面。

吳銘宏編撰

問題與應用

1. 所謂「犧牲小我，完成大我」，你贊同這句話的意思嗎？
2. 何謂「三不朽」？當中又以何者最為可貴？你能說明理由何在嗎？
3. 如果說「人皆可以為堯舜」是本文的主旨，你同意嗎？還是你有別的看法？

延伸閱讀

1. 牟宗三《復性的工夫》（中國哲學的特質第十講）。
2. 張忠謀《我在哈佛的日子》。

㉓語出《論語．顏淵篇》第一章。

自我學戲的那一天起

吳興國

作者、題解

吳興國，本名吳國秋，公元一九五三年四月十二日，生於高雄市旗津區，爲少數橫跨電影、電視、傳統戲曲、現代劇場以及舞蹈之表演藝術家。目前於國立臺灣藝術大學表演藝術研究所專任教授。曾榮獲臺灣電影金馬獎及香港電影金像獎最佳男主角提名，代表作有：《誘僧》、《青蛇》、《賭神二》……。

復興劇校坐科八年期間，專攻武生，因成績優異保送中國文化大學戲劇系；就讀期間加入雲門舞集，開啓對當代表演藝術的初步探索。參與雲門舞集著名的演出有《白蛇傳》、《奇冤報》等等。退伍後，加入陸光國劇隊，拜周正榮先生爲師，改唱老生。

吳興國曾說：「如果沒有周正榮老師的教導，就沒有當代傳奇劇場創新的養分和文化底蘊。」

一九八六年，吳興國結合一群青年京劇演員，創立「當代傳奇劇場」，導演及主演多齣融合舞台劇及京劇的作品。創團作品《慾望城國》改編自莎士比亞四大悲劇之一《馬克白》，多次受邀於各大國際藝術節與重要劇院演出，爾後，共創作了六齣自西方莎士比亞與希臘悲劇經典改編的戲劇作品，成為傳統戲曲藝術發展與創新掌旗的「先鋒」人物，每推出新作皆引起熱烈的回響與討論。二〇〇一年，當代傳奇劇場復團作品《李爾在此》，吳興國一人飾演十角，跨越生、旦、淨、丑行當，獨力挑戰高難度的舞台表演極限，該劇頻受國際邀約，足跡遍及世界各地。二〇〇六年，吳興國所創辦之當代傳奇劇場慶祝成立二十周年，重製重演了膾炙人口之東方莎士比亞系列——《慾望城國》、《李爾在此》、《暴風雨》等三部作品，受到戲迷廣大迴響。該年十二月，吳興國個人受邀至紐約大都會歌劇院，與世界三大男高音之一的多明哥同台演出歌劇《秦始皇》，所飾陰陽師一角受到各界高度讚譽。

對傳統，有一分敬意；肯在基礎上，下一分工夫；在未來創新發展的路上，才有一分眞正的可能。作者所謂的「傳承會帶來毀滅」，並不意味著要將傳統完全斬斷，反而老一輩的敬業精神，永遠是時下青年很難望其項背的。

興國先生偉大的成就，正在於他早年有著堅強的意志以及辛勤的鍛鍊。而中年以後，在傳承與創新兩途，他又都能潛心用功，終於開創出無比燦爛的新局。其表演藝術能馳名國際，絕非倖致。

課文

我正式進學校的那一天，母親哭得唏哩嘩啦，每向前走兩步，就回過一次頭，和我揮手。

我，十一歲，剃個小平頭，白襯衫、卡其❶短褲，直愣愣地站在校門口，目

❶卡其：布的一種，英語khaki的音譯，質地結實耐磨。

送她離去。她是個美麗清瘦的女子，一頭長長波浪的黑髮，配上一身婀娜多姿的絲質旗袍。曾經，她是「西南聯大」的女大學生，國共內戰之後輾轉流落臺灣；然後，她的身分從將軍的千金女變成了女幫傭。記得小時候黏在她身邊幫忙撚菜根，經常聽她用甜美的嗓音幽幽唱出：「手拿金鳳凰，我抬起頭來想一想……」。

母親把我送到「復興劇校」，不只因爲我在華興小學唱聖詩時，曾經獲得聲樂老師不斷地誇讚，更重要的原因是：她必須找到工作才能獨立撫養我和哥哥。從華興育幼院到復興劇校，我對命運充滿怨恨，我和母親是如此相愛，我喜歡爲她綁辮子，夜晚拉著她的髮辮才好入睡。媽媽常對我唱著歌，所有的愛和語言都在她的歌聲中，但是，我們總是聚少離多！

當她送我到劇校時，眼淚不能遏止地如斷線的珍珠，或許她已經聽聞，要變成一個唱戲的角兒，不知要挨多少的鞭子，她總是對我輕聲細語，不曾更不捨得動孩子一根汗毛，如今卻把心肝兒送進嚴酷的監牢中；相較於過去必須有人把我從母親身邊拉扯開來的場景，我這次並沒有哭，我很平靜地對她擠出微笑，進入劇校的第一天，我決定認命……。

我沒有父親，有老師

八年……，在師長和同學面前，我非常緘默，越緘默，我就越害羞，越害羞就越自閉，越自閉就越自傲！我的骨氣硬，小時候寄人籬下，不喜歡別人瞧不起，我練起功來那樣地拚命，一方面也因爲怕想家，另一方面不想人嫌棄我；每天從天未亮就被打醒，追趕在太陽還未露臉之前，必須跑上山去吊嗓，山下的豬啊、狗啊、山羊啊，跟著我們稚嫩的嗓音一起合唱，此起彼落。

毯子功、基本功、把子❷功，是上午必須完成的課程，下午學戲，晚上演戲，沒戲的時候就上一般教育學科的課程。當然，坐在教室裡，同學們通常都是打瞌睡流口水的時候多。我被選中武生行當，更重視功底，除了平常訓練外，也趁黑夜起床悄悄地練私功。我不能讓自己有一分一秒的空間去想媽媽，那會令我心碎。剛進劇校的那一年，我練拿頂❸，腳在上、頭在下，二十分鐘堅持不下來，一邊拿鼎、一邊想家，從臉面上滴落下來的那鹹鹹的滋味兒，已分不清是汗還是淚。

我沒有父親，也不知道父親的長相，多少就把教戲的老師都看作是父親；他們全是嚴父，粗粗厚厚的棍子握在手上，稍不留神，一大板子就打下來，男同學

❷把子：把，音ㄅㄚˇ，傳統戲劇中武戲武器及起打的姿勢。

❸拿頂：傳統戲劇中的術語，指倒立。

脫光身子共浴一室時，會互相嘲笑身上有多少瘀痕，還戲說是幾條槓的將軍；我的淤痕大部份是「打通堂」得來的——一班同學只要一人犯錯全班挨打。對抗嚴父的方法，就是表現得更有尊嚴，這是我在劇校的生存之道；我以謙卑安靜的方式向他們低頭，這也令我在學戲過程中，能專注傾聽他們對我的教誨。

這一群跟著國民政府來臺的京劇演員，追隨創校的王振祖先生，設立私人的復興劇校。如果沒有蔣中正先生的支持，早就垮了。在壓腿耗腿的時間裡，就聽他們娓娓道出京劇在民國初年轟動的盛景，哪一個角兒唱一齣戲拿多少黃金！哪一個角兒唱戲多神奇，那榮華富貴、錦衣玉食，不比戲臺上的帝王將相、王宮娘娘差！這些話對我們這群經常吃不飽飯、眼冒金星的小夥子而言，是多大的憧憬。

然而，京劇在臺灣逐漸沒落的情景，也常警醒這群老人；小時候老師會摸摸我的頭說：「唉！好樣兒的！你生錯年代、生錯地方了！」

拜師學藝，卻拔了香頭❹

當兵的時候，我在陸光國劇隊遇見了生平最嚴酷的師父，人人口中的周瘋子

❹拔了香頭：意指斷絕師生關係。

——周正榮師父。聽說他一睜眼就是聽戲、唱戲，一輩子如此，愛戲如癡如瘋。他和丑角吳劍虹、花臉馬維勝、硬底二路老生楊傳英和鼓王侯佑宗五位老前輩，對我青年時期的演員生涯有很大的啓示作用。

陸光經常四處勞軍，不管官兵愛不愛看戲，這是例行公事，誰也不能違背。年輕演員常在司令臺上馬馬虎虎、嬉笑怒罵，隨隨便便地演，但是這五位前輩，不管場地多惡劣，台下軍人多喧鬧，永遠投入、專注、認眞，永遠是水準以上的演出。記得有一次，在户外演出，起大霧，司令台上面正演出《打棍出箱》，文武場看不見演員，演員也看不見演員，觀眾更看不見演員，但是，五位老前輩照演照唱，一板一眼十分精準，我驚呆了！震撼了！那種態度，那種專業的品質，對後生晚輩眞是一種典範。

在這樣崇拜心情下，我改唱老生並拜周正榮先生爲師，這是臺灣第一樁拜師的儀式，當時，我二十多歲。我以爲他很快地會把一生苦學的絕活教給我，我隨侍在旁、倒茶遞水，看他排戲、練戲，小小心心，就怕老師生氣。老師膝下無兒女，所以每週日中午，我必會攜妻帶兒與老師相聚，周師母和老奶奶十分慈愛，每次必備美味的家常菜肴款待。過年，我定行師生大禮，跪膝拜年。現在想起來，一切恍如隔世。

漸漸，老師從言教、身教之後，開始教我唱戲。但在這同時，我私下已和幾位年輕演員醞釀「革命」，《慾望城國》的構想越來越清晰，我和老師之間在學戲中產生的摩擦越爲加劇，猶記最後一次和老師的對話是這樣的——那是他第三次用棍子打我，我抓住了棍子，冷冷地說：「老師！我已經三十歲了，知道求上進，學戲一定要用打的嗎？」老師氣得渾身發抖，頹然放下棍子，頭也不回地走了。我知道，這麼一來，等於是我們拔了香頭，多年情同父子的關係全然推翻，直到老師閉上了眼睛，他都再沒有與我相認。

毀滅也會帶來傳承

賓士了十五年，曾經在兩年前落馬一回，療傷後重新出發，比當年《慾望城國》首演時，更加令我心驚膽戰。這次合作的夥伴，都是二、三十歲出頭的年輕人，我一次一次告訴他們：「年輕人啊！要謙虛啊！要努力啊！用你的智慧、用你的心靈吧！」這些話隨著年齡的增長，越說越多，我看到京劇的危機，每一位同行都要有夸父追日❺的精神，才能與時代賽跑，毀滅是爲了創新，創新是爲了傳承，所以，傳承不是全盤的沿襲，傳承會帶來毀滅，毀滅也會帶來傳承。

❺夸父追日：《山海經．海外北經及大荒北經》：「夸父不量力，欲追日影。」

是我殺了父親？！

已經很久沒再想起周正榮老師了，幾乎不作夢的我，卻在去年六月夢見他。在夢中，我赤手空拳與他在山谷中對決，最後，我奪走他的劍把他殺了！驚醒時，感到痛苦不堪，沒隔幾日，就突然接到師母來電，說老師過世了！小時候，街坊鄰居笑我出生後就死了父親，是因爲我命中剋父，這次命運之神又戲弄了我一次。要我相信老師的辭世是我的關係。或許是老師放不下心，在冥冥中傳授了劍法與我，把他對京劇的愛、堅持和勇氣傳遞給我。

今天，我站在舞臺上，一如孩提時期初次被鑼鼓震破膽的情景，若不是老師一把推我出去，嚇得腿軟的我眞不知道怎麼上得台去。現在，我推我自己，我逼我自己，一如出征的戰士，我是我自己的敵人，我向命運揮劍出鞘；這一戰，從我學戲的那一天起，祖師爺早就設下的局，我已不是我，我遺忘了自己的本名，母親口中親喚的「秋兒、秋兒」如此溫柔的名字，偏偏老師給我這麼一個剛強的「吳興國」，吳興國——某一個唱戲的，西元二〇〇一年，在臺北的新舞臺，演出一場自大自狂的獨角戲，把莎士比亞與京劇在他一人身上交鋒作場，這齣戲就叫——李爾在此。

問題與應用

1. 透過本文的啓示，你認為應該怎樣來面對我們的「傳統」？
2. 作者在進入劇校的第一天就決定認命，他真的完全認命了嗎？
3. 作者自述因緘默而害羞，因害羞而自閉，因自閉而自傲。這樣的學習態度，你認為值得效法嗎？

延伸閱讀

1. 蔣勳《孤獨六講》。
2. 黃永武《寂寞是動力》。

吳銘宏編撰

邋遢自述

管管

作者、題解

管管，本名管運龍（公元一九二九年九月二十七日—），臺灣著名現代詩人，肄業於青島市私立紅萬字會慈濟商職。十七歲時，因戰亂被國民黨軍隊抓伕，強迫入伍。一九四一年，跟隨國民黨政府至臺灣，曾任左營軍中電臺記者、花蓮軍中電臺節目主任。因爲喜愛現代詩，加入創世紀詩社，曾任《創世紀》詩雜誌社社長，另外也曾與張默主編《水星詩刊》。自軍隊退役後，專心寫作及繪畫。

一九七二年與作家袁瓊瓊結婚，十五年後離婚，育有一女一子。六十八歲時，與詩人梁幼菁（筆名黑芽）再婚，七十歲又得一子。

管管曾經得過兩個詩首獎，是詩人、散文家、畫家、詩朗誦表演者、裝置藝術家、景觀設計家、表演藝術家、編劇家。電影電視演出三十多部，知名的有「六朝怪譚」、「超級市民」、「小爸爸的天空」、「策馬入林」、「掌聲響起」、「梁祝」、「暗戀桃花源」。專書著作則有《荒蕪之臉》、《管管詩選》、《管管．世紀詩選》。

作家白靈曾說：「這世上要是有什麼必不可少的詩人，管管必然是其一。他的詩絕、他的人絕、髮絕、衣絕、裝扮絕、表情絕、說話絕、唱腔絕、肢體動作絕，七十歲得子，絕；如今畫陶畫詩，佳作迭出，更是一絕。他對兩岸詩壇的詩人而言，永遠是站在高處準備爲大家醍醐灌頂的那一位。」

全詩內容看似平淡無奇，然細讀過後，不難發現，詩人的格局，其實頗爲開闊，只是他完全採用「詼諧戲謔」的筆法罷了。有高人一等的眼界，再加上細微深沉的感慨，就算再怎麼胡鬧，依然難掩傲人的光芒。

小班一年中班一年大班一年
國中三年高中三年大學四年碩士二年博士二年
還好，俺統統都沒念完
五次戀愛，二個情人，一個妻子，三個兒女
幾個仇人，二三知已，數家親戚。
當兵幾年，吃糧幾年，就是沒有作戰。
在人生的戰場上，曾經小勝數次，免戰牌❶也掛了若干

❶掛免戰牌：意指選擇閃避而不面對的態度。

一領長衫，幾件西服，還有幾條牛仔褲
一斗❷煙，兩杯茶，三碗飯，一張木床，天生吃素。
不打牌，不下棋，幾本破書躺在枕頭邊裝糊塗
幾場虛驚，幾場變故，小病數場挨過去。
坐在夕陽裡抱著膝蓋費思量
這是六十年的歲月麼
就換來這一本爛賬❸
嗨！說熱鬧又他娘的荒唐
說是荒唐，又他媽的輝煌
回頭看看那一大堆未完的文章，荒唐，荒唐裡的輝煌
掛在牆上那一把劍也被晚風吹的晃蕩
這就像吾手裡這杯沖過五六次以上的茶一樣
不過，如果可以，俺倒想再沏❹一杯嘗嘗
管他荒唐不荒唐。甚至輝煌。

❷一斗煙：「斗」指煙斗，非指容量名。一斗煙即指一個煙斗的煙量。

❸爛賬：雜亂無法理清的帳目，意指多元紛亂而沒啥意義。

❹沏：音ㄑㄧ，用開水沖。

問題與應用

1. 你認為這首詩的意境有哪些特色？
2. 如果從古典詩歌中，舉出一首風格與本詩相類似的，你會想到哪一首？
3. 你認為管管的人生，到底是荒唐？還是輝煌？是個人生涯的紀錄？還是普遍人生的寫照？

延伸閱讀

1. 紀弦《狼之獨步》。
2. 陳千武《我的血》。

吳銘宏編撰

雁

白萩

作者、題解

白萩（公元一九三七年—），本名何錦榮，臺中市人，畢業於省立臺中商職，以室內設計為業。早期曾受日文教育，初中即投入新詩創作，大量在報刊上投稿。他最早是現代詩社的一員，後來又成為「藍星」詩社的幕僚，還當過「創世紀」雜誌的編委。一九六四年當「笠」詩社成立時，他又成為發起人之一。

他對詩歌藝術的勇敢追求和不倦探索，使他的創作成就和任何一位現代派詩人相比都不遜色，因而被公認為現代派十大詩人之一。著有詩集《蛾之死》、《風的薔薇》、《天空象征》、《香頌》、《詩廣場》，詩論集《現代詩散論》。

他在語言上有很高的鎔鑄力，不堆砌虛浮華麗的辭藻，再加上想像力細緻而高妙，因此詩境有極深刻的韻致。作品致力於生命的探討，頗富悲劇精神。

全詩以「雁的飛行」象徵「人的一生」，寫雁的同時，也在寫人。而詩中關於宿命部分的描寫，手法尤為特別，充滿著一種濃濃的悲劇情調。最終則以「冷冷的雲翳，冷冷地注視著我們」作結，此一特寫鏡頭，簡單銳利，相當發人深省。

課文

我們仍然活著。仍然要飛行
在無邊際的天空
地平線長久在遠處退縮地引逗❶著我們
活著。不斷地追逐
感覺它已接近而抬眼還是那麼遠離

天空還是我們祖先飛過的天空。
廣大虛無如一句不變的叮嚀
我們還是如祖先的翅膀。鼓在風上
繼續著一個意志陷入一個不完的魘夢

在黑色的大地與
奧藍❷而沒有底部的天空之間

❶逗：引弄之意。引，也是逗。「逗引」、「引逗」皆是同義複合詞。

❷奧：精深秘密之意。此處作形容詞之用。

前途只是一條地平線
逗引著我們
我們將緩緩地在追逐中死去，死去如
夕陽不知不覺的冷去。仍然要飛行
繼續懸空在無際涯的中間孤獨如風中的一葉
而冷冷的雲翳❸
冷冷地注視著我們

問題與應用

1. 這首詩主要運用到哪一種修辭技巧？
2. 你能舉出兩首修辭技巧相類似的現代詩嗎？
3. 古典詩是否也有類似的寫作方式？
4. 你覺得作者是點出了生命的真象？還是充滿著無奈的宿命觀？

❸翳：音ㄧˋ，本是障蔽之意。此處泛指「浮雲」，所謂「總爲浮雲能蔽日，長安不見使人愁。」

延伸閱讀

1. 駱賓王《在獄詠蟬》。
2. 蘇軾《卜算子》〈黃州定慧院寓居作〉。

吳銘宏編撰

人間有味是眞情

導讀

家人、朋友、情人、敵人，我們一生都處在與他人複雜的關係裡，其實我們周邊的人時時刻刻都影響著我們的內在，也時時刻刻滋潤並豐富我們的人生。所以，我們很難將自己與環境分隔，他人，就是我自己的一部分。

本單元選文七篇，古典文章部分有干寶《搜神記・蠶馬》、樂府古詩〈孔雀東南飛〉及韓愈〈圬者王承福傳〉。〈蠶馬〉是一篇神話故事，借著桑蠶文化的背景，以示人們輕然諾的行爲會付出慘痛的代價，同時也勾勒出古代女子與桑蠶的緊密關係乃家庭生產的重要資源。〈孔雀東南飛〉表達了古代社會裡不合理的婆媳倫理與追求愛情自主的渴望。從人物的矛盾衝突中，也讓人們企欲衝破這無奈的悲劇宿命。〈圬者王承福傳〉藉「食焉而怠其事，必有天殃」數語以告誡世人須勤於四體，盡職擔責，否則尸位素餐的結果，家業終必衰敗。這些篇章都是教人立身處世須念及周遭的人事物，尤其在華人特殊的家族結構與家庭文化中，個人安身立命的重心繫於整個家族的榮辱，但也因此凸顯出在某些禮俗的禁錮下，人性的自由與超越。

現代選文共四篇，〈許士林的獨白〉一文的主人翁許士林承載著母親的骨血探尋母親，那種無所逃於天地間的親情，在悠悠的歲月中如一縷不盡不絕的弦音，緊扣人子的心懷，令人低迴不已。〈紅玫瑰與白玫瑰〉道出了婚姻與愛情的難題，兩性的相互要求中，見出人性的貪婪複雜。〈鐵孩〉是諾貝爾得獎的華人作家莫言的作品，這是一短篇小說，從虛構的誇張情節中，寓意著社會的動盪與親人關係的解構危機，充滿著不安的詼諧與諷刺。〈賦別〉一詩寫戀人分手的情思，雖不帶沉痛激烈的心緒，卻著實有種無奈的感傷。我們可以從這個同時代的感人作品中細細體味人與人、人與我的複雜鎖鏈，從而學習及領悟自我的存在與他人有著密不可分的依存關係。

黃寶珊編撰

搜神記・蠶馬

據《百子全書》本標注

干寶

作者、題解

干寶（？—三三六年），字令升，新蔡（今屬河南）人，官拜東晉散騎常侍。據載他經歷過家族中許多鬼怪神奇之事，引起他對鬼神情事的興趣，所以寫了這部《搜神記》。干寶《搜神記》原有三十卷，流傳至今只有二十卷，共四六四篇故事。主要是搜集各種民間鬼怪神異及神仙方士的傳說，部分採自正史中記載的神異故事，部分抄錄他人的作品，若干情節甚至重複敘述，然大多簡短。文字雖簡易平常，但對中國後世的傳奇小說發展影響很大，形成唐人傳奇、《聊齋志異》等的寫作風格的模式。

蠶馬神話脫胎於《山海經海外北經》所記的「歐絲」女子情事，中國向來被認爲是蠶織的發明國度，屬於蠶的禮俗與文化都涉及女子的一生與重要的生產貢獻。讀者可以透過禮俗觀察與古代生產經濟的蠶桑文化活動中，找尋此段神話的深層意義。

課文

舊說：太古❶之時，有大人遠征，家無餘人，唯有一女。牡❷馬一匹，女親養之。窮居幽處，思念其父，乃戲馬曰：「爾能為我迎得父還，吾將嫁汝。」馬既承此言，乃絕韁而去。徑至父所。父見馬，驚喜，因取而乘之。馬望所自來，悲鳴不已。父曰：「此馬無事如此，我家得無有故乎！」亟❸乘以歸。為畜生有非常之情❹，故厚加芻❺養。馬不肯食。每見女出入，輒喜怒奮擊。如此非一。父怪之，密❻以問女，女具以告父：「必為是故。」父曰：「勿言。恐辱家門。且莫出入。」於是伏弩❼射殺之。暴皮於庭❽。父行，女以鄰女於皮所戲，以足蹙❾之曰：「汝是畜生，而欲取人為婦耶！招此屠剝，如何自苦❿！」言未及竟⓫，馬皮蹶然⓬而起，卷女以行。鄰女忙怕，不敢救

❶太古：即上古，遠古之意。
❷牡：雄性的鳥獸。
❸亟：迫切、急切之意。
❹非常之情：非一般的感情，即懷有特殊的感情。
❺芻：飼養牲畜的乾草。
❻密：私下、暗中之意。
❼弩：古時用機關來放箭的弓，又叫弓弩。
❽暴皮於庭：把馬皮曬於庭院中。
❾蹙：原指緊迫、急切的意思，此指踢。
❿如何自苦：宜解為自苦如何！意即遭此苦害，如何！
⓫竟：完了之意。
⓬蹶然：急速、突然之意。

之。走告其父。父還求索，已出失之。後經數日，得於大樹枝間，女及馬皮，盡化爲蠶，而績⑬於樹上。其蠒綸理⑭厚大，異於常蠶。鄰婦取而養之。其收數倍。因名其樹曰桑。桑者，喪也。由斯百姓競種之，今世所養是也。言桑蠶者，是古蠶之餘類也。案：天官：「辰，爲馬星。」蠶書曰：「月當⑮大火，則浴其種。」是蠶與馬同氣也。周禮：「教人職掌，禁原蠶者。」注云：「物莫能兩大，禁原蠶者，爲其傷馬也。」漢禮皇后親採桑祀蠶神，曰：「菀窳婦人⑯，寓氏公主。」公主者，女之尊稱也。菀窳婦人，先蠶者也。故今世或謂蠶爲女兒者，是古之遺言也。

問題與應用

1. 是否可以從「蠶」的形貌聯想古代女子的文化形象？
2. 對少女的「毀諾」行為，請表達自己的看法？

---

⑬ 績：此作吐絲作繭之意。
⑭ 綸理：指蠶繭的纖維。
⑮ 當：正位於。
⑯ 菀窳婦人：指最先教民養蠶的人。

延伸閱讀

1. 袁珂《古神話選釋》，北京：人民出版社，一九七九年。
2. 袁珂《山海經校注》，臺北：里仁書局，一九九五年。
3. 影片《禍水》。

黃寶珊編撰

孔雀東南飛

佚名

作者、題解

〈孔雀東南飛〉，作者不詳，大約創作於東漢獻帝建安年間，是中國漢樂府民歌中最長的一首敘事詩，也是中國文學史上首部長篇敘事詩，與〈木蘭辭〉並稱「樂府詩雙璧」。最早見於南朝徐陵（公元五〇七－五八二年）編《玉台新詠》卷一，題爲〈古詩爲焦仲卿妻作〉。《樂府詩集》載入「雜曲歌辭」，原題爲〈焦仲卿妻〉。現今取此詩的首句作爲篇名。全詩三百五十七句，一千七百八十五字。

〈孔雀東南飛〉敘述了漢末建安年間，盧江郡吏焦仲卿娶妻劉蘭芝，蘭芝賢淑、能幹，夫妻二人相敬如賓，情投意合。但是仲卿的母親性情乖戾，把媳婦視爲眼中釘，處處找藉口爲難虐待她，甚至強迫仲卿休妻再娶。不得已之下，這對恩愛夫妻，活活被焦母拆散。在分手之際，彼此對天發誓，各不再嫁娶。蘭芝回到娘家之後，其兄長爲了貪圖聘禮，強逼蘭芝改嫁，蘭芝不從，只好「攬裙脫絲履，舉身赴清池」，仲卿聽聞此事，結果「徘徊庭樹下，自掛東南枝」，後來被合葬在華山之傍。

〈孔雀東南飛〉的思想價值，在於通過技巧筆法，層次分明地描繪出那錯綜複雜、矛盾衝突的家庭悲劇，塑造出鮮明的人物形象，表現出青年男女追求愛情自由的渴望，無形中對不合理的婆媳倫理與婚姻觀念作了強烈的批評與反抗。

【序文】

漢末建安中❶，廬江府小吏焦仲卿妻劉氏，爲仲卿母所遣，自誓不嫁。其家逼之，乃投水而死。仲卿聞之，亦自縊於庭樹。時傷之，爲詩云爾。

【正文】

孔雀東南飛，五里一徘徊❷，十三能織素❸，十四學裁衣，十五彈箜篌❹，十六誦詩書，十七爲君婦，心中常苦悲❺，君既爲府吏，守節情不移，

---

❶建安中：建安，東漢獻帝年號，公元一九六—二一九年。建安中，指建安年間。

❷孔雀東南飛，五里一徘徊：孔雀向東南飛去，因爲留戀配偶而邊飛邊徘徊流連。

❸素：白色絲絹。從這句到「及時相遺歸」都是蘭芝告訴仲卿的話。

❹箜篌：古時一種撥絃樂器，狀似箏與瑟。

❺心中常苦悲：蘭芝從十七歲嫁到焦家，仲卿忠於職守，常寄宿府中很少回家，蘭芝受虐無處傾訴，因此心中悲傷痛苦。

賤妾留空房，相見常日稀，雞鳴入機織⑥，夜夜不得息，三日斷⑦五疋⑧，大人⑨故嫌遲，非爲織作遲，君家婦難爲，妾不堪⑩驅使，徒留無所施⑪。便可白公姥⑫，及時⑬相遣歸⑭。府吏得聞之，堂上⑮啓⑯阿母，兒已薄祿相，幸復得此婦，結髮⑰同枕席，黃泉共爲友，共事二三年，始爾未爲久⑱，女行無偏斜⑲，何意⑳致不厚㉑，阿母謂府吏，何乃太區區㉒，此婦無禮節，舉動自專由㉓，吾意久懷忿，汝豈得自由，東家有賢女，自名秦羅敷，可憐體無比㉔，阿母爲汝求，便可速遣之，遣去愼莫留，府吏長跪㉕答，伏惟㉖啓阿母，今若

⑥入機織：到織布機上去織布。
⑦斷：把織成的布裁斷，從織布機取下來。
⑧疋：同「匹」。
⑨大人：指蘭芝的婆母。
⑩妾不堪：妾，蘭芝自稱。不堪，承受不住。
⑪無所施：沒什麼用處。
⑫白公姥：稟報婆母。公姥，原指公婆，從全詩觀之，仲卿之父似已不在，所以公姥乃偏義複詞，指婆母。
⑬及時：趁早。
⑭遣歸：打發回去。
⑮堂上：應作「上堂」。
⑯啓：稟報。
⑰結髮：即束髮。古時男子二十歲束髮加冠，女子十五歲可以盤髮插笄，表示成年。
⑱始爾未爲久：始爾，如此。未爲久，指仲卿、蘭芝二人婚後生活才開始二、三年，還不算久。
⑲偏斜：不正。
⑳何意：沒有想到。
㉑不厚：沒受到善待。
㉒區區：指目光短淺，見識不足。
㉓自專由：自作主張，不受管束。
㉔可憐體無比：可憐，可愛。體無比：指秦羅敷的樣貌，無人可比。
㉕長跪：席地跪坐，將上半身伸直，表示恭敬。
㉖伏惟：下對上的表敬之辭。

遣此婦，終老不復取，阿母得聞之，搥㉗床便大怒。小子無所畏，何敢助婦語，吾已失恩義㉘，會㉙不相從許㉚。府吏默無聲，再拜還入户，舉言㉛謂新婦㉜，哽咽不能語，我自不驅卿，逼迫有阿母，卿但暫還家，吾今且報府㉝，不久當歸還，還必相迎取㉞，以此下心意㉟，愼勿違吾語，新婦謂府吏，勿復重紛紜㊱，往昔初陽歲㊲，謝家㊳來貴門，奉事㊴循公姥㊵，進止㊶敢自專㊷，晝夜勤作息㊸，伶俜㊹縈苦辛㊺，謂言㊻無罪過，供養㊼卒大恩。仍更被驅遣，何

㉗搥：同「捶」，敲打。

㉘失恩義：恩斷義絕。

㉙會：必定。

㉚從許：依從允許。這句話以上是第一段，描述蘭芝嫁到仲卿家後，被婆母虐待和驅遣的經過。

㉛舉言：發言。

㉜新婦：媳婦。

㉝報府：一作「赴府」，到郡府去。

㉞相迎取：去把妳接回來。

㉟下心意：安下心，沉住氣。

㊱重紛紜：再找麻煩。蘭芝之意是不要再多事接我回來了。

㊲初陽歲：冬末春初的季節。

㊳謝家：辭家。

㊴奉事：即侍奉。

㊵循公姥：蘭芝表達自己侍奉婆母，總是順著她的心意。

㊶進止：行動、舉止。

㊷敢自專：蘭芝的行爲哪裡敢擅作主張。

㊸作息：操作、休息。

㊹伶俜：孤獨貌。俜，音ㄆㄧㄥ。

㊺縈苦辛：縈，纏繞。縈苦辛，指蘭芝一直孤獨而又辛苦。

㊻謂言：自以爲。

㊼供養：侍奉。

言複來還，妾有繡腰襦(48)，葳蕤(49)自生光(50)。紅羅複斗帳(51)，四角垂香囊，箱簾(52)六七十，綠碧(53)青絲繩，物物各自異，種種在其中，人賤物亦鄙，不足迎後人(54)，留待作遺施(55)，於今無會因(56)，時時爲安慰，久久莫相忘。雞鳴外欲曙，新婦起嚴妝(57)，著我繡裌裙(58)，事事四五通，足下躡(59)絲履，頭上玳瑁光(60)，腰若流紈素(61)，耳著明月璫(62)，指如削蔥根(63)，口如含朱丹(64)，纖纖(65)作細步，精妙世無雙，上堂拜阿母，母聽去(66)不止，昔作女兒時，生小出野里，本自無教訓，兼

(48) 繡腰襦：一種繡花的短襖。襦，音ㄖㄨˊ。

(49) 葳蕤：草木茂盛的樣子。蕤，音ㄖㄨㄟˊ。

(50) 自生光：形容刺繡的花樣，栩栩如生。

(51) 紅羅複斗帳：用紅羅做的雙層床帳。

(52) 箱簾：箱子和鏡奩（女子梳妝用的鏡匣，泛指精巧的小匣子）。簾，又作「奩」。

(53) 綠碧：青色。

(54) 後人：指仲卿未來再娶的妻子。

(55) 遺施：遺，音ㄨㄟˋ。遺施是贈送之意。

(56) 無會因：沒有見面的機會。

(57) 嚴妝：鄭重地梳妝打扮。

(58) 繡裌裙：繡花的裙子。

(59) 躡：音ㄋㄧㄝˋ，踩。在這裡指「穿」的意思。

(60) 玳瑁光：瑁，音ㄇㄟˋ。玳瑁，類似海龜的爬行動物，其甲殼有光澤，可做裝飾品。玳瑁光，指玳瑁簪在發光。

(61) 腰若流紈素：若，或「著」之誤。流：飄動。紈素：細絹。這句話是說：「腰上束著精緻柔軟的白絹帶在飄動。」

(62) 璫：耳環。

(63) 削蔥根：削尖了的蔥白。形容蘭芝的手指白嫩且纖細。

(64) 朱丹：紅色的寶石。形容蘭芝嘴唇的紅豔。

(65) 纖纖：細小。形容蘭芝走路時，邁著小碎步。

(66) 去：一作「怒」。

媿[67]貴家子。受母錢帛多，不堪母驅使[68]，今日還家去，念母勞家裡。卻[69]與小姑別，淚落連珠子，新婦初來時，小姑始扶床，今日被驅遣，小姑如我長，勤心養公姥，好自相扶將，初七[70]及下九[71]，嬉戲莫相忘。出門登車去，涕落百餘行。府吏馬在前，新婦車在後，隱隱何甸甸[72]，俱會大道口。下馬入車中，低頭共耳語，誓不相隔[73]卿，且暫還家去，吾今且赴府，不久當還歸，誓天不相負。新婦謂府吏，感君區區懷[74]，君既若見錄[75]，不久望君來，君當作盤石[76]，妾當作蒲葦[77]，蒲葦紉[78]如絲，盤石無轉移。我有親父兄[79]，性行暴如雷，恐不任我意，逆以煎我懷[80]，舉手長勞勞[81]，二情同依依。入門上家堂，

[67]媿：一作「愧」。
[68]受母錢帛多，不堪母驅使：錢帛，指彩禮。這句話是說：「接受婆母很多聘禮，卻無法好好地接受使喚。」
[69]卻：還、再。
[70]初七：七月初七，乞巧節。
[71]下九：每月十九日，婦女聚會，稱爲「陽會」。
[72]隱隱何甸甸：隱隱、甸甸，都是指馬車聲。
[73]隔：斷絕。
[74]區區懷：自己的眞誠心意。
[75]見錄：記著我。
[76]盤石：即磐石，大石，沉重不易移動，比喻忠誠不變。
[77]蒲葦：蒲草和葦子，皆水草，柔韌不易折，比喻愛情的堅貞。
[78]紉：一作「韌」。
[79]親父兄：從下文來看蘭芝父已不在，在此應指親兄。
[80]逆以煎我懷：逆，違逆。這句話是說：「違背我的意願，使我內心痛苦。」
[81]舉手長勞勞：勞勞，憂傷貌。這句話是指二人揮手告別，悲傷不已。以上是第二段，寫蘭芝被迫離開焦家時，與仲卿分手的情況。

進退無顏儀(82)，阿母大拊掌(83)，不圖(84)子自歸，十三教汝織，十四能裁衣，十五彈箜篌，十六知禮儀，十七遣汝嫁，謂言無誓違(85)，汝今無(86)罪過，不迎而自歸，蘭芝慚(87)阿母，兒實無罪過，阿母大悲摧(88)。還家十餘日，縣令遣媒來，云有第三郎，窈窕世無雙，年始十八九，便言多令才(89)，阿母謂阿女，汝可去應之，阿女含淚答，蘭芝初還時，府吏見丁寧(90)，結誓不別離，今日違情義，恐此事非奇(91)，自可斷來信(92)，徐徐更謂之(93)，阿母白媒人，貧賤(94)有此女，始適還家門(95)，不堪吏人婦，豈合令郎君(96)，幸可廣問訊(97)，不得便相許。媒人

(82)進退無顏儀：進退，偏義複詞，即進見。無顏儀，覺得顏面盡失，難爲情。

(83)拊掌：拍手，表示驚訝的動作。

(84)不圖：沒想到。

(85)無誓違：沒有過失。

(86)無：一作「何」。

(87)慚：愧對。

(88)摧：疑作「慛」，憂傷。

(89)便言多令才：便，同「辯」。便言：善於辭令，有口才。令：美好。

(90)丁寧，即叮嚀。

(91)恐此事非奇：這麼做恐怕不是很好。

(92)來信：指縣令派來的媒人。

(93)徐徐更謂之：等以後慢慢再說吧！

(94)貧賤：劉母自謙門第低賤。

(95)始適還家門：適，出嫁。始適還家門，指剛出嫁就被休棄回了娘家。

(96)不堪吏人婦，豈合令郎君：她連吏人婦都當不了，怎麼能配得上貴公子。

(97)問訊：打聽消息。

去數日，尋遣丞請還[98]，說有蘭家女，承籍有宦官[99]，云有第五郎，嬌逸未有婚，遣丞爲媒人，主簿[100]通語言，直說[101]太守家，有此令郎君，既欲結大義[102]，故遣來貴門，阿母謝媒人，女子先有誓，老姥豈敢言。阿兄得聞之，悵然[103]心中煩，舉言謂阿妹，作計[104]何不量[105]，先嫁得府吏，後嫁得郎君。否泰如天地，足以榮汝身，不嫁義即[106]體，其住欲何云。蘭芝仰頭答，理實如兄言，謝家事夫婿，中道還兄門，處分[107]適兄意，那得自任專，雖與府吏要，渠會永無緣，登即相許和，便可作婚姻。媒人下床[108]去，諾諾複爾爾[109]，還部[110]白[111]府君[112]，下官奉使命，言談大有緣，府君得聞之，心中大歡喜，視歷復開書[113]，便利此

98 尋遣丞請還：尋，不久。丞，縣丞，官名。「尋遣丞請還」是說：「不久，被派去向太守請示事情的縣丞回來了。」
99 承籍有宦官：承籍，承繼先輩的戶籍、背景。有宦官，家中有做官爲宦的人。「承籍有宦官」是縣丞轉述太守的話。
100 主簿：主簿，官名，掌管檔案文書的官員，此處應指郡府的主簿。
101 直說：直截了當地說。
102 結大義：成爲親家。
103 悵然：憤恨不滿的樣子。

104 作計：作決定，打主意。
105 不量：有欠思考，不好好衡量。
106 即：一作「郎」。
107 處分：決定、處理。
108 床：指坐具。
109 諾諾複爾爾：好了，好了，就這樣辦吧！
110 還部：回到府衙。
111 白：回報。
112 府君：指太守。
113 視歷復開書：視曆、開書，爲挑選吉日而查檢曆書。

月內，六合正相應，良吉三十日，今已二十七，卿可去成婚，交語速裝束[114]，駱驛如浮雲[115]，青雀白鵠舫[116]，四角龍子幡[117]，婀娜[118]隨風轉，金車玉作輪，躑躅[119]青驄馬[120]，流蘇[121]金縷鞍[122]，齎[123]錢三百萬，皆用青絲穿，雜綵[124]三百疋，交廣市鮭珍，從人四五百，鬱鬱登郡門[125]。阿母謂阿女，適得府君書，明日來迎汝，何不作衣裳，莫令事不舉[126]，阿女默無聲，手巾掩口啼，淚落便如瀉，移我琉璃榻[127]，出置前窗下，左手持刀尺，右手執綾羅，朝成繡袷裙，晚成單羅衫，晻晻日欲暝，愁思出門啼。府吏聞此變，因求假暫歸，未至二三里，摧藏馬悲哀，新婦識馬聲，躡履相逢迎，悵然遙相望，知是故人來。舉手拍馬

[114] 交語速裝束：向各處傳話，趕快籌辦婚事。

[115] 駱驛如浮雲：駱驛，即絡繹，連續不絕。駱驛如浮雲，指爲這樁婚事作準備的人，多得像浮雲一樣連續不斷。

[116] 青雀白鵠舫：青雀舫和白鵠舫，是貴人乘坐的畫舫。

[117] 龍子幡：是一種畫有龍形的幡旗。

[118] 婀娜：這裡是指龍子幡隨風飄動的樣子。

[119] 躑躅：緩步前進。

[120] 青驄馬：青白雜毛的馬。

[121] 流蘇：用五彩羽毛做成的穗子。

[122] 金鏤鞍：用金屬雕鏤的馬鞍。

[123] 齎：音ㄐㄧˋ，贈送。

[124] 雜綵：各種顏色的緞料。

[125] 鬱鬱登郡門：鬱鬱，衆多的樣子，這裡是形容人馬物品之多。登郡門，登當作「發」，即從郡邑出發。從這句以上是第三段，寫蘭芝回到娘家後的痛苦處境，和太守、阿兄逼嫁的經過。

[126] 莫令事不舉：不要讓婚事辦得不周全。

[127] 琉璃榻：鑲嵌著琉璃或玉石的小床。

鞍，嗟歎使心傷[128]，自君別我後，人事不可量，果不如先願，又非君所詳，我有親父母，逼迫兼弟兄，以我應他人，君還何所望[129]。府吏謂新婦，賀卿得高遷[130]，盤石方可[131]厚，可以卒[132]千年，蒲葦一時紉，便作旦夕間[133]，卿當日勝貴[134]，吾獨向黃泉，新婦謂府吏，何意出此言。同是被逼迫，君爾妾亦然，黃泉下相見，勿違今日言。執手分道去，各各還家門，生人作死別，恨恨那可論，念與世間辭，千萬不復全[135]。府吏還家去，上堂拜阿母，今日大風寒，寒風摧樹木，嚴霜結庭蘭[136]，兒今日冥冥[137]，令母在後單，故作不良計[138]，勿復怨鬼神，命如南山石，四體康且直。阿母得聞之，零淚應聲落，汝是大家子，仕宦於台閣[139]，愼勿爲婦死，貴賤情何薄[140]，東家有賢女，窈窕艷城郭，阿母爲汝求，便復在旦夕。府吏再拜還，長歎空房中，作計乃爾立[141]，

128 嗟歎使心傷：蘭芝的悲歎，使人聽了爲之傷心。
129 以上八句是蘭芝對仲卿說的話。
130 高遷：高升，這裡指蘭芝再嫁太守之子。
131 可：一作「且」。
132 卒：終。
133 旦夕間：一朝一夕之間，極其暫短。
134 日勝貴：一天比一天富貴高昇。
135 念與世間辭，千萬不復全：決定與世長辭，無論如何再也不能活下去了。
136 嚴霜結庭蘭：寒霜凍壞了庭蘭。
137 冥冥：如同黃昏日落。比喻自己生命即將結束。
138 不良計：不好的主意。
139 台閣：即尚書台。
140 貴賤情何薄：你的身分比蘭芝高貴，休棄了她並不算薄情。
141 作計乃爾立：自殺的主意就這樣確定了。

轉頭向戶裡，漸見愁煎迫[142]。其日馬牛嘶[143]，新婦入青廬，菴菴黃昏後，寂寂人定初，我命絕今日，魂去尸長留，攬裙脫絲履，舉身赴清池，府吏聞此事，心知長別離，徘徊庭樹下，自掛東南枝。兩家求合葬，合葬華山[144]傍，東西植松柏，左右種梧桐。枝枝相覆蓋，葉葉相交通[145]，中有雙飛鳥，自名爲鴛鴦，仰頭相向鳴，夜夜達五更。行人駐足聽，寡婦起彷徨，多謝後世人，戒之愼勿忘。

問題與應用

1. 〈孔雀東南飛〉表達出哪些傳統家庭制度及倫理的不合理？請思考。
2. 讀完本文，請問您對劉蘭芝、焦仲卿的愛情觀，看法如何？

延伸閱讀

1. 〈鄘風．柏舟〉，收於裴普賢編撰：《詩經評註讀本》（臺北：三民書局，一九八二年）。

[142] 愁煎迫：被憂愁所煎熬逼迫，極端痛苦。
[143] 馬牛嘶：馬牛嘶叫，形容迎親的馬騎牛車之多。
[144] 華山：應是廬江郡的一座小山。
[145] 交通：連接在一起。

2.〈上山採蘼蕪〉，收於〔南朝〕徐陵編：《玉臺新詠》（臺北：世界書局，一九八六年）。

梁淑芳編撰

圬者王承福傳

韓愈

作者、題解

韓愈（公元七六八—八二四年），字退之，河南南陽（今河南省孟縣）人。愈三歲而孤，賴兄嫂扶養，早年刻苦力學，及長，赴京應考，三試均落第，至德宗貞元八年（七九二）始中進士。憲宗時任刑部侍郎，上疏諫迎佛骨，觸怒憲宗，被貶爲潮州刺史。穆宗時，復召爲國子監祭酒，歷任京兆尹及兵部、吏部侍郎。死後諡號「文」，世稱韓文公。

韓愈是中國文學史上傑出的開拓者，也是力行實踐者。思想上，他致力於發揚儒家思想，排斥佛老；文學方面，韓愈和柳宗元共同倡導「古文運動」，主張以先秦兩漢質樸自然，言之有物的散文，取代六朝華而無實的駢文。在韓、柳等人「以復古爲創新」的努力下，終使得古文在形式及內容上得到新的發展，影響當時及後代甚鉅。蘇軾以「文起八代之衰，道濟天下之溺」（〈潮州韓文公廟碑〉）推崇之。後世並尊韓愈爲「唐宋古文八大家之首」。

韓愈散文、詩歌均有成就。散文雄奇奔放，氣勢磅礴。詩歌則務求新奇，開中唐「奇險」派宗風。有《昌黎先生集》傳世。

韓愈爲文，以「載道」爲主，〈圬者王承福傳〉就是一篇「載道」之作，屬傳狀類古文。主旨在借泥水匠王承福之口來勸喻世人應各安其位，各盡其能，心安理得才能俯仰無愧，叨天之佑；這也是社會上每一階層都應服膺的眞理。作者暗諷當時坐享其成，尸位素餐的富貴人家，若「食焉而怠其事，必有天殃」，一切富貴榮華終將隨之幻滅。

課文

圬❶之爲技，賤且勞者也。有業之❷，其色若自得者。聽其言，約而盡❸。問之，王其姓，承福其名，世爲京兆長安農夫。天寶之亂，發人❹爲兵。持弓矢十三年，有官勳，棄之來歸；喪其土田，手鏝衣食❺，餘三十年。舍於市之主人❻，而歸其屋食之當❼焉。視時屋食之貴賤，而上下❽其圬之傭以償之；有餘，則以與道路之廢疾餓者焉。

又曰：「粟，稼而生者也。若布與帛，必蠶績而後成者也。其他所以養

❶圬：同杇，音ㄨ。圬者，塗飾牆壁的工人，即今所稱之「泥水匠」。

❷有業之：有個以此爲業的人。

❸約而盡：指說話簡要且透徹事理。

❹發人：發，徵召。人，即民，唐人爲避太宗李世民諱，改「民」爲「人」。

❺手鏝衣食：手，操持。鏝，塗飾牆壁所用之鐵器。此指以做泥水工來維生。

❻舍於市之主人：舍，居住。此指居住在街市上之人家。

❼歸其屋食之當：歸，給付。屋食之當，指房租及伙食費。

❽上下：於此做動詞用，指增加或減少。

生之具，皆待人力而後完也，吾皆賴之。然人不可遍爲，宜乎各致其能以相生也。故君者，理❾我所以生者也。而百官者，承君之化者也。任有大小，惟其所能，若器皿焉。食焉而怠其事❿，必有天殃，故吾不敢一日捨鏝以嬉。夫鏝易能，可力⓫焉，又誠有功。取其直，雖勞無愧，吾心安焉。夫力，易強而有功也；心，難強而有智⓬也。用力者使於人，用心者使人⓭，亦其宜也。吾特擇其易爲而無愧者取焉。

嘻！吾操鏝以入富貴之家有年矣。有一至者焉，又往過之，則爲墟矣。有再至、三至者焉，而往過之，則爲墟矣。問之其鄰，或曰：『噫！刑戮⓮也。』或曰：『身既死，而其子孫不能有也。』或曰：『死而歸之官⓯也。』吾以是觀之，非所謂食焉怠其事而得天殃者邪？非強心以智而不足，不擇其才之稱否而冒⓰之者邪？非多行可愧，知其不可而強爲之者邪？將⓱富貴難守，薄

❾理：治也。管理、治理。唐高宗名治，唐人爲避諱，用「理」代「治」。

❿食焉而怠其事：即好吃懶做之意。

⓫力：即勉力，努力意。

⓬勞心之事：很難靠勉強努力而得到智慧。

⓭上述二句：語本於《孟子．滕文公下》：「勞心者治人，勞力者治於人。」

⓮刑戮：因獲死罪而被殺戮。

⓯死而歸之官：指所有家產盡皆充公。

⓰冒：指冒充能幹有才。

⓱將：讀ㄑㄧㄤ，抑或。

功而厚饗[18]之者邪？抑豐悴有時[19]，一去一來而不可常者邪？吾之心憫焉，是故擇其力之可能者行焉。樂富貴而悲貧賤，我豈異於人哉？」

又曰：「功大者，其所以自奉也博。妻與子，皆養於我者也。吾能薄而功小，不有之可也。又吾所謂勞力者，若立吾家而力不足，則心又勞也。一身而二任焉，雖聖者不可能也。」

愈始聞而惑之，又從而思之，蓋所謂「獨善其身」者也。然吾有譏焉，謂其自爲也過多，其爲人也過少。其學楊朱之道[20]者邪？楊之道，不肯拔我一毛而利天下。而夫人以有家爲勞心，不肯一動其心以蓄其妻子，其肯勞其心以爲人乎哉？雖然，其賢於世之患不得之而患失之[21]者，以濟其生之欲，貪邪而亡道，以喪其身者，其亦遠矣！又其言有可以警余者，故余爲之傳而自鑒焉。

[18] 饗：同享。

[19] 豐悴：指盛衰。悴，音ㄘㄨㄟˋ。有時，有一定的時間。

[20] 楊朱：爲戰國初期思想家，楊朱學派之創始人。其思想特點是「爲我」、「貴己」。孟子曾批評楊朱：「楊子取爲我，拔一毛而利天下，不爲也。」（《孟子‧盡心上》）。韓非也說：「今有人於此，義不入危城，不處軍旅，不以天下大利，易其脛一毛。」（《韓非子‧顯學》）《淮南子》則以「全性保眞，不以物累形」概括之。

[21] 患不得之而患失之：即患得患失之意。語本於《論語‧陽貨》：「子曰：『鄙夫可與事君也哉？其未得之也，患得之；既得之，患失之。』」

問題與應用

1. 讀完這篇文章，你可以說明王承福的人生觀是什麼？現階段你的人生觀是什麼？
2. 韓愈寫〈圬者王承福傳〉和他提倡「文以載道」是否有關聯？
3. 你如何評價戰國時代的「楊朱」思想？

延伸閱讀

1. 柳宗元〈種樹郭橐駝傳〉、〈宋清傳〉、〈梓人傳〉。
2. 白居易〈賣炭翁〉。
3. 陽山韓愈文化網，http://www.yshanyu.net/。

王翠芳編撰

鐵孩

莫言

作者、題解

莫言，本名管謨業，山東省高密市人，祖籍浙江龍泉，現在是北京師範大學教授。莫言的童年便常面對自己的孤寂，放牛時養成喜歡說話的毛病，給家人帶來許多困擾與麻煩，因此他開始寫作即以「莫言」爲筆名，提醒自己不要多說話，但仍爲說了許多眞話而得罪了不少人。他曾說：「饑餓和孤獨是我創作的財富。」確切地說，爲免除饑餓，他發奮寫作。他不諱言地表示在他的作品中充滿了世俗的觀點，但卻充滿了對人類的同情和對不平等社會的憤怒。莫言雖也深受外國文學的影響，不過他能深刻的體察生命與人性，找到屬於自身社會文化的創作環境與創作特色。瑞典文學院說他的小說是「幻覺現實主義融合了民間故事、歷史與當代社會」，莫言因此而獲頒二〇一二年諾貝爾文學獎。

莫言的創作題材多變而犀利，混合著自身的血肉與靈魂，運用尖銳而大膽的語言及想像空間，風格新穎獨特。他的作品質量非常豐富，榮獲重要獎項多次，其中已有三本英文版小說集在美國問世。這三本分別是：《紅高粱家族》、《天堂蒜苔之歌》及《酒國》。

〈鐵孩〉是一篇混合著現實社會與虛構人物及情節的故事，描寫在政府大煉鋼鐵的時代，孩子們被迫與父母親分離，在長期的等待、悲傷與落空後，小孩難耐長期的飢餓，便學會吃所有鐵器的東西，並成了癮，甚而超過了與父母重逢的喜悅。讀者在對話中可時時感受到幽幽的悲憫與無言的沉痛。

大煉鋼鐵那年，政府動員了二十萬民工，用了兩個半月的時間，修築了一條八十里長的鐵路。鐵路的上端連結在膠濟鐵路幹線的高密站上，下端插在高密東北鄉那片方圓數十里的荒草甸子裡。

那時候我們只有四五歲，生活在與「公共食堂」一起建成的「幼兒園」裡。幼兒園裡只有一排五間泥牆草頂的房子，房子周圍圈著一些用粗鐵絲連結起來的碗口粗的樹幹，有兩米多高，別說是三四歲的孩子，就是年輕力壯的狗，也跳不過去。我們的父、母、兄、姊……凡是能拿起鐵揪鏟土的，都被編進民工隊伍裡去了，吃在鐵路工地，睡在鐵路工地，我們已有很長時間沒見到他們了。我們被圈在「幼兒園」裡，有三個很瘦的老太婆看管著我們。三個老太婆都是鷹鉤鼻子瞜眼睛，我們認爲她們長得一模一樣。她們每天熬三大盆野菜粥餵我們，早上一盆中午一盆晚上一盆。我們都把肚子喝得像小皮鼓一樣。喝完了粥，我們就把著木柵欄看外邊的風景。木柵欄上抽出一些嫩綠的枝條。有柳樹枝條。有楊樹枝條。有的樹幹腐爛了，不抽枝條，生出一些黃色的木耳或是乳白色的小蘑菇。我們喝完了粥，就把著木柵欄看外邊的風景，手掰著木桿上的小蘑菇吃著，看到柵欄外的街道上來來回回走動著一些外鄉口音的民工，一個個蓬頭垢面，無精打采。我們在這些民工中尋找親人。我們哭咧咧地問：

「大叔，你看到俺爹了嗎？」

「大叔，你看到俺娘了嗎？」

「看到俺哥了嗎？」

「看到俺姊了嗎？」

……

民工們有的像聾子一樣，根本不理睬我們；有的歪過頭來，看我們一眼，然後搖搖頭。有的則惡狠狠地罵我們一句：

「狗崽子們，鑽出來吧！」

那三個老太婆坐在門口，根本不理睬我們。木柵欄高約兩米，我們爬不出去。木柵欄間隙很小，我們鑽不出去。

我們透過木柵欄，看到村外的田野上漸漸隆起一條土龍❶，一群群黑色的人在土龍上忙忙碌碌地爬動著，好像螞蟻一樣。聽木柵欄外邊的民工們說，那就是

❶土龍：這裡指地面上隆起的鐵路路基。

鐵路的路基。我們的親人們，就在那些螞蟻一樣的人群裡。有時候，土龍上會突然插起千萬面紅旗，有時候會突然插起千萬面白旗。更多的時候什麼旗也不插。後來，土龍上閃爍著許多亮晶晶的東西。柵欄外邊的民工們說：要鋪設鐵軌了。

有一天，木柵欄外走過來一個黃頭髮的青年，他個子很高，我們覺得他只要一伸胳膊就能摸到木柵欄的尖兒。我們向他打聽親人的消息，他竟然走到木柵欄邊，蹲下來，很親熱地摸我們的鼻子，戳我們的肚皮，擰我們的小雞雞。這是我們召喚來的第一個大人。他笑著問我們：

「你爹叫什麼名字？」

「俺爹叫王富貴。」

「噢，王富貴，」他摸著下巴說，「王富貴我認識。」

「你知道他什麼時候來接我嗎？」

「他來不了了，前日抬鋼軌時，他被鋼軌砸死了。」

「哇……」一個孩子哭了。

「你見過俺娘嗎？」

「你娘叫什麼名字？」

「俺娘叫萬秀玲。」

「噢，萬秀玲，」他摸著下巴說，「萬秀玲我認識。」

「你知道她什麼時候來接我嗎？」

「她來不了了，前日搬枕木時，她被枕木砸死了。」

「哇……」又一個孩子哭了。

最後，所有的孩子都哭了。黃頭髮的青年人站起來，吹著口哨走了。老婆子們生氣地說：「哭什麼？再哭送你們去萬人坑❷。」

我們從中午一直哭到黃昏。老婆子們讓我們去喝粥，我們還在哭。老婆子們都不哭了。

我們不知道萬人坑在哪裡，但都知道那一定是個極其可怕的地方，於是我們都不哭了。

第二天我們還是把著木柵欄望外面的風景。半上午時，有幾個民工抬著一扇門板急匆匆地走過來了，門板上躺著一個血肉模糊的人，分不清是男是女，一滴一滴的黑血沿著門板的邊緣，「巴嗒巴嗒」滴在地上。

不知是誰帶頭哭了起來，大家一齊哭，好像那門板上躺著的就是自己的親人。

喝完了中午粥，我們又趴在木柵欄上，看著有兩個端著大槍的黑大漢押著那個我們熟識的黃頭髮青年走了過來。黃頭髮青年雙手背著，手腕子上綁著繩子，鼻、眼青腫，嘴唇上流著血。走到我們面前時，他歪著頭看看我們，對我們擠眼弄鼻子，好像他心裡挺高興。

❷萬人坑：即萬人塚，也就是俗稱的亂葬崗。

我們齊聲喊叫他，一個黑大漢用槍筒子戳戳他的背，大聲說：「快走！」

又是一天上午，我們扒著木柵欄，看到遠處的鐵路上，突然又插滿了紅旗，並且響起了敲鑼打鼓的聲音，數不清的人在鐵路上吆喝著，不知爲什麼那麼高興。中午喝粥時，老太婆們分給我們每人一顆雞蛋，並且對我們說：「孩子們，鐵路修好了，下午通車了，你們的爹娘就要來接你們回家了，我們也伺候夠你們了。每人一顆雞蛋，慶祝通車典禮。」

我們高興起來，原來我們的親人沒死，是那黃頭髮青年騙我們，怪不得把他捆起來哩。

我們很少吃雞蛋，老太婆告訴我們要剝了皮才能吃。我們笨拙地剝雞蛋皮，雞蛋殼裡都藏著一雙帶毛的小雞，一咬唧唧叫，還冒血水。我們吃不下去，老太婆們用棍子打我們，逼著我們吃，我們都吃了。

第二天上午，我們趴在木柵欄上，看到鐵路上的紅旗更多了。傍晌午時，鐵路兩邊的人嗷嗷地叫起來，有一個頭上冒著黑煙的大東西，又長又黑的大東西，嗚嗚地叫著，從西南方向跑過來。它跑得比馬還快。它是我們看到的跑得最快的東西。我們感到腳下的地皮打起哆嗦來，心裡很害怕。有幾個穿著白衣裳、戴著白帽子的女人不知從什麼地方鑽出來，拍著巴掌叫著：

「火車來了！火車來了！」

火車呼隆隆響著朝東北方向開過去了，我們的眼睛追著它的尾巴，一直到看不見了還在看。

火車開過去後，果然有一些大人來接孩子。狗被接走了，羊被接走了，柱被接走了，豆也被接走了，最後，只剩下我一個人。

三個老太婆把我領到柵欄外，對我說：「回家去吧！」

我早就忘記了家門，哭著央告老太婆們送我回家。老太婆把我推到一邊，便急急忙忙地關上了木柵欄大門，門裡邊還鎖上一把黃澄澄的大銅鎖。我在木柵欄外哭、叫、求情，她們根本不理。我從木柵門縫裡看到，三個一模一樣的老太婆，在木柵門裡支起一只小鐵鍋，鍋下插上劈柴點著了火，鍋裡倒進一些淺綠色的油。火苗子呼呼地響著，鍋裡的油泛起泡沫。一會兒泡沫消散了，一些白色的煙沿著鍋邊爬上去。那些老太太打破雞蛋，用木棍把一些帶毛的小雞扔到油鍋裡去，炸得滋滋啦啦響，撲楞撲楞翻滾。一股焦焦的香氣溢出來。老太太們又用木棍把油鍋裡的小雞夾出來，咈咈吹幾口氣，就把小雞塞到嘴裡。她們的腮幫子時而這邊鼓起來，時而那邊鼓起來，嘴裡嗚嚕嗚嚕響著。她們在吃小雞時都閉著眼，啪噠啪噠滴著眼淚。任我怎麼哭叫，她們也不開門。我眼淚乾了，喉嚨啞了。我看到一株黑油油的樹旁邊有一汪混濁的水。我走過去喝水。我喝水時看到水邊有一隻黃色的蛤蟆。我還看到一條黑色的、脊梁上有白花的蛇。蛤蟆和蛇在打架，我很害怕，我很渴。我忍著怕，跪下用手捧水喝。水從我指頭縫裡嘩嘩漏。蛇咬住蛤蟆的腿，蛤蟆頭上冒出一些白水。我感到水很腥。我有點噁心。我站起來。我不知道該到哪裡去。我想哭。我哭了。我乾哭，沒有眼淚。

我看到樹、水、黃蛤蟆、黑蛇、打架、害怕、口渴、跪下、捧水、水腥、噁心、我哭、沒有眼淚……哎，你哭什麼？你爹死了嗎？你娘死了嗎？你家裡的人死光了嗎？我回頭。我看到那個問我話的小孩。我看到他跟我一般高。我看到他沒有穿衣裳。我看到他的皮上生著鏽。我覺得他是個鐵孩子。我看到他的眼是黑的。我看到他跟我一樣是個男孩。

他說你哭什麼木頭？我說我不是木頭。他說我偏要叫你木頭。他說木頭你跟我作伴到鐵路上玩去吧。他說那裡有很多好看的、好吃的、好玩的。

我說蛇快把蛤蟆吞了。他說讓他吞吧，別動牠，牠會吸小孩的骨髓。

他領著我我跟著他朝鐵路那兒走。鐵路好像離我們很近可總也走不到，走走，望望，鐵路還是那麼遠，好像我們走它也走一樣。我們好不容易走到鐵路邊。我的腳很痛。我問他叫什麼名字。他說你願意叫我什麼名字我就叫什麼名字。我說我看你像塊生鏽的鐵。他說你說我是鐵我就是鐵。我說鐵孩。他答應了一聲並且咧開嘴笑了。我跟著鐵孩往鐵路上爬。鐵路路基很陡。我看到了兩道鐵軌像兩條大長蟲從一定是很遠很遠的地方爬過來。我想只要我一踩它就會扭動起來，它還會用長得沒有頭的木尾巴把我纏起來。我試探著踩了它一下。我感到鐵很涼，它沒有扭動也沒有甩尾巴。

我看到太陽就要落山了。太陽很大很紅，有一些白色的大鳥落在水邊。我聽到一聲怪叫，鐵孩説火車來了。我看到火車的鐵輪子是紅的，幾條鐵胳膊搗著它轉。我感到車輪下有吸人的風。鐵孩對著火車招手，好像它是他的好朋友一樣。

晚上我感到很餓。鐵孩拿來一根生著紅鏽的錢筋，讓我吃。我説我是人怎麼能吃鐵呢？鐵孩説人爲什麼就不吃鐵呢？我也是人我就能吃鐵，不信我吃給你看看。我看到他果眞把那鐵筋伸到嘴裡，「咯崩咯崩」地咬著吃起來。那根鐵筋好像又酥又脆。我看到他吃得很香，心裡也饞了起來。我問他是怎樣學會吃鐵的，他説難道吃鐵還要學嗎？我説我就不會吃鐵呀。他説你怎麼就不會呢？不信你吃吃看，他把他吃剩下那半截鐵筋遞給我，説你吃吃看。我説我怕把牙齒崩壞了。他説怎麼會呢？什麼東西也比不上人的牙硬，你試試就知道了。我半信半疑地將鐵筋伸到嘴裡，先試著用舌頭舔了一下，品了品滋味。鹹鹹的，酸酸的，腥腥的，有點像醃魚的味道。他説你咬嘛！我試探著咬了一口，想不到不費勁就咬下一截，咀嚼，愈嚼愈香。愈吃愈感到好吃，愈吃愈想吃，一會兒工夫我就把那半截鐵筋吃完了。怎麼樣？我沒騙你吧！我説，你沒騙我，你眞是好人，教會了我吃鐵，我再也不用喝菜湯了。他説人人都會吃鐵，他們不知道。我説早知道這樣誰還去種糧食？他説你以爲煉鐵比種莊稼容易嗎？煉鐵更難。你千萬別告訴他們鐵好吃，要是讓他們知道了，大家一齊吃起來，就沒有咱倆吃的了。我説爲什麼你要把這個秘密告訴我呢？他説我一個人吃鐵沒意思，想找個作伴的。

我跟他踩著鐵軌往東北方向走。因爲學會了吃鐵，我一點也不怕鐵軌了。我心裡說：鐵軌鐵軌，你放老實點，你要敢不老實，我就把你吃了。因爲吃了半根鐵筋，我的肚子一點也不覺得餓了，腳和腿都有勁。我和鐵孩每人踩著一根鐵軌往前走。走得很快，一會兒就望到前邊紅彤彤的半邊天，有七八個大爐子呼呼地冒著火苗子。我聞到好香好鮮的鐵味兒。他說，前邊就是煉鋼鐵的了，沒準你爹娘在那裡呢。我說我一丁點兒也不想他們了。

我們走著走著，鐵路忽然沒了。四周都是比我們還高的荒草，荒草裡有一大堆一大堆的生滿紅繡的廢鋼鐵，有好幾輛火車歪在荒草裡，車廂都砸扁了，裡邊裝著的廢鋼鐵都傾了出來。我們又往前走了會兒，發現這兒有很多人，蹲在鋼鐵堆裡吃飯，爐子裡的火把他們的臉映得通紅。他們正在吃飯，吃的什麼飯？大肉包子地瓜蛋。他們吃得那麼香，那麼甜，都把腮幫子撐得鼓了起來，好像生了痄腮❸一樣。但是我聞到從那些肉包子裡、地瓜蛋裡發散出一股臭氣，比狗屎還要難聞，我感到噁心得很厲害，便趕緊跑到上風頭裡去。這時有一個男人和一個女人忽然從人堆裡站起來，大聲呼喊著：

「狗剩！」

我被他們嚇了一跳。我認出了那是我的爹和娘。他們跌跌撞撞朝我跑來。我忽然覺得他們很可怕，像「幼兒園」裡那三個老太婆一樣可怕。我聞到了他們身

❸痄腮：音ㄓㄚˋ ㄙㄞ，即流行性的腮線炎，也是俗稱的豬頭病或蛤蟆瘟。

上那股子比狗屎還要難聞的臭味。在他們伸手就要捉住我的時候我轉身逃跑了。我跑，他們在後邊追。我不敢回頭，但我覺得他們的指尖不斷地戳到我的頭皮。這時我聽到我的好朋友鐵孩在我的前邊喊我：

「木頭，木頭，往鐵堆裡跑！」

我看到他的暗紅色的身影在鐵堆裡一閃就不見了。我衝向廢鐵堆，踩著那些鍋、鏟、犁、槍、炮等等鐵器爬上了堆積如山的廢鐵堆。鐵孩在一個圓的錢管子裡向我招手，我一斜肩膀就鑽進去。鐵管子黑乎乎的，瀰漫了鐵鏽的香味。我的眼睛什麼也看不見。有一隻涼森森的小手拉住我的手。我知道那是鐵孩的手。鐵孩小聲說：

「別怕，跟我走，他們看不到我們。」

我跟著他往前爬。鐵管子曲裡拐彎，也不知通向哪裡。爬呀爬呀，爬出了一線光明。我跟著鐵孩鑽出去。鐵孩領著我手把著一輛破坦克的履帶爬到砲塔上。砲塔上塗著一些白色的五角星。一根鏽爛得坑坑窪窪的砲管子斜斜地指著天。鐵孩說要鑽到砲塔裡去。砲塔的螺絲都鏽死了。鐵孩說：

「咬開它。」

我們跪在砲塔上，轉著圈啃那些生鏽的螺絲。一邊啃一邊吃，一會兒就啃透了。炮塔蓋子被我們掀到一邊去。砲塔上的鐵很軟，像熟透了的爛桃子一樣。我們鑽進坦克肚子裡去，坐在那些軟綿綿的鐵上。鐵孩幫我找了一個孔，讓我望著我的爹娘。我看到他們在遠處的鐵堆上爬著，劈哩啪啦地翻動著那些鐵器，一邊翻動一邊哭叫著。

「狗剩，狗剩，兒呀，出來吧，出來吃大肉包子地瓜蛋……」

我看著他們，像看著兩個陌生人一樣。當聽到他們讓我出去吃大肉包子地瓜蛋時，我輕蔑地笑了。

他們找不到我，回去了。

我們鑽出坦克，爬到砲筒上去騎著，看遠遠近近的那些冒火的大爐子和爐子周圍忙忙碌碌的人。他們把一些鐵鍋抬起來，喊一聲：一——二——三，拋到半空中去，掉下來跌破，再用大鐵錘砸得稀巴爛。我嗅到了鐵鍋片兒的焦香味兒，肚子咕碌碌地響起來。鐵孩好像猜到了我的心思，說：

「木頭，走，拿口鍋吃，鐵鍋好吃。」

我們避避讓讓地走進火光裡，選中了一口好大的鍋，抬起來就跑。幾個男人被我們驚嚇得連手中的鐵錘都丟了，有的還撒丫子就跑。一邊跑還一邊叫：

「鐵精來了——鐵精來了——」

這時我們已跑到鐵堆的頂上，一塊塊掰著鐵鍋，大口大口吃起來，鐵鍋的滋味勝過鐵筋。

我們吃著鐵鍋，看到有一個腰裡掛著盒子槍的瘸子走過來，用槍帶子抽著那幾個喊「鐵精」的男人，罵道：

「混蛋，我看你們是造謠言搞破壞！狐狸能成精，大樹能成精，誰見過生鐵蛋子能成精？」

那幾個男人齊聲說：

「指導員，俺們不敢撒謊。俺們正在砸鐵鍋，從黑影裡躥出來兩個小鐵人，都生著一身紅鏽，搶了一口鐵鍋，抬著就跑，一轉眼就沒影了。」

瘸子問：「跑到哪裡去了？」

那些人說：「跑到廢鐵堆上去了。」

「胡他娘的造謠！」瘸子說，「荒灘荒地，哪來的孩子！」

「所以俺們才怕了呢。」

瘸子掏出槍，對著鐵堆「噹噹噹」就放了三槍，槍子兒打在鐵上，迸出了一些金色的大火星子。

鐵孩說：

「木頭，咱把他那支槍搶來吃了吧？」

我說：

「就怕搶不來。」

鐵孩說：

「你在這等著，我去搶。」

鐵孩輕手輕腳地下了鐵堆，趴在荒草裡，慢慢地往前爬，光明裡的人看不到他，我能看到他。我看到他爬到瘸子背後時，就在鐵堆上抄起一塊鐵葉子，敲打起鐵鍋來。那幾個男人都說：

「聽聽，鐵精在那兒！」

瘸子剛舉起槍來要放，鐵孩從背後一躍而起，一把就下了他的槍。

男人們大叫：

「鐵精！」

瘸子一腚就坐在地上，嘴裡喊著：

「救命啊——抓特務——」

鐵孩提著槍爬到我身邊，說：

「怎麼樣？」

我說你眞有本事。他高興極了，一口咬下槍筒子，遞給我，說：

「吃吧。」

我咬了一口，嘗到一股子火藥味。我呸呸地吐著，連聲說：

「不好吃，不好吃。」

他從槍脊上咬了一口，品咂著，說：

「果眞不好吃，扔給他吧！」

他把槍身扔到瘸子身邊。

我把被我咬了一口的槍苗子扔到瘸子身邊。

瘸子撿起槍身和槍苗，看了看，嗷嗷地叫著，扔掉破槍就跑了。瘸子跑，歪歪倒，我們坐在鐵堆上笑。

半夜時，西南方向一道耀眼的光柱射過來，並且傳來了「當當」的巨響。火車又來了。

我們看到火車跑到鐵路盡頭，一頭就扎到另一輛火車身上，後邊拉著的車廂呼隆隆擠上來，車廂裡的鐵嘩啦啦地瀉在車道外邊。

從此後再也沒有火車。我問他火車上有沒有特別好吃的地方，他說車輪子最好吃。後來我們吃過一次鐵輪子，吃了一半就不願再吃了。

我們還去煉鐵爐邊找那些新煉出的鐵吃，那些鐵反而不如生鏽的鐵好吃。

我們白天鑽到鐵堆裡睡覺，晚上出來和那些煉鐵的人們搗亂，嚇得他們胡亂跑。

有天晚上，我們又去嚇唬砸鍋鐵的男人。我們看到明亮的燈火裡擺著一口鏽得通紅的大鐵鍋，便一起奔那鐵鍋而去。我們的手剛觸到鍋沿，就聽到呼隆一聲響，一面用麻繩子結成的大網把我們罩住了。

我們用嘴咬繩子，下多大的狠勁也咬不斷。

他們高興地喊：

「抓住了，抓住了！」

後來，他們用砂紙擦我們身上的紅鏽，好痛，好痛啊！

問題與應用

1. 從「鐵」的意象裡，可令你產生什麼聯想？
2. 對於某些特殊家庭的孩子被迫得由社福機構接管與監護，你有什麼想法？
3. 在你的人生中，「朋友」與「家人」如何影響你？

延伸閱讀

1. 魯迅《狂人日記》。
2. 吳敬梓《儒林外史》。

黃寶珊編撰

賦別

鄭愁予

作者、題解

鄭愁予，本名鄭文韜，公元一九三三年生。山東濟南人。國立中興大學法商學院畢業。曾於基隆港務局工作多年，隨後在一九六八年前往美國，進入愛荷華大學「國際寫作班」研究，獲得藝術碩士學位。先後任教於美國愛荷華大學及耶魯大學東亞語文學系、香港大學等校，教授中國現代文學。二〇〇五年返臺擔任國立東華大學駐校作家。現任國立金門大學講座教授、國立東華大學榮譽教授。

鄭愁予筆名「愁予」二字出自《楚辭．九歌．湘夫人》：「帝子降兮北渚，目眇眇兮愁予。」以及辛棄疾的〈菩薩蠻〉：「江晚正愁余，山間聞鷓鴣」。鄭愁予的詩風可分為前後兩期。前期詩風婉約動人，繼承了古典詩詞的音韻感和意象美。後期詩風則飽含對生命的深刻體悟，沉穩內斂中時而透著一股禪趣機鋒。重要詩作包括《夢土上》、《衣缽》、《窗外的女奴》、《燕人行》、《雪的可能》、《蒔花剎那》、《刺繡的歌謠》、《寂寞的人坐著看花》等。選集有《鄭愁予詩選集》、《鄭愁予詩集I》等二部。

鄭愁予成名甚早，除了在詩壇上博得「浪子詩人」的稱號外，他的《鄭愁予詩集I》曾獲選為

「影響臺灣三十年的三十本書」之一；此外也曾獲得多種獎項：青年文藝獎（一九六六）、中山文藝獎（一九六七）、中國時報「新詩推薦獎」（一九六八）及「國家文藝獎」（一九九五）等。目前作品已有八種歐、亞文字譯介，文名享譽海外。

〈賦別〉是寫一位失戀男子追憶分手的情景和之後的心情。這首詩的特別之處在於作者把分手這件事描繪的溫潤而灑脫；雖然明知分手後將會面臨無邊的落寞，男女雙方還是瀟灑地「笑了笑」，「擺一擺手」，而不是常見的哭鬧與爭吵。然而在平和的表象下，一種孤寂惆悵也悄然昇起，並且隨著回家的步伐而不斷地滋生……。作者用輕靈的筆觸描寫深沉的悲傷，這種幽愁暗恨反而別有一種動人心弦的力量，引領讀者一同走進那無邊的風雨之夜，分享了作者無言的孤寂。

課文

這次我離開你，是風，是雨，是夜晚；
你笑了笑，我擺一擺手
一條寂寞的路便展向兩頭了。
念此際你已回到濱河的家居，
想你在梳理長髮或整理濕了的外衣，
而我風雨的歸程還正長；
山退得很遠，平蕪拓得更大，

哎，這世界，怕黑暗已眞的成形了……

你說，你眞傻，多像那放風箏❶的孩子
本不該縛它又放它
風箏去了，留一線斷了的錯誤：
書太厚了，本不該掀開扉頁的；
沙灘太長，本不該走出足印的；
雲出自岫谷❷，泉水滴自石隙，
一切都開始了，而海洋在何處？
「獨木橋」的初遇已成往事了，
如今又已是廣闊的草原了，
我已失去扶持你專寵的權利；
紅與白揉藍於晚天，錯得多美麗，
而我不錯入金果的園林❸，

❶放風箏：比喻對愛情的追求。
❷岫谷：岫音ㄒㄧㄡˋ，岫谷指山谷。
❸金果的園林：指舊約創世紀中所記載的伊甸園。上帝所造的第一對男女亞當與夏娃即居住於園內。在亞當與夏娃尚未偷嚐禁果之前，園內生活沒有任何的憂愁與痛苦，後來伊甸園借爲人間樂園的代稱。

卻誤入維特的墓地❹……

這次我離開你，便不再想見你了，
念此際你已靜靜入睡。
留我們未完的一切，留給這世界，
這世界，我仍體切地踏著，
而已是你底夢境了……

問題與應用

1. 請問你或你身邊的朋友有失戀的經驗嗎？分手的過程是什麼景況，可以提出來和大家分享嗎？
2. 假設有一天你的男（女）朋友向你提出分手的要求，你會用什麼態度回應？
3. 古人說：詩可以興、可以觀、可以群、可以怨。你覺得這首〈賦別〉是否可以印證古人的說法。
4. 鄭愁予鼓勵年輕人如果要想寫好新詩，就要多讀史書、多讀地理、多聽音樂、多看些展

---

❹維特的墓地：典故出自德國作家歌德名著《少年維特的煩惱》，敘述維特苦戀女子夏綠蒂，最後夏綠蒂選擇嫁給早有婚約的未婚夫，維特絕望之餘，便選擇自殺一途。此句在此暗示沒有結果的愛情。

覽，多一些生活體驗，才能使詩作豐富感性，你對此說有何看法？

延伸閱讀

1. 丁旭輝編選《臺灣現當代作家研究資料彙編四〇——鄭愁予》，臺北：國立臺灣文學館，二〇一三年。
2. 瘂弦〈謫仙〉，《純文學》第八卷第一期，一九七〇年七月。
3. 孟樊〈浪子意識的變奏——讀鄭愁予的詩〉，《文訊月刊》第三十期，一九八七年六月。

王翠芳編撰

紅玫瑰與白玫瑰

張愛玲

作者、題解

張愛玲（公元一九二〇——一九九五年），本名張煐，祖籍河北，出生於上海。張愛玲家世顯赫，祖父張佩綸為李鴻章女婿，父親張志沂是新舊時代交替中的末代貴族，住洋樓、開汽車，同時也抽鴉片、娶姨太太。張愛玲的母親黃逸梵同樣系出名門，是長江水師提督黃翼升的孫女。因婚姻不諧，乃拋下一對兒女赴英留學，一九三〇年與張父離婚。張愛玲在父親與後母嚴苛的監管下成長，她的童年是寂寞而陰鬱的。

張愛玲二十歲時，發表《沉香屑・第一爐香》、《沉香屑・第二爐香》震動上海文壇。到了五〇年代，張愛玲已完成她主要的創作，包括《傾城之戀》、《金鎖記》、《半生緣》等。張愛玲有兩段婚姻，一與胡蘭成（汪精衛政權宣傳部次長），為時短暫卻轟轟烈烈；一與美國人賴雅，兩人年齡相差近三十歲。賴雅逝世後，張愛玲獨居加州，從此離群索居，終至寂寞凋零。友人依照她生前遺願，將其骨灰撒於太平洋，結束她傳奇的一生。張愛玲的作品種類繁多，有小說、散文、文學評論、劇作、譯著等。今有《張愛玲全集》傳世。

張愛玲是二十世紀中國文壇的傳奇才女，她認為「凡人比英雄更能代表這時代的重量」

（〈自己的文章〉），因此筆下多描寫「庸人俗事」、「曠男怨女」。她觀察細膩深刻，文字敏銳精到，老練滄桑，引發日後文壇上的「張學」研究之風。夏志清教授在所著的《現代中國小說史》中，把張愛玲這位上海通俗女作家，與魯迅、茅盾等大師平起平坐，以此肯定張愛玲不世出的才情。

〈紅玫瑰與白玫瑰〉選自《傾城之戀》。文中以男性的觀點寫出每一個男性生命中都可能有過的兩個女人——紅玫瑰與白玫瑰。白玫瑰是聖潔的妻子，紅玫瑰是熱烈的情婦。「娶了紅玫瑰，久而久之，紅的變成了牆上的一抹蚊子血，白的還是『床前明月光』；娶了白玫瑰，白的便是衣服上沾的一粒飯粘子，紅的卻是心口上的一顆硃砂痣。」這段比喻可謂貼切傳神，凌厲而細膩（王德威語）。

課文

振保的生命裡有兩個女人，他說一個是他的白玫瑰，一個是他的紅玫瑰。一個是聖潔的妻，一個是熱烈的情婦——普通人向來是這樣把節烈兩個字分開來講的。

也許每一個男子全都有過這樣的兩個女人，至少兩個。娶了紅玫瑰，久而久之，紅的變了牆上的一抹蚊子血，白的還是「床前明月光」；娶了白玫瑰，白的便是衣服上的一粒飯粘子，紅的卻是心口上的一顆朱砂痣。在振保可不是這樣的。他是有始有終，有條有理的，他整個地是這樣一個最合理想的中國現代人物，縱然他遇到的事不是盡合理想的，給他心問口，口問心，幾下子一調理，也就變得彷彿理想化了，萬物各得其所。

他是正途出身，出洋得了學位，並在工廠實習過，非但是眞才實學，而且是半工半讀打下來的天下。他在一家老牌子的外商染織公司做到很高的位置。他太太是大學畢業的，身家清白，面目姣好，性格溫和，從不出來交際。一個女兒才九歲，大學的教育費已經給籌備下了。侍奉母親，誰都沒有他那麼周到；提拔兄弟，誰都沒有他那麼經心；辦公，誰都沒有他那麼火爆認眞；待朋友，誰都沒有他那麼熱心，那麼義氣，克己。他做人做得十分興頭；他是不相信有來生的，不然他化了名也要重新來一趟。——一般富貴閒人的文藝青年前進青年雖然笑他俗，卻都不嫌他，因爲他的俗氣是外國式的俗氣。他個子不高，但是身手矯捷。晦暗的醬黃臉，戴著黑邊眼鏡，眉目五官的詳情也看不出個所以然來。但那模樣是屹然；說話，如果不是笑話的時候，也是斷然。爽快到極點，彷彿他這人完全可以一目了然的，即使沒有看准他的眼睛是誠懇的，就連他的眼鏡也可以作爲信物。

振保出身寒微，如果不是他自己爭取自由，怕就要去學生意，做店夥一輩子生死在一個愚昧無知的小圈子裡。照現在，他從外國回來做事的時候是站在世界之窗的視窗，實在很難得的一個自由的人，不論在環境上，思想上，普通人的一生，再好些也是「桃花扇」❶，撞破了頭，血濺到扇子上，就這上面略加點染成爲一枝桃花。振保的扇子卻還是空白，而且筆酣墨飽，窗明几淨，只等他落筆。

那空白上也有淡淡的人影子打了底子的，像有一種精緻的仿古信箋，白紙上印出微凹的粉紫古裝人像。——在妻子與情婦之前還有兩個不要緊的女人。

第一個是巴黎的一個妓女。

振保學的是紡織工程，在愛丁堡進學校。苦學生在外國是看不到什麼的，振保回憶中的英國只限於地底電車，白煮捲心菜，空白的霧，餓，饞。像歌劇那樣的東西，他還是回國之後才見識了上海的俄國歌劇團。只有某一年的暑假裡，他多下幾個錢，勻出點時間來到歐洲大陸旅行了一次。道經巴黎，他未嘗不想看看巴黎的人有多壞，可是沒有內幕的朋友領導——這樣的朋友他結交不起，也不願意結交——自己闖了去呢，又怕被人欺負，花錢超過預算之外。

在巴黎這一天的傍晚，他沒事可做，提早吃了晚飯，他的寓所在一條僻靜的街上，他步行回家，心裡想著：「人家都當我到過巴黎了。」未免有些悵然。街

❶桃花扇：清初孔尚任所寫的一部傳奇劇本。透過侯方域和秦淮名妓李香君的愛情故事，反映明末南明滅亡的歷史，正所謂「借離合之情，寫興亡之感」。復社黨人侯方域送李香君一把題詩扇，表達愛意。南明權臣阮大鋮不獲李香君之青睞，乃誣陷侯方域，迫使逃亡投奔史可法；同時強將李香君許配他人。李香君堅決不從，以頭撞柱，自盡未遂，血濺詩扇。楊龍友乃因扇上血點，點染成紅艷桃花。南明滅亡後，侯、李相遇於道場，友人張薇撕碎桃花扇，點化二人，二人因而出家學道。

燈已經亮了，可是太陽還在頭上，一點一點往下掉，掉到那方形的水門汀❷建築的房頂上，再往下掉，往下掉，房頂上彷彿雪白地蝕去了一塊。振保一路行來，只覺荒涼。不知誰家宅第家裡有人用一隻手指在那裡彈鋼琴，一個字一個字揿❸下去，遲慢地，彈出聖誕節讚美詩的調子，彈了一支又一支。聖誕夜的聖誕詩自有它的歡愉氣氛，可是在這暑天的下午，在靜靜曬滿了太陽的長街上，太不是時候了，就像是亂夢顛倒，無聊可笑。振保不知道爲什麼，竟不能忍耐這一隻指頭彈出的鋼琴。

他加緊了步伐往前走，褲袋裡的一隻手，手心在出汗。他走得快了，前面的一個黑衣婦人倒把腳步放慢了，略略偏過頭來瞟了他一眼。她在黑蕾絲紗底下穿著紅襯裙。他喜歡紅色的內衣。沒想到這種地方也有這等女人，也有小旅館。

多年後，振保向朋友們追述到這一檔子事，總帶著點愉快的哀感打趣自己，說：「到巴黎之前還是個童男子呢！該去憑弔一番。」回想起來應當是很浪漫的事了，可是不知道爲什麼，浪漫的一部分他倒記不清了，單揀那惱人的部分來記得。外國人身上往往比中國人多著點氣味，這女人老是不放心，他看見她有意無意抬起手臂來，偏過頭去聞一聞。衣服上，胳肢窩裡噴了香水，賤價的香水與狐

❷水門汀：吳地方言：指水泥，有時也指混凝土，英文cement之音譯。

❸揿：音ㄑㄧㄣˋ，即按之意。

臭與汗酸氣混合了，是使人不能忘記的異味。然而他最討厭的還是她的不放心。脫了衣服，單穿件襯裙從浴室裡出來的時候，她把一隻手高高撐在門上，歪著頭向他笑，他知道她又下意識地聞了聞自己。

這樣的一個女人。就連這樣的一個女人，他在她身上花了錢，也還做不了她的主人。和她在一起的三十分鐘是最羞恥的經驗。

還有一點細節是他不能忘記的。她重新穿上衣服的時候，從頭上套下去，套了一半，衣裳散亂地堆在兩肩，彷彿想起了什麼似的，她稍微停了一停。這一剎那之間他在鏡子裡看到她。她有很多的蓬鬆的黃頭髮，頭髮緊緊繃在衣裳裡面，單露出一張瘦長的臉，眼睛是藍的罷，但那點藍都藍到眼下的青暈裡去了，眼珠子本身變了透明的玻璃球。那是個森冷的，男人的臉，古代的兵士的臉。振保的神經上受了很大的震動。

出來的時候，樹影子斜斜臥在太陽影子裡，這也不對，不對到恐怖的程度。嫖，不怕嫖得下流，隨便，骯髒黯敗。越是下等的地方越有鄉土氣息。可是不像這樣。振保後來每次覺得自己嫖得精刮上算的時候便想起當年在巴黎，第一次，有多麼傻。現在他生的世界裡的主人。

從那天起振保就下了決心要創造一個「對」的世界，隨身帶著。在那袖珍世界裡，他是絕對的主人。

振保在英國住久了，課餘東奔西跑找了些小事做著，在工廠實習又可以拿津貼，用度寬裕了些，因也結識了幾個女朋友。他是正經人，將正經女人與娼妓分得很清楚。可是他同時又是個忙人，談戀愛的時間有限，因此自然而然的喜歡比較爽快的對象。愛丁堡❹的中國女人本就寥寥可數，內地來的兩個女同學，他嫌矜持做作，教會的又太教會派了，現在的教會畢竟是較近人情了，很有些漂亮人物點綴其間，可是前十年的教會，那些有愛心的信徒們往往不怎麼可愛的，活潑的還是幾個華僑。若是雜種人，那比華僑更大方了。

振保認識了一個名叫玫瑰的姑娘，因爲是初戀，所以他把以後的女人都比作玫瑰。這玫瑰的父親是體面的商人，在南中國多年，因爲一時的感情作用，娶了個廣東女子爲妻，帶了她回國。現在那太太大約還在那裡，可是似有如無，等閒不出來應酬。玫瑰進的是英國學校，就爲了她是不完全的英國人，她比任何英國人還要英國化。英國的學生是一種瀟灑的漠然。對於最要緊的事尤爲瀟灑，尤爲漠然。玫瑰是不是愛上了他，振保看不大出來，他自己是有點著迷了。兩人都是喜歡快的人，禮拜六晚上，一跑幾個舞場。不跳舞的時候，坐著說話，她總像是心不在焉，用幾根火柴棒設法頂起一隻玻璃杯，要他幫忙支持著。玫瑰就是這樣，頑皮的時候，臉上有一種端凝的表情。她家裡養著一隻芙蓉鳥，鳥一叫她總

❹愛丁堡：Edinburgh是英國蘇格蘭首府，也是繼格拉斯哥後蘇格蘭的第二大城市，位於蘇格蘭東海岸福斯灣南岸。一九九五年被聯合國教科文組織列爲世界文化遺產。

算牠是叫她，急忙答應一聲：「啊，鳥兒？」踮起腳背著手，仰臉望著鳥籠。她那棕黃色的臉，因爲是長圓形的很像大人樣，可是這時候顯得很稚氣。大眼睛望著籠中鳥。眼睜睜的。眼白發藍。彷彿望到極深的藍天裡去。

也許她不過是個極平常的女孩子。不過因爲年輕的緣故，有點什麼地方使人不能懂得。也像那隻鳥，叫那麼一聲。也不是叫哪個人，也沒叫出什麼來。

她的短裙子在膝蓋上面就完了，露出一雙輕巧的腿，精緻得像櫥窗裡的木腿，皮色也像刨光油過的木頭。頭髮剪得極短，腦後剃出一個小小的尖子。沒有頭髮護著脖子，沒有袖子護著手臂，她是個沒遮攔的人，誰都可以在她身上撈一把。她和振保隨隨便便，振保認爲她是天眞。她和誰都隨便，振保就覺得她有點瘋瘋傻傻的。這樣的女人，在外國或是很普通，到中國來就行不通了。把她娶來移植在家鄉的社會裡，那是勞神傷財，不上算❺的事。

有天晚上他開著車送她回家去。他常常這樣送她回家，可是這次似乎有些不同，因爲他就快要離開英國了，如果他有什麼話要說，早就該說了，可是他沒有。她家住在城外很遠的地方。深夜的汽車道上，微風白霧，輕輕拍在臉上像個毛毛的粉撲子。車裡的談話也是輕輕飄飄的，標準英國式的，有一下沒一下。玫瑰知道她已經失去他了。由於一種絕望的執拗，她從心裡熱出來。快到家的時

❺不上算：即不划算之意。

候，她說：「就在這裡停下罷。我不願意讓家裡人看見我們說再會。」振保笑道：「當著他們的面，我也一定會吻妳。」一面說，一面他就伸過手臂去兜住她肩膀，她把臉磕在他身上，車子一路開過去，開過她家門口幾十碼，方才停下了。振保把手伸到她的絲絨大衣底下面去摟著她，隔著酸涼的水鑽，銀脆的絹花，許許多多玲瓏累贅的東西，她的年輕的身子彷彿從衣服裡蹦了出來。振保吻她，她眼淚流了一臉，是他哭了還是她哭了，兩人都不分明。車窗外，還是那不著邊際的輕風濕霧，虛飄飄叫人渾身氣力沒處用，只有用在擁抱上。玫瑰緊緊吊在他頸項上，老是覺得不對勁，換了一個姿勢，又換一個姿勢，不知道怎樣貼得更緊一點才好，恨不得生在他身上，嵌在他身上。振保心裡也亂了主意。他作夢也沒想到玫瑰愛他到這程度。他要怎樣就怎樣，可是……這是絕對不行的。玫瑰到底是個正經人。這種事不是他做的。

玫瑰的身上從衣服裡蹦出來，蹦到他身上，但是他是他自己的主人。

他的自制力，他過後也覺得驚訝。他竟硬著心腸把玫瑰送回家去了。臨別的時候，他捧著她的濕濡的臉，捧著咻咻的鼻息，眼淚水與閃動的睫毛，睫毛在他手掌心裡撲動像個小飛蟲，以後他常常拿這件事來激勵自己：「在那種情形下都管得住自己，現在就管不住了嗎？」

他對他自己那晚上的操行充滿了驚奇讚嘆，但是他心裡是懊悔的。背著他自己他未嘗不懊悔。

這件事他不大告訴人，但是朋友中沒有一個不知道他是個坐懷不亂的柳下惠❻。他這名聲是傳出去了。

因爲成績優越，畢業之前他已經接了英商鴻益染織廠的聘書，一回上海便去就職。他家住在江灣，離事務所太遠了，起初他借住在熟人家裡，後來他弟弟佟篤保讀完了初中，振保設法把他帶出來給他補書，要考鴻益染織廠附設的專門學校，兩人一同耽擱在朋友家，似有不便。恰巧振保有個老同學名喚王士洪的，早兩年回國，住在福開森路一家公寓裡，有一間多餘的屋子，振保和他商量著，連傢俱一同租了下來。搬進去這天，振保下了班，已經黃昏的時候，忙忙碌碌和弟弟押著苦力們將箱籠抬了進去。王士洪立在門首叉腰看著，內室走出一個女人來，正在洗頭髮，堆著一頭的肥皂沫子，高高砌出雲石塑像似的雪白的波鬈。她雙手托住了頭髮，向士洪說道：「趁挑夫在這裡，叫他們把東西一樣樣佈置好了罷。要我們大司務幫忙，可是千難萬難，全得趁他的高興。」王士洪道：「我替

---

❻柳下惠：（公元前七二〇—前六二一年）姓展，名獲，字禽，春秋時魯國人。「柳下」是他的食邑，「惠」是謚號。「坐懷不亂」的故事出自《孔子家語》卷二：「魯人有獨處室者，鄰之嫠婦，亦獨處一室。夜暴風雨至，嫠婦室壞，趨而託焉，魯人閉戶而不納，嫠婦自牖與之言：「何不仁而不納我乎？」魯人曰：「吾聞男女不六十不同居，今子幼吾亦幼，是以不敢納爾也。」婦人曰：「子何不如柳下惠？然嫗不建門之女，國人不稱其亂。」魯人曰：「柳下惠則可，吾固不可。吾將以吾之不可，學柳下惠之可。」今人常以「柳下惠坐懷不亂」，形容男子面對美色依然能克己復禮，不爲所動。

你們介紹，這是振保，這是篤保，這是我的太太。還沒見過面罷。」這女人把右手從頭髮裡抽出來，待要與客人握手，看看手上有肥皂，不便伸過來，單只笑著點了個頭，把手指在浴巾上揩了揩。濺了點沫子到振保手背上。他不肯擦掉它，由它自己乾了，那一塊皮膚便有一種緊縮的感覺，像有張嘴輕輕吸著它似的。

王太太一閃身又回到裡間去了，振保指揮工人移挪床櫃心中只是不安，老覺得有個小嘴吮著他的手，他搭訕著走到浴室裡去洗手，想到王士洪這太太，聽說是新加坡的華僑，在倫敦讀書的時候也是個交際花。當時和王士洪在倫敦結婚，振保因爲忙，沒有趕去觀禮。聞名不如見面，她那肥皂塑就的白頭髮下的臉是金棕色的，皮肉緊致，繃得油光水滑，把眼睛像伶人似的吊了起來。一件條紋布浴衣，不曾繫帶，鬆鬆合在身上，從那淡墨條子上可以約略猜出身體的輪廓，一條一條，一寸寸都是活的。世人只說寬袍大袖的古裝不宜於曲線美，振保現在方知道這話是然而不然。他開著自來水龍頭，水不甚熱，可是樓底下的鍋爐一定在燒著，微溫的水裡就像有一根熱的芯子。龍頭裡掛下一股子水一扭一扭流下來，一寸寸都是活的。振保也不知想到哪裡去了。

王士洪聽見他在浴室裡放水放個不停，走過來說道：「你要洗澡麼？這邊的水再放也放不出熱的來，熱水管子安得不對，這公寓就是這點不好。你要洗還是到我們那邊洗去。」振保連聲道：「不用，不用。你太太不是在洗頭髮麼？」士洪道：「這會子也該洗完了。我去看看。」振保道：「不必了，不必了。」士洪走去向他太太說了，他太太道：「我這就好了，你叫阿媽來給他放水。」少頃，士洪招呼振保帶了浴巾肥皂替換的衣裳來到這邊的浴室裡，王太太還在對著鏡子理頭髮，頭發燙得極其蜷曲，梳起來很費勁，大把大把撕將下來，屋子裡水氣蒸騰，因把窗子大開著，夜風吹進來，地下的頭髮成團飄逐，如同鬼影子。

振保抱著毛巾立在門外，看著浴室裡強烈的燈光的照耀下，滿地滾的亂頭髮，心裡煩惱著。他喜歡的是熱的女人，放浪一點的，娶不得的女人。這裡的一根已經做了太太而且是朋友的太太，至少沒有危險了，然而……看她的頭髮！──到處都是她，牽牽絆絆的。

士洪夫妻兩個在浴室說話，聽不清楚。水放滿了一盆，兩人出來了，讓振保進去洗澡，振保洗完了澡，蹲下地去，把瓷磚上的亂頭髮一團團揀了起來，集成一嘟嚕。燙過的頭髮，稍子上發黃，相當的硬，像傳電的細鋼絲。他把它塞到褲袋裡去，他的手停留在口袋裡，只覺渾身燥熱。這樣的舉動畢竟太可笑了。他又把那團頭髮取了出來，輕輕拋入痰盂。

他攜著肥皂毛巾回到自己屋裡去，他弟弟篤保正在開箱子理東西，向他說道：「這裡從前的房客不知是個什麼樣的人──你看，椅套子上，地毯上，燒的淨是香煙洞！你看桌上的水跡子，擦不掉的。將來王先生不會怪我們罷？」振保道：「當然不會，他們自己心裡有數。而且我們是多年的老同學了，誰像你這麼小氣？」因笑了起來。篤保沉吟片刻，又道：「從前那個房客，你認識麼？」振保道：「好像姓孫，也是從美國回來的，在大學裡教書。你問他做什麼？」篤保未開口，先笑了一笑，道：「剛才你不在這兒，他們家的大司務同阿媽進來替我們掛窗簾我聽見他們嘰咕著說什麼『不知道待得長待不長』，又說從前那個，王先生一定要攆他走。本來王先生要到新加坡去做生意，早該走了，就爲這樁事，不放心非得他走他才走，兩人迸了兩個月。」振保慌忙喝止道：「你信他們胡說！住在人家家裡，第一不能同他們傭人議論東家，這是非就大了！」篤保不言語了。

須臾，阿媽進請吃飯，振保兄弟一同出來。王家的飯菜是帶點南洋風味的，中菜西吃，主要的是一味咖哩羊肉。王太太自己面前卻只有薄薄的一片烘麵包，一片火腿，還把肥的部分切下了分給她丈夫。振保笑道：「怎麼王太太飯量這麼小？」士洪道：「她怕胖。」振保露出詫異的神氣，道：「王太太這樣正好呀，一點兒也不胖。」王太太道：「新近減少了五磅，瘦多了。」士洪笑著伸過手去擰了擰她的面頰道：「瘦多了？這是什麼？」他太太瞅了他一眼道：「這是我去年吃的羊肉。」這一說，大家全都哈哈笑了起來。

振保兄弟和她是初次見面，她做主人的並不曾換件衣服上桌子吃飯，依然穿著方才那件浴衣，頭上頭髮沒有乾透，胡亂纏了一條白毛巾，毛巾底下間或滴下水來，亮晶晶綴在眉心。她這不拘束的程度，非但一向在鄉間的篤保深以爲異，便是振保也覺稀罕。席上她問長問短，十分周到，雖然看得出來她是個不善於治家的人，應酬工夫是好的。

士洪向振保道：「前些時沒來得及同你們說，明兒我就要出門了，有點事要到新加坡去一趟。好在現在你們搬了進來了。凡事也有個照應。」振保笑道：「王太太這麼個能幹人，她照應我們還差不多，哪兒輪得到我們來照應她？」士洪笑道：「你別看她嘰哩喳啦的——什麼事都不懂，到中國來了三年了，還是過不慣，話都說不上來。」王太太微笑著，並不和他辯駁，自顧自喚阿媽取過碗櫥上那瓶藥來，倒出一匙子吃了。振保看見匙子裡那白漆似的厚重的液汁，不覺皺眉道：「這是鈣乳麼？我也吃過的，好難吃。」王太太灌下一匙子，半晌說不出話來，吞了口水，方道：「就像喝牆似的！」振保又笑了起來道：「王太太說話，一句是一句，眞有勁道！」

王太太道：「佟先生，別逕自叫我王太太。」說著，立起身來，走到靠窗一張書桌跟前去。振保想了一想道：「的確王太太這三個字，似乎太缺乏個性了。」王太太坐在書桌跟前，彷彿在那裡寫些什麼東西，士洪跟了過去，手撐在她肩上，彎腰問道：「好好的又吃什麼藥？」王太太只顧寫，並不回頭，答道：「火氣上來了，臉上生了個疙瘩。」士洪把臉湊上去道：「在哪裡？」王太太輕輕往旁邊讓，又是皺眉，又是笑，警告地說道：「嗳，嗳，嗳。」篤保是舊家庭裡長大的，從來沒見過這樣的夫妻，坐不住，只管觀看風景，推開玻璃門，走到陽臺上去了。振保相當鎭靜地削他的蘋果。王太太卻又走了過來，把一張紙條子送到他跟前，笑道：「哪，我也有個名字。」士洪笑道：「妳那一手中國字，不拿出來也罷，叫人家見笑。」振保一看，紙上歪歪斜斜寫著「王嬌蕊」三個字，越寫越大，一個「蕊」字，零零落落，索性成了三個字，不覺噗嗤一笑。士洪拍手道：「我說人家要笑妳，你們那些華僑，取出名字來，實在欠大方。」

嬌蕊鼓著嘴，一把抓起那張紙，團成一團，返身便走，像是賭氣的樣子。然而她出去不到半分鐘，又進來了，手裡捧著個開了蓋的玻璃瓶，裡面是糖核桃，她一路走著，已是吃了起來，又讓振保篤保吃。士洪笑道：「這又不怕胖了！」振保笑道：「這倒是眞的，吃多了糖，最容易發胖。」士洪笑道：「你不知道他們華僑——」才說了一半，被嬌蕊打了一下道：「又是『他們華僑！』不許你叫我『他們！』」士洪繼續說下去道：「他們華僑，中國人的壞處也有，外國人的壞處也有。跟外國人學會了怕胖，這個不吃，那個不吃，動不動就吃瀉藥，糖還是捨不得不吃的。你問她！你問她爲什麼吃這個，她一定是說，這兩天有點小咳嗽，冰糖核桃，治咳嗽最靈。」振保笑道：「的確這是中國人的老脾氣，愛吃什麼，就是什麼最靈。」嬌蕊拈一顆核桃仁放在上下牙之間，把小指點住了他，說道：「你別說——這話也有點道理。」

振保當著她，總好像吃醉了酒怕要失儀似的，搭訕著便踱到陽臺上來。冷風一吹，越發疑心剛才是不是有點紅頭漲臉了。他心裡著實煩惱，才同玫瑰永訣了，她又借屍還魂，而且做了人家的妻。而且這女人比玫瑰更有程度了，她在那間房裡，就彷彿滿房都是朱粉壁畫，左一個右一個畫著半裸的她。怎麼會淨碰見這一類女人呢？難道要怪他自己，到處一觸即發？不罷？純粹的中國人裡面這一路的人究竟少。他是因爲剛回國，所以一混又混在半西半中的社交圈裡。在外國的時候，但凡遇見一個中國人便是「他鄉遇故知」。在家鄉再遇見他鄉的故知，一回熟，兩回生，漸漸的也就疏遠了。——可是這王嬌蕊，士洪娶了她不也弄得很好麼？當然王士洪，人家老子有錢，不像他全靠自己往前闖，這樣的女人是個拖累。況且他不像王士洪那麼好性子，由著女人不規矩。若是成天同她吵吵鬧鬧呢，也不是個事，把男人的志氣都磨盡了。當然……也是因爲王士洪制不住她的緣故。不然她也不至於這樣。……振保抱著胳膊伏在欄杆上，樓下一輛煌煌點著燈的電車停在門首，許多人上去下來，一車的燈，又開走了。街上靜蕩蕩只剩下公寓下層牛肉莊的燈光。風吹著兩片落葉蹋啦蹋啦彷彿沒人穿的破鞋，自己走上一程子。……這世界上有那麼許多人，可是他們不能陪著你回家。到了夜深人靜，還有無論何時，只要是生死關頭，深的暗的所在，那時候只能有一個眞心愛的妻，或者就是寂寞的。振保並沒有分明地這樣想著，只覺得一陣悽惶。

士洪夫妻一路說著話，也走到陽臺上來。士洪向他太太道：「你頭髮乾了麼？吹了風，更要咳嗽了。」嬌蕊解下頭上的毛巾，把頭髮抖了一抖道：「沒關係。」振保猜他們夫妻離別在即，想必有些體己話要說，故意握住嘴打了個呵欠道：「我們先去睡了。篤保明天還得起個大早到學校裡拿章程去。」士洪道：

「我明天下午走，大約見不到你了。」兩人握手說了再會，振保篤保自回房去。

次日振保下班回來，一撳鈴，嬌蕊一隻手握著電話聽筒替他開門。穿堂裡光線很暗，看不清楚，但見衣架子上少了士洪的帽子與大衣，衣架子底下擱著的一隻皮箱也沒有了，想是業已動身。振保脫了大衣掛在架上，耳聽得那廂嬌蕊撥了電話號碼，說道：「請孫先生聽電話。」振保便留了個心。又聽嬌蕊問道：「是悌米麼？……不，我今天不出去，在家裡等一個男朋友。」說著，格格笑將起來，又道：「他是誰？不告訴你。憑什麼要告訴你？……哦，你不感興趣麼？你對你自己不感興趣麼？……反正我五點鐘等他吃茶，專等他，你可別闖了來。」

振保不待她說完，早就到屋裡去，他弟弟不在屋裡，浴室裡也沒有人。他找到陽臺上來，嬌蕊卻從客室裡迎了出來道：「篤保丟下了話，叫我告訴你，他出去看看有些書可能在舊書攤上買到。」振保謝了她，看了她一眼。她穿著的一件曳地長袍，是最鮮辣的潮濕的綠色，沾著什麼就染綠了。她略略移動了一步，彷彿她剛才所占有的空氣上便留著個綠跡子。衣服似乎做得太小了，兩邊迸開一寸半的裂縫，用綠緞帶十字交叉一路絡了起來，露出裡面深粉紅的襯裙。那過份刺眼的色調是使人看久了要患色盲症的。也只有她能夠若無其事地穿著這樣的衣服。她道：「進來吃杯茶麼？」一面說，一面回身走到客室裡去，在桌子旁邊坐下，執著茶壺倒茶。桌上齊齊整整放著兩份杯盤。碟子裡盛著酥油餅乾與烘麵包。振保立在玻璃門口笑道：「待會兒有客人來罷？」嬌蕊道：「咱們不等他了，先吃起來罷。」振保躊躇了一會，始終揣摩不出她是什麼意思，姑且陪她坐下了。

嬌蕊問道：「要牛奶麼？」振保道：「我都隨便。」嬌蕊道：「哦，對了，你喜歡吃清茶，在外國這些年，老是想吃沒的吃，昨兒個你說的。」振保笑道：「你的記性眞好。」嬌蕊起身撳鈴，微微瞟了他一眼道：「你不知道，平常我的記性最壞。」振保心裡怦的一跳，不由得有些恍恍惚惚。阿媽進來了，嬌蕊吩咐道：「泡兩杯清茶來。」振保笑道：「順便叫她帶一份茶杯同盤子來罷，待會兒客人來了又得添上。」嬌蕊瞅❼了他一下，笑道：「什麼客人，你這樣記掛他？阿媽，你給我拿支筆來，還要張紙。」她颼颼地寫了個便條，推過去讓振保看，上面是很簡捷的兩句話：「親愛的悌米，今天對不起得很，我有點事，出去了。嬌蕊。」她把那張紙對折了一下，交給阿媽道：「一會兒孫先生來了，你把這個給他，就說我不在家。」

阿媽出去了，振保吃著餅乾，笑道：「我眞不懂妳了，何苦來呢，約了人家來，又讓人白跑一趟。」嬌蕊身子往前探著，聚精會神考慮著盤裡的什錦餅乾，挑來挑去沒有一塊中意的，答道：「約他的時候，並沒打算讓他白跑。」振保道：「哦？臨時決定的嗎？」嬌蕊笑道：「你沒聽見過這句話麼？女人有改變主

❼瞅，音ㄔㄡˇ。看，瞅見，看見。

張的權利。」

阿媽送了綠茶來，茶葉滿滿的浮在水面上，振保雙手捧著玻璃杯，只是喝不進嘴裡。他兩眼望著茶，心裡卻研究出一個緣故來了。嬌蕊背著丈夫和那姓孫的藕斷絲連，分明嫌他在旁礙眼，所以今天有意的向他特別表示好感，把他吊上了手，便堵住了他的嘴。其實振保絕對沒年心腸去管他們的閒事。莫說他和士洪夠不上交情，再是割頭換頸的朋友，在人家夫婦之間挑撥是非，也是犯不著。可是無論如何，這女人是不好惹的。他又添了幾分戒心。

嬌蕊放下茶杯，立起身，從碗櫥裡取出一罐子花生醬來，笑道：「我是個粗人，喜歡吃粗東西。」振保笑道：「哎呀，這東西最富於滋養料，最使人發胖的！」嬌蕊開了蓋子道：「我頂喜歡犯法。你不贊成犯法麼？」振保把手按住玻璃罐，道：「不。」嬌蕊躊躇半日，笑道：「這樣罷，你給我麵包塌一點，你不會給我太多的。」振保見她做出那楚楚可憐的樣子，不禁笑了起來，果眞爲她的麵包上敷了些花生醬。嬌蕊從茶杯口上凝視著他，抿著嘴一笑道：「你知道我爲什麼支使你？要是我自己，也許一下子意志堅強起來，塌得太少的！」兩人同聲大笑。禁不起她這樣稚氣的嬌媚，振保漸漸軟化了。

正喝著茶，外面門鈴響，振保有點坐立不定，再三地道：「是妳請的客罷？妳不覺得不過意麼？」嬌蕊只聳了聳肩。振保捧著玻璃杯走到陽臺上去道：「等他出來的時候，我願意看看他是怎樣的一個人。」嬌蕊隨後跟了出來道：「他麼？很漂亮，太漂亮了。」振保倚著欄桿笑道：「你不喜歡美男子？」嬌蕊道：「男人美不得，男人比女人還要禁不起慣。」振保半闔著眼睛看著她微笑道：「妳別說人家，妳自己也是被慣壞了的。」嬌蕊道：「也許。你倒是剛剛相反。你處處克扣你自己，其實你同我一樣的是一個貪玩好吃的人。」振保笑了起來道：「哦？真的嗎？妳倒曉得了！」嬌蕊低著頭，輕輕去揀杯中的茶葉，揀半天，喝一口。振保也無聲地吃著茶。不大的工夫，公寓裡走出一個穿西裝的從三層樓上望下去，看不分明，但見他急急地轉了個彎，彷彿是憋了一肚子氣似的。振保忍不住又道：「可憐，白跑了一趟！」嬌蕊道：「橫豎他成天沒事做。我自己也是個沒事做的人，偏偏瞧不起沒事做的人。我就喜歡在忙人手裡如狼似虎地搶下一點時間來——你說這是不是犯賤？」

振保靠在欄桿上，先把一隻腳去踢那欄杆，漸漸有意無意地踢起她那籐椅來，椅子一震動，她手臂上的肉就微微一哆嗦，她的肉並不多，只因骨架子生得小，略微顯胖了一點。振保曉得：「你喜歡忙人？」嬌蕊把一隻手按在眼睛上，笑道：「其實也無所謂。我的心是一所公寓房子。」振保笑道：「那，可有空的房間招租呢？」嬌蕊卻不答應了。振保道：「可是我住不慣公寓房子。我要住單幢的。」嬌蕊哼了一聲道：「看你有本事拆了重蓋！」振保又重重地踢了她椅子一下道：「瞧我的罷！」嬌蕊拿開臉上的手，睜大了眼睛看著他道：「你倒也會說兩句俏皮話！」振保笑道：「看見了妳，不俏皮也俏皮了。」

嬌蕊道：「說眞的，你把你從前的事講點我聽聽。」振保道：「什麼事？」嬌蕊把一條腿橫掃過去，踢得他差一點潑翻手中的茶，她笑道：「裝佯！我都知道了。」振保道：「知道了還問？倒是妳把妳的事說點給我聽罷。」嬌蕊道：「我麼？」她偏著頭，把下頦在肩膀上挨來挨去，好一會，低低地道：「我的一生，三言兩語就可以說完了。」半晌，振保催道：「那麼，妳說呀。」嬌蕊卻又不做聲，定睛思索著。振保道：「妳跟士洪是怎樣認識的？」嬌蕊道：「也很平常。學生會在倫敦開會，我是代表，他也是代表。」振保道：「妳是在倫敦大學？」嬌蕊道：「我家裡送我到英國讀書，無非是爲了嫁人，好挑個好的。去的時候年紀小著呢，根本也不想結婚，不過借著找人的名義在外面玩。玩了幾年，名聲漸漸不大好了，這才手忙腳亂地抓了個士洪。」振保踢了她椅子一下：「妳還沒玩夠？」嬌蕊道：「並不是夠不夠的問題。一個人，學會了一樣本事，總捨不得放著不用。」振保笑道：「別忘了妳是在中國。」嬌蕊將殘茶一飲而盡，立起身來，把嘴裡的茶葉吐到欄杆外面去，笑道：「中國也有中國的自由，可以隨意的往街上吐東西。」

門鈴又響了，振保猜是他弟弟回來了，果然是篤保。篤保一回來，自然就兩樣了。振保過後細想方才的情形，在那黃昏的陽臺上，看不仔細她，只聽見那低小的聲音，秘密地，就像在耳根底下，癢梭梭吹著氣。在黑暗裡，暫時可以忘記她那動人的身體的存在，因此有機會知道她另外還有別的。她彷彿是個聰明直爽的人，雖然是爲人妻子，精神上還是發育未全的，這是振保認爲最可愛的一點。就在這上面他感到了一種新的威脅，和這新的威脅比較起來，單純的肉的誘惑簡直不算什麼了。他絕對不能認眞哪！那是自找麻煩。也許……也許還是她的身子在作怪。男子憧憬一個女子的身體的時候，就關心到她的靈魂，自己騙自己說是愛上了她的靈魂。唯有占領了她的身體之後，他才能夠忘記她的靈魂。也許這是唯一的解脱的方法。爲什麼不呢？她有許多情夫，多一個少一個，她也不在乎。王士洪雖不能說是不在乎，也並不受到更大的委屈。

振保突然提醒他自己，他正在挖空心思想出各種的理由，證明他爲什麼應當同這女人睡覺。他覺得羞慚，決定以後設法躲著她，同時著手找房子，有了適宜的地方就立刻搬家。他托人從中張羅，把他弟弟安插到專門學校的寄宿舍裡去，剩下他一個人，總好辦。午飯原是在辦公室附近的館子裡吃的，現在他晚飯也在外面吃，混到很晚方才回家，一回去便上床了。

有一天晚上聽見電話鈴響了，許久沒人來接。他剛跑出來，彷彿聽見嬌蕊房門一開，他怕萬一在黑暗的甬道裡撞在一起，便打算退了回去。可是嬌蕊彷彿匆促間摸不到電話機，他便接近將電燈一撚。燈光之下一見王嬌蕊，去把他看呆了。她不知可是才洗了澡，換上一套睡衣，是南洋華僑家常穿的沙籠布製的襖褲，那沙籠布上印的花，黑壓壓的也不知是龍蛇還是草木，牽絲攀藤，烏金裡面綻出橘綠。襯得屋裡的夜色也深了。這穿堂在暗黃的燈照裡很像一節火車，從異鄉開到異鄉。火車上的女人是萍水相逢的，但是個可親的女人。

她一隻手拿起聽筒，一隻手伸到肋下去扣那小金核桃鈕子，扣了一會，也並沒有扣上，其實裡面什麼也看不見，振保免不了心懸懸的，總覺得關情。她扭身站著，頭髮亂蓬蓬的斜掠下來，面色黃黃的彷彿泥金的偶像，眼睫毛低著，那睫毛的影子重得像有個小手合在頰上。剛才走得匆忙，把一隻皮拖鞋也踢掉了，沒有鞋的腳便踩在另一隻的腳背上。振保只來得及看見她足踝上有痱子粉的痕跡，她那邊已經掛上了電話——是打錯了的，嬌蕊站立不牢，一歪身便在椅子上坐下了，手還按著電話機。振保這方面把手擱在門鈕上，表示不多談，向她點頭笑道：「怎麼這些時候都沒有看見妳？我以爲妳像糖似的化了去了！」他分明知道是他躲著她而不是她躲著他，不等她開口，先搶著說了，也是一種自衛。無聊得很，他知道，可是見了她就不由得要說玩笑話——是有那種女人的。嬌蕊噗嗤一笑。她那隻鞋還是沒找到，振保看不過去，走來待要彎腰拿給她，她恰是已經蹋進去了。

他倒又不好意思起來，無緣無故略有點悻悻地問道：「今天你們的傭人都到哪裡去了？」嬌蕊道：「大司務同阿媽來了同鄉，陪著同鄉玩大世界去了。」振保道：「噢。」卻又笑道：「一個人在家不怕麼？」嬌蕊站起來，蹋啦蹋啦往房裡走，笑道：「怕什麼？」振保笑道：「不怕我？」嬌蕊頭也不回，笑道：「什麼？……我不怕同一個紳士單獨在一起的！」振保這時卻又把背心倚在門鈕的一隻手上，往後一靠，不想走了的樣子。他道：「我並不假裝我是個紳士。」嬌蕊笑道：「眞的紳士是用不著裝的。」她早已開門進去了，又探身過來將甬道裡電燈啪的一關。振保在黑暗中十分震動，然而徒然興奮著，她已經不在了。

振保一晚上翻來覆去的告訴自己這是不妨事的，嬌蕊與玫瑰不同，一個任性的有夫之婦是最自由的婦人，他用不著對她負任何責任，可是，他不能不對自己負責。想到玫瑰就想到那天晚上，在野地的汽車裡，他的舉止多麼光明磊落，他不能對不住當初的自己。

這樣又過了兩個禮拜，天氣驟然暖了，他沒穿大衣出去，後來下了兩點雨，又覺寒颼颼的，他在午飯的時候趕回來拿大衣，大衣原是掛在穿堂裡的衣架上的，卻看不見。他尋了半日，著急起來，見起坐間的房門虛掩著，便推門進去，一眼看見他的大衣鉤在牆上一張油畫的畫框上，嬌蕊便坐在圖畫下的沙發上，靜靜的點著支香煙吸。振保吃了一驚，連忙退出門去，閃身在一邊，忍不住又朝裡看了一眼。原來嬌蕊並不在抽煙，沙發的扶手上放著只煙灰盤子，她擦亮了火柴，點上一段吸殘的煙，看著它燒，緩緩燒到她手指上，燙著了手，她拋掉了，把手送到嘴跟前吹一吹，彷彿很滿意似的。他認得那景泰藍的煙灰盤子就是他屋裡那只。

振保像做賊似的溜了出去，心裡只是慌張。起初是大惑不解、及至想通了之後還是迷惑。嬌蕊這樣的人，如此癡心地坐在他大衣之旁，讓衣服上的香煙味來籠罩著她，還不夠，索性點起他吸剩的香煙……眞是個孩子，被慣壞了，一向要什麼有什麼，因此遇見了一個略具抵抗力的，便覺得他是值得思念的。嬰兒的頭腦與成熟的婦人的美是最具誘惑性的聯合。這下子振保完全被征服了。

他還是在外面吃了晚飯，約了幾個朋友上館子，可是座上眾人越來越變得言語無味，面目可憎。振保不耐煩了，好容易熬到席終，身不由主地跳上公共汽車回寓所來，嬌蕊在那裡彈鋼琴，彈的是那時候最流行的「影子華爾茲❽」。振保兩隻手抄在口袋裡，在陽臺上來回走著。琴上安著一盞燈，照亮了她的臉，他從來沒看見她的臉那麼肅靜。振保跟著琴哼起那支歌來，她彷彿沒聽見，只管彈下去，換了支別的。他沒有膽量跟著唱了。他立在玻璃門口，久久看著她，他眼睛裡生出淚珠來，因爲他和她到底是在一處了，兩個人，也有身體，也有心。他有點希望她看見他的眼淚，可是她只顧彈她的琴，振保煩惱起來，走近些，幫她掀琴譜，有意打攪她，可是她並不理會，她根本沒照譜，調子是她背熟了的，自管自從手底悠悠流出來。振保突然又是氣，又是怕，彷彿他和她完全沒有什麼相干。他挨緊她坐在琴凳上，伸手擁抱她，把她扳過來，琴聲嘎然停止，她嫻熟地把臉偏了一偏——過於嫻熟地，他們接吻了。振保發狠把她壓到琴鍵上去，砰訇❾

❽影子華爾茲：「Shadow Waltz」是百老匯歌劇《四十二街》的曲目之一。

❾訇：音ㄏㄨㄥ，形容巨大的聲音。

一串混亂的響雷，這至少和別人給她的吻有點兩樣罷？

嬌蕊的床太講究了，振保睡不慣那樣厚的褥子，早起還有暈床的感覺，梳頭髮的時候他在頭髮裡發現一彎剪下來的指甲，小紅月牙，因爲她養著長指甲，把他劃傷了，昨天他朦朧睡去的時候看見她坐在床頭剪指甲。昨天晚上忘了看看有月亮沒有，應當是紅色的月牙。

以後，他每天辦完了公回來，坐在雙層公共汽車的樓上，車頭迎著落日，玻璃上一片光，車子轟轟然朝太陽馳去，朝他的快樂馳去，他的無恥的快樂——怎麼不是無恥的？他這女人，吃著旁人的飯，住著旁人的房子，姓著旁人的姓。可是振保的快樂更爲快樂，因爲覺得不應該。

他自己認爲是墮落了。從高處跌落的物件，比他本身要重許多倍，那驚人的重量跟嬌蕊撞上了，把她砸得昏了頭。

她說：「我眞愛上了你了。」說這話的時候，她還帶著點嘲笑的口氣。「你知道麼？每天我坐在這裡等你回來，聽著電梯工東工東慢慢開上來，開過我們這層樓，一直開上去了，我就像把一顆心提了上去，放不下來。有時候，還沒開到這層樓就停住了，我又像是半中間斷了氣。」振保笑道：「妳心裡還有電梯，可見妳的心還是一所公寓房子。」嬌蕊淡淡一笑，背著手走到窗前，往外看著，隔了一會，方道：「你要的那所房子，已經造好了。」振保起初沒有懂，懂得了之後，不覺呆了一呆。他從來不是舞文弄墨的人，這一次破了例，在書桌上拿起筆來，竟寫了一行字：「心居落成誌喜。」其實也説不上喜歡，許多唧唧喳喳的肉的喜悦突然靜了下來，只剩下一種蒼涼的安寧，幾乎沒有情感的一種滿足。

再擁抱的時候，嬌蕊極力緊箍他，自己又覺羞慚，說：「沒有愛的時候，不也是這樣的麼？若是沒有愛，也能夠這樣，你一定看不起我。」她把兩隻手臂勒得更緊些，問道：「你覺得有點兩樣麼？有一點兩樣麼？」振保道：「當然兩樣。」可是他實在分不出。從前的嬌蕊是太好的愛匠。

現在這樣的愛，在嬌蕊還是生平第一次。她自己也不知道爲什麼單單愛上了振保。常常她向他凝視，眼色裡有柔情，又有輕微的嘲笑，也嘲笑他，也嘲笑她自己。

當然，他是個有作爲的人，一等的紡織工程師。他在事務所裡有一種特殊的氣派，就像老是忙得不抬頭。外國上司一迭連聲叫喊：「佟！佟！佟在哪兒呢？」他把額前披下的一綹子頭發往後一推，眼鏡後的眼睛熠熠有光，連鏡片的邊緣也晃著一抹流光。他喜歡夏天，就不是夏天他也能忙得汗流浹背，西裝上一身的皺紋，肘彎，腿彎，皺得像笑紋。中國同事裡很多罵他窮形極相的。

他告訴嬌蕊他如何能幹，嬌蕊也誇獎他，把手搓弄他的頭髮，說：「哦？嗯，我這孩子很會做事呢。可這也是你份該知道的。這個再不知道，那還了得？別的上頭你是不大聰明的。我愛你——知道了麼？我愛你。」

他在她跟前逞能，她也在他跟前逞能。她的一技之長是耍弄男人。如同那善翻跟頭的小丑，在聖母的台前翻筋斗，她也以同樣的虔誠把這一點獻給他的愛。她的挑戰引起了男子們的適當的反應的時候，她便向振保看著，微笑裡有謙遜，像是說：「這也是我份該知道的。這個再不知道，那還了得？」她從前那個悌米孫，自從那天賭氣不來了，她卻又去逗他。她這些心思，振保都很明白，雖然覺得無聊，也都容忍了，因爲是孩子氣。好像和一群拼拎訇隆正在長大的孩子們同住，眞是催人老的。

也有時候說到她丈夫幾時回來。提到這個，振保臉上就現出黯敗的微笑，眉梢眼梢往下掛，整個的臉拉雜下垂像拖把上的破布條。這次的戀愛，整個地就是不應該，他屢次拿這犯罪性來刺激他自己，愛得更凶些。嬌蕊沒懂得他這層心理，看見他痛苦，心裡倒高興，因爲從前雖然也有人揚言要爲她自殺，她在英國讀書的時候，大清早起來沒來得及洗臉便草草塗紅了嘴唇跑出去看男朋友，他們也曾經說：「我一夜都沒睡，在你窗子底下走來走去，走了一夜。」那到底不算數。當眞使一個男人爲她受罪，還是難得的事。

有一天她說：「我正想著，等他回來了，怎樣告訴他——」就好像是已經決定了的，要把一切都告訴士洪，跟他離了婚來嫁振保。振保沒敢介面，過後，覺得光把那黯敗的微笑維持下去，太嫌不夠了，只得說道：「我看這事莽撞不得。我先去找個做律師的朋友去問問清楚。你知道，弄得不好，可以很吃虧。」以生意人的直覺，他感到，光提到律師二字，已經將自己牽涉進去，到很深的地步。

他的遲疑，嬌蕊毫未注意。她是十分自信的，以為只要她這方面的問題解決了，別人總是絕無問題的。

嬌蕊常常打電話到他辦公室來，毫無顧忌，也是使他煩心的事。這一天她又打了來說：「待會兒我們一塊到哪兒玩去。」振保問為什麼這麼高興，嬌蕊道：「你不是喜歡我穿規規矩矩的中國衣服麼？今天做了來了。我想穿了出去。」振保道：「要不要去看電影？」這時候他和幾個同事合買了部小汽車自己開著，嬌蕊總是搭他們的車子，還打算跟他學著開，揚言「等我學會了我也買一部。」——叫士洪買嗎？這句話振保聽了卻是停在心口不大消化。此刻他提議看電影，嬌蕊似乎覺得不是充分的玩。她先說：「好呀。」又道：「有車子就去。」振保笑道：「你要腳做什麼用的？」嬌蕊笑道：「追你的！」接著，辦公室裡一陣忙碌，電話只得草草掛斷了。

這天恰巧有個同事也需要汽車，振保向來最有犧牲精神，尤其是在娛樂上。車子將他在路角丟了下來，嬌蕊在樓窗口看見他站定了買一份夜報，不知是不是看電影廣告，她趕出來在門口街上迎著他，說：「五點一刻的一場，沒車子就來不及了。不要去了。」振保望著她笑道：「那要不要到別處去呢？——打扮得這麼漂亮。」嬌蕊把他的手臂一勾，笑道：「就在馬路上走走不也很好麼？」一路上他耿耿於心地問可要到這裡到那裡。路過一家有音樂的西洋茶食店，她拒絕進去之後，他方才說：「這兩天倒是窮得厲害！」嬌蕊笑道：「哎喲——先曉得你窮，不跟你好了！」

正說著，遇見振保素識的一個外國老太太，振保留學的時候，家裡給他匯錢帶東西，常常托她的。艾許太太是英國人，嫁了個雜種人，因此處處留心，英國得格外地道。她是高高的，駝駝的，穿的也是相當考究的花洋紗，卻剪裁得拖一片掛一片，有點像個老叫花子。小雞蛋殼藏青呢帽上插著雙飛燕翅，珠頭帽針，帽子底下鑲著一圈灰色的鬈髮，非常的像假髮，眼珠也像是淡藍瓷的假眼珠。她吹氣如蘭似地，咈咈地輕聲說著英語。振保與她握手，問：「還住在那裡嗎？」艾許太太：「本來我們今年夏天要回家去一趟的——我丈夫實在走不開！」到英國去是「回家」，雖然她丈夫是生在中國的，已經是在中國的第三代：而她在英國的最後一個親屬也已經亡故了。

振保將嬌蕊介紹給她道：「這是王士洪太太。往從前也是在愛丁堡的。王太太也在倫敦多年。現在我住在他們一起。」艾許太太身邊還站著她的女兒。振保對於雜種姑娘本來比較最有研究。這艾許小姐抿著紅嘴唇，不大做聲，在那尖尖的白桃子臉上，一雙深黃的眼睛窺視著一切。女人還沒得到自己的一份家業，自己的一份憂愁負擔與喜樂，是常常有那種注意守候的神情的。艾許小姐年紀雖不大，不像有些女人求歸宿的「歸心似箭」，但是都市的職業女性，經常地緊張著，她眼眶底下腫起了兩大塊，也很憔悴了。不論中外的「禮教之大防」，本來也是為女人打算的，使美貌的女人更難到手，更值錢，對於不好看的女人也是一種保護，不至於到處面對著失敗。現在的女人沒有這種保護了，尤其是地位沒有准的雜種姑娘。艾許小姐臉上露出的疲倦與窺伺，因此特別尖銳化了些。

嬌蕊一眼便看出來，這母女二人如果「回家」去了也不過是英國的中下階級。因爲是振保的朋友，她特意要給她們一個好的印象，同時，她在婦女面前不知怎麼總覺得自己是「從了良」的，現在是太太身分，應當顯得端凝富態。振保從來不大看見她這樣的矜持地微笑著，如同有一種電影明星，一動也不動像一顆藍寶石，只讓夢幻的燈光在寶石深處引起波動的光與影。她穿著暗紫藍喬其紗旗袍，隱隱露出胸口掛的一顆冷豔的金雞心——彷彿除此之外她也沒有別的心。振保看著她，一方面得意非凡，一方面又有點懷疑，只要有個男人在這裡，她一定就會兩樣些。

艾許太太問候佟老太太，振保道：「我母親身體很好，現在還是一家人都由她照應著。」他轉向嬌蕊笑道：「我母親常常燒菜呢，燒得非常好。我總是說像我們這樣的母親眞難得的！」因爲裡面經過這許多年的辛酸刻苦，他每次讚揚他的寡母總不免有點咬牙切齒的，雖然微笑著，心變成一塊大石頭，硬硬地「秤胸襟」。艾許太太又問起他弟妹們，振保道：「篤保這孩子倒還好的，現在進了專門學校，將來可以由我們廠送到英國去留學。」連兩個妹妹也讚到了，一個個金童玉女似的。艾許太太笑道：「你也好呀！一直從前我就說：你母親有你眞是值得驕傲的！」振保謙虛了一回，因也還問艾許先生一家的職業狀況。

艾許太太見他手裡卷著一份報，便問今天晚上可有什麼新聞。振保遞給她看，她是老花眼，拿得遠遠地看，盡著手臂的長度，還看不清楚，叫艾許小姐拿著給她看。振保道：「我本來預備請王太太去看電影的。沒有好電影。」他當著人對嬌蕊的態度原有點僵僵的，表示他不過是她家庭的朋友，但是艾許小姐靜靜窺伺著的眼睛，使他覺得他這樣反而欲蓋彌彰了，因又狎熟地緊湊到嬌蕊跟前問道：「下次補請——嗯？」兩眼光光地瞅著她，然後一笑，隨後又懊悔，彷彿說話太起勁把唾沫濺到人臉上去了。他老是覺得這艾許小姐在旁觀看。她是一無所有的年輕人，甚至於連個姓都沒有，竟也等待著一個整個的世界的來臨，而且那大的陰影已經落在她臉上，此外她也別無表情。

像嬌蕊呢，年紀雖輕，已經擁有許多東西，可是有了也不算數的，她彷彿有點糊裡糊塗，像小孩子一朵一朵去采下許多紫羅蘭，紮成一把，然後隨手一丟。至於振保，他所有的一點安全，他的前途，都是他自已一手造成的，叫他怎麼捨得輕易由它風流雲散呢？闊少爺小姐的安全，因爲是承襲來的可以不拿它當回事，他這是好不容易的呀！……一樣的四個人在街上緩緩走著，艾許太太等於在一個花紙糊牆的房間裡安居樂業，那三個年輕人的大世界卻是危機四伏，在地底訇訇跳著舂著。

天還沒黑，霓虹燈都已經亮了，在天光裡看著非常假，像戲子戴的珠寶，經過賣燈的店，霓虹燈底下還有無數的燈，亮做一片。吃食店的洋鐵⑩格子裡，女店員俯身夾取麵包，胭脂烘黃了的臉頰也像是可以吃的。——在老年人的眼中也是這樣的麼？振保走在老婦人身邊，不由得覺得青春的不久長。指示行人在此過街，汽車道上攔腰釘了一排釘，一顆顆爍亮的圓釘，四周微微凹進去，使柏油道看上去烏暗柔軟，踩在腳下有彈性。振保走得揮灑自如，也不知是馬路有彈性還是自己的步伐有彈性。

艾許太太看見嬌蕊身上的衣料說好，又道：「上次我在惠羅公司也看見像這樣的一塊，桃麗嫌太深沒買。我自己都想買了的。後來又想，近來也很少穿這樣衣服的機會……」她自己並不覺得這話有什麼淒慘，其餘的幾個人卻都沉默了一會接不上話去。然後振保問道：「艾許先生可還是忙得很？」艾許太太道：「是呀，不然今年夏天要回家去一趟了，他實在走不開！」振保道：「哪一個禮拜天我有車子，我來接你們幾位到江灣來，吃我母親做的中國點心。」艾許太太笑道：「那好極了，我丈夫簡直是『溺愛』中國東西呢！」聽她那遠方闊客的口吻，決想不到她丈夫是有一半中國血的。

和艾許太太母女分了手，振保彷彿解釋似的告訴嬌蕊：「這老太太人實在非常好。」嬌蕊望望他笑道：「我看你這人非常好。」振保笑道：「嗯？怎麼？

⑩洋鐵：鍍錫或鍍鋅的鐵皮。

——我怎麼非常好？」一直問到她臉上來了。嬌蕊笑道：「你別生氣，你這樣的好人，女人一見了你就想替你做媒，可並不想把你留給自己。」振保笑道：「唔，哦，妳不喜歡好人。」嬌蕊道：「平常女人喜歡好人，無非是覺得他這樣的人可以給當給他上的。」振保道：「嗳呀，那妳是存心要給我上當呀？」嬌蕊頓了一頓，瞟了他一眼，帶笑不笑地道：「這一次，是那壞女人上了當了！」振保當時簡直受不了這一瞟和那輕輕的一句話。然而那天晚上，睡在她床上，他想起路上碰見的艾許太太，想起他在愛丁堡讀書，他家裡怎樣爲他寄錢，寄包裹，現在正是報答他母親的時候。他要一貫地向前，向上。第一先把職業上的地位提高。有了地位之後他要做一點有益社會的事，譬如說，辦一貫貧寒子弟的工科專門學校，或是在故鄉的江灣弄個模範的布廠，究竟怎樣，還是有點渺茫，但已經渺茫地感到外界的溫情的反應，不止有一貫母親，一貫世界到處都是他的老母，眼淚汪汪，睜眼只看見他一個人。

嬌蕊熟睡中偎依著他，在他耳根子底下放大了的她的咻咻的鼻息，忽然之間成爲身外物了。他欠起身來，坐在床沿，摸黑點了一支煙抽著。他以爲她不知道，其實她已經醒了過來。良久良久，她伸手摸索他的手，輕輕說道：「你放心。我一定會好好的。」她把他的手牽到她臂膊上。

她的話使他下淚，然而眼淚也還是身外物。

振保不答話，只把手摸到它去熟了的地方。已經快天明了，滿城暗嗄的雞啼。

第二天，再談到她丈夫的歸期，她肯定地說：「總就在這兩天，他就要回來了。」振保問她如何知道，她這才說出來，她寫了航空信去，把一切都告訴了士洪，要他給她自由。振保在喉嚨裡「噁」地叫了一聲，立即往外跑，跑到街上，回頭看那崔巍的公寓，灰赭色流線型的大屋，像大得不可想像的火車，正沖著他轟隆轟隆開過來，遮的日月無光。事情已經發展到不可救的階段。他一向以爲自己是有分寸的，知道適可而止，然而事情自管自往前進行了。跟她辯論也無益。麻煩的就是：和她在一起的時候，根本就覺得沒有辯論的需要，一切都是極其明白清楚，他們彼此相愛，而且應當愛下去。沒有她在跟前，他才有機會想出諸般反對的理由。像現在，他就疑心自己做了傻瓜，入了圈套。她愛的是悌米孫，卻故意的把濕布衫套在他頭上，只說爲了他和她丈夫鬧離婚，如果社會不答應，毀的是他的前程。

他在馬路上亂走，走了許多路，到一家小酒店去喝酒，要了兩樣菜，出來就覺得肚子痛。叫了部黃包車，打算到篤保的寄宿舍裡去轉一轉，然而在車上，肚子彷彿更疼得緊。振保的自制力一渙散，就連身體上一點點小痛苦都禁受不起了，發了慌，只怕是霍亂，吩咐車夫把他拉到附近的醫院裡去。住院之後，通知他母親，他母親當天趕來看他，次日又爲他買了藕粉和葡萄汁來。嬌蕊也來了。他母親略有點疑心嬌蕊和他有些首尾，故意當著嬌蕊的面勸他：「吃壞了肚子事小，這麼大的人了，還不知道當心自己，害我一夜都沒睡好惦記著你。我哪兒照顧得了這許多？隨你去罷，又不放心。多咱你娶了媳婦，我就不管了，王太太你幫我勸勸他。朋友的話他聽得進去，就不聽我的話。唉！巴你念書上進好容易巴到今天，別以爲有了今天了，就可以胡來一氣了。人家越是看得起你，越得好好兒的往上做。王太太你勸勸他。」嬌蕊裝作聽不懂中文，只是微笑。振保聽他母親的話，其實也和他自己心中的話相彷彿，可是到了他母親嘴裡，不知怎麼，就先是玷辱了他的邏輯。他覺得羞慚，想法子把他母親送去了。

剩下他和嬌蕊，嬌蕊走到他床前，扶著白鐵欄杆，全身姿勢是痛苦的詢問。振保煩躁地翻過身去，他一時不能解釋，擺脫不了他母親的邏輯。太陽曬到他枕邊，隨即一陣陰涼，嬌蕊去把窗簾拉上了。她不走，留在這裡做看護婦的工作，遞茶遞水，遞溺盆。洋瓷盆碰在身上冰冷的她的手也一樣的冷。有時他偶然朝這邊看一眼，她就乘機說話，說：「你別怕……」說他怕，他最怕聽，頓時變了臉色，她便停住了。隔了些時，她又說：「我都改了……」他又轉側不安，使她說不下去了。她又道：「我決不連累你的，」又道：「你離了我是不行的，振保……」幾次未說完的話，掛在半空像許多鐘擺，以不同的速度滴答滴答搖，各有各的理路，推論下去，各自到達高潮，於不同的時候當當打起鐘來。振保覺得一房間都是她的聲音，雖然她久久沉默著。

等天黑了，她趁著房間裡還沒點上燈，近前伏在他身上大哭起來。即使在屈辱之中她也有力量。隔著絨毯和被單他感到她的手臂的堅實。可是他不要力量，力量他自己有。

她抱著他的大腿嚎啕大哭。她燙得極其蓬鬆的頭髮像一盆火似的冒熱氣。如同一個含冤的小孩，哭著，不得下臺，不知道怎樣停止，聲嘶力竭，也得繼續下去，漸漸忘了起初是爲什麼哭的。振保他也是，吃力地說著：「不，不，不要這樣……不行的……」只顧聚精會神克服層層湧起的欲望，一個勁兒地說「不，不」，全然忘了起初爲什麼要拒絕的。

最後他找到了相當的話，他努力弓起膝蓋，想使她抬起身來，說道：「嬌蕊，妳要是愛我的，就不能不替我著想。我不能叫我母親傷心。她的看法同我們不同，但是我們不能不顧到她，她就只依靠我一個人。社會上是決不肯原諒我的——士洪到底是我的朋友。我們的愛只能是朋友的愛。以前都是我的錯，我對不起妳。可是現在，不告訴我就寫信給他，那是妳的錯了。……嬌蕊，妳看怎樣，等他來了，妳就說是同他鬧著玩的，不過是哄他早點回來。他肯相信的，如果他願意相信。」

嬌蕊抬起紅腫的臉來，定睛看著他，飛快地一下，她已經站直了身子，好像很詫異剛才怎麼會弄到這步田地。她找到她的皮包，取出小鏡子來，側著頭左右一照，草草把頭髮往後掠兩下，擁有手帕擦眼睛，擤鼻子，正眼都不朝他看，就此走了。

振保一晚上都沒睡好，清晨補了一覺，朦朧中似乎又有人趴在他身上哭泣，先還當是夢魘，後來知道是嬌蕊，她又來了，大約已經哭了不少時。這女人的心身的溫暖覆在他上面像一床軟緞面子的鴨絨被，他悠悠地出了汗，覺得一種情感上的奢侈。

等他完全清醒了，嬌蕊就走了，一句話沒說，他也沒有話。以後他聽說她同王士洪協議離婚，彷彿多少離他很遠很遠的事。他母親幾次向他流淚，要他娶親，他延挨了些時，終於答應說好。於是他母親托人給他介紹。看到孟煙鸝小姐的時候，振保向自己說：「就是她罷。」

初見面，在人家的客廳裡，她立在玻璃門邊，穿著灰地橙紅條子的綢衫，可是給人的第一印象是籠統的白。她是細高身量，一直線下去，僅在有無間的一點波折是在那幼小的乳的尖端，和那突出的胯骨上。風迎面吹過來，衣裳朝後飛著，越顯得人的單薄。臉生得寬柔秀麗，可是，還是單只覺得白。她父親過世，家道中落之前，也是個殷實的商家，和佟家正是門當户對。小姐今年二十二歲，就快大學畢業了。因爲程度差，不能不揀一個比較馬虎的學校去讀書，可是煙鸝還是學校裡的好學生，兢兢業業，和同學不甚來往。她的白把她和周圍的惡劣的東西隔開了。煙鸝進學校十年來，勤懇地查生字，背表格，黑板上有字必抄，然而中間總像是隔了一層白的膜。在中學的時候就有同學的哥哥之類寫信來，她家裡的人看了信總說是這種人少惹他的好，因此她從來沒回過信。

振保預備再過兩個月，等她畢了業之後就結婚。在這期間，他陪她看了幾次電影。煙鸝很少說話，連頭都很少抬起來，走路總是走在靠後。她很知道，按照近代的規矩她應當走在他前面，應當讓他替她加大衣，種種地方伺候她，可是她不能夠自然地接受這些份內的權利，因而躊躇，因而更爲遲鈍了。振保呢，他自己也不少生成的紳士派，也是很吃力的學來的，所以極其重視這一切，認爲她這種地方是個大缺點，好在年輕的女孩子，羞縮一點也還不討厭。

訂婚與結婚之間相隔的日子太短了，煙鸝私下裡覺得惋惜的，據她所知，那應當是一生最好的一段。然而眞到了結婚那天，她還是高興的，那天早上她還沒十分醒過來，迷迷糊糊的已經彷彿在那裡梳頭，抬起胳膊，對著鏡子，有一種奇異的努力的感覺，像是裝在玻璃試驗管裡，試著往上頂，頂掉管子上的蓋，等不及地一下子要從現在跳到未來。現在是好的，將來還要好——她把雙臂伸到未來的窗子外，那邊的浩浩的風，通過她的頭髮。

在一品香結婚，喜筵設在東興樓——振保愛面子，同時也講究經濟，只要過得去就行了。他在公事房附近租下了新屋，把母親從江灣接來同住。他掙的錢大部分花在應酬聯絡上，家裡開銷上是很刻苦的。母親和煙鸝頗合得來，可是振保對於煙鸝有許多不可告人的不滿的地方。煙鸝因爲不喜歡運動，連「最好的户内運動」也不喜歡。振保是忠實地盡了丈夫的責任使她喜歡的，但是他對她的身體並不怎樣感到興趣。起初間或也覺得可愛，她的不發達的乳，握在手裡像睡熟的鳥，像有它自己的微微跳動的心臟，尖的喙⓫，啄著他的手，硬的，卻又是酥軟的，酥軟的是他自己的手心。後來她連這一點少女美也失去了。對於一切漸漸習慣了之後，她變成一個很乏味的婦人。

振保這時候開始宿娼，每三個禮拜一次——他的生活各方面都很規律化的。和幾個朋友一起，到旅館裡開房間，叫女人，對家裡只說是爲了公事到蘇杭去一趟。他對於妓女的面貌不甚挑剔，比較喜歡黑一點胖一點的，他所要的是豐肥的屈辱。這對於從前的玫瑰與王嬌蕊是一種報復，但是他自己並不肯這樣想。如果這樣想，他立即譴責自己認爲是褻瀆了過去的回憶。他心中留下了神聖而感傷的一角，放著這兩個愛人。他記憶中的王嬌蕊變得和玫瑰一而二二而一了，是一個癡心愛著他的天眞熱情的女孩子，沒有頭腦，沒有一點使他不安的地方，而他，爲了崇高的理智的制裁，以超人的鐵一般的決定，捨棄了她。

他在外面嫖，煙鸝絕對不疑心到。她愛他，不爲別的，就因爲在許多人之中指定了這一個男人是她的。她時常把這樣的話掛在口邊：「等我問問振保看。」「頂好帶把傘，振保說待會兒要下雨的。」他就是天。振保也居之不疑。她做錯了事，當著人他便呵責糾正，便是他偶然疏忽沒看見，他母親必定見到了。煙鸝每每覺得，當著女傭丟臉慣了，她怎麼能夠再發號施令？號令不行，又得怪她。

⓫喙：鳥嘴。

她怕看見僕人眼中的輕蔑，爲了自衛，和僕人接觸的時候，沒開口先就蹙著眉，嘟著嘴，一臉稚氣的怨憤。她發起脾氣來，總像是一時興起的頂撞，出於丫頭姨太太，做小伏低慣了的。

只有在新來的僕人前面，她可以做幾天當家少奶奶，因此她寧願三天兩天換僕人。振保的母親到處宣揚媳婦不中用：「可憐振保，在外面苦奔波，養家活口，回來了還得爲家裡的小事煩心，想安靜一刻都不行。」這些話吹到煙鸝耳中，氣惱一點點積在心頭。到那年，她添了個孩子，生產的時候很吃了些苦，自己覺得有權利發一回脾氣，而婆婆又因爲她生的不過是個女兒，也不甘心讓著她，兩人便嘔起氣來。幸而振保從中調停得法，沒有抓破臉大鬧，然而母親還是搬回江灣了，振保對他太太極爲失望，娶她原爲她的柔順，他覺得被欺騙了，對於他母親他也恨，如此任性地搬走，叫人說他不是好兒子。他還是興興頭頭忙著，然而漸漸顯出疲乏了，連西裝上的含笑的皺紋，也笑得有點疲乏之。

篤保畢業之後，由他汲引，也在廠裡做事。篤保被他哥哥的成就籠罩住了，不成材，學著做個小浪子，此外也沒有別的志願，還沒結婚，在寄宿舍裡住著，也很安心。這一天一早他去找振保商量一件事，廠裡副經理要回國了，大家出份子送禮，派他去買點紀念品。振保教他到公司裡去看看銀器。兩人一同出來，搭公共汽車。振保在一個婦人身邊坐下，原有個孩子坐在他位子上，婦人不經意地抱過孩子去，振保倒沒留心她，卻是篤保，坐在那邊，呀了一聲，欠身向這裡勾了勾頭。振保這才認得是嬌蕊，比前胖了，但也沒有如當初擔憂的，胖到癡肥的程度；很憔悴，還打扮著，塗著脂粉，耳上戴著金色的緬甸佛頂珠環，因爲是中年的女人，那豔麗便顯得是俗豔。篤保笑道：「朱太太，眞是好久不見了。」振保記起了，是聽說她再嫁了，現在姓朱。嬌蕊也微笑，道：「眞是好久不見了。」振保向她點頭，問道：「這一向都好麼？」嬌蕊道：「好，謝謝你。」篤保道：「您一直在上海麼？」嬌蕊點頭。篤保又道：「難得這麼一大早出門罷？」嬌蕊笑道：「可不是。」她把手放在孩子肩上道：「帶他去看牙醫生。昨兒鬧牙疼鬧得我一晚上也沒睡覺，一早就得帶他去。」篤保道：「您在哪兒下車？」嬌蕊道：「牙醫生在外灘。你們是上公事房去麼？」篤保道：「他上公事房，我先到別處兜一兜，買點東西。」嬌蕊道：「你們廠裡還是那些人罷？沒大改？」篤保道：「赫頓要回國去了，他這一走，振保就是副經理了。」嬌蕊笑道：「喲！那多好！」篤保當著哥哥說那麼多的話，卻是從來沒有過，振保看出來了，彷彿他覺得在這種局面之下，他應當負全部的談話的責任，可見嬌蕊和振保的事，他全部知道。

再過了一站，他便下車了。振保沉默了一會，並不朝她看，向空中問道：「怎麼樣？妳好麼？」嬌蕊也沉默了一會，方道：「很好。」還是剛才那兩句話，可是意思全兩樣了。振保道：「那姓朱的，妳愛他麼？」嬌蕊點點頭，回答他的時候，卻是每隔兩個字就頓一頓，道：「是從你起，我才學會了，怎樣，愛，認眞的……愛到底是好的，雖然吃了苦，以後還是要愛的，所以……」振保把手卷著她兒子的海軍裝背後垂下的方形翻領，低聲道：「你很快樂。」嬌蕊笑了一聲道：「我不過是往前闖，碰到什麼就是什麼。」振保冷笑道：「你碰到的無非是男人。」嬌蕊並不生氣，側過頭去想了一想，道：「是的，年紀輕，長得好看的時候，大約無論到社會上做什麼事，碰到的總是男人。可是到後來，除了男人之外總還有別的……總還有別的……」

振保看著她，自己當時並不知道他心頭的感覺是難堪的妒忌。嬌蕊道：「你呢？你好麼？」振保想把他的完滿幸福的生活歸納在兩句簡單的話裡，正在斟酌字句，抬起頭，在公共汽車司機人座右突出的小鏡子裡，看見他自己的臉，很平靜，但是因爲車身的嗒嗒搖動，鏡子裡的臉也跟著顫抖不定，非常奇異的一種心平氣和的顫抖，像有人在他臉上輕輕推拿似的。忽然，他的臉眞的抖了起來，在鏡子裡，他看見他的眼淚滔滔流下來，爲什麼，他也不知道。在這一類的會晤裡，如果必須有人哭泣，那應當是她。這完全不對，然而他竟不能止住自己。應當是她哭，由他來安慰她的。她也並不安慰他，只是沉默著，半晌，說：「你是這裡下車罷？」

他下了車，到廠裡照常辦事。那天是禮拜六，下午放假。十二點半他回家去，他家是小小的洋式石庫門巷堂房子，可是臨街，一長排都是一樣，淺灰水門汀的牆，棺材板一般的滑澤的長方塊，牆頭露出夾竹桃，正開著花。裡面的天井雖小，也可以算得是個花園，應當有的他家全有。藍天上飄著小白雲，街上賣笛子的人在那裡吹笛子，尖柔扭捏的東方的歌，一扭一扭出來了，像繡像小說插圖裡畫的夢，一縷白氣，從帳裡出來，漲大了，內中有種種幻境，像懶蛇一般要舒展開來，後來因爲太瞌睡，終於連夢也睡著了。

振保回家去，家裡靜悄悄的，七歲的女兒慧英還沒放學，女僕到幼稚園接她去了。振保等不及，叫煙鸝先把飯開上桌來，他吃得很多，彷彿要拿飯來結結實實填滿他心裡的空虛。

吃完飯，他打電話給篤保，問他禮物辦好了沒有。篤保說看了幾件銀器，沒有合適的。振保道：「我這裡有一對銀瓶，還是人家送我們的結婚禮，你拿到店裡把上頭的字改一改，我看就行了。他們出的份子你去還給他們。就算是我捐的。」篤保說好，振保道：「那你現在就來拿罷。」他急於看見篤保，探聽他今天早上見著嬌蕊之後的感想，這件事略有點不近情理，他自己的反應尤爲荒唐，他幾乎疑心根本是個幻象。篤保來了，振保閒閒地把話題引到嬌蕊身上，篤保磕了磕香煙，做出有經驗的男子的口吻，道：「老了。老得多了。」彷彿這就結束了這女人。

振保追想恰才那一幕，的確，是很見老了。連她的老，他也妒忌她。他看看他的妻，結了婚八年，還是像什麼事都沒經過似的，空洞白淨，永遠如此。

他叫她把爐臺上的一對銀瓶包紮起來給篤保帶去，她手忙腳亂摋過一張椅子，取下椅墊，立在上面，從櫥頂上拿報紙，又到抽屜裡找繩子，有了繩子，又不夠長，包來包去，包得不成模樣，把報紙也掰破了。振保恨恨地看著，一陣風走過去奪了過來，唉了一聲道：「人笨事皆難！」煙鸝臉上掠過她的婢妾的怨憤，隨即又微笑，自己笑著，又看看篤保可笑了沒有，怕他沒聽懂她丈夫說的笑話。她抱著胳膊站在一邊看振保包紮銀瓶，她臉上像拉上了一層白的膜，很奇怪地，面目模糊了。

篤保有點坐不住——到他們家來的親戚朋友很少有坐得住的——要走。煙鸝極力想補救方才的過失，振作精神，親熱地挽留他：「沒事就多坐一會兒。」她眯細了眼睛笑著，微微皺著鼻樑，頗有點媚態。她常常給人這麼一陣突如其來的親熱。若是篤保是個女的，她就要拉住他的手了，潮濕的手心，絕望地拉住不放，使人不快的一種親熱。

篤保還是要走，走到門口，恰巧遇見老媽子領著慧英回來，篤保從褲裡摸出口香糖來給慧英，煙鸝笑道：「謝謝二叔，說謝謝！」慧英扭過身子去，篤保笑道：「喲！難爲情呢！」慧英扯起洋裝的綢裙蒙住臉，露出裡面的短褲，煙鸝忙道：「噯，噯，這眞難爲情了！」慧英接了糖，仍舊用裙子蒙了頭，一路笑著跑了出去。

振保遠遠坐著看他那女兒，那舞動的黃瘦的小手小腿。本來沒有這樣的一個孩子，是他把她由虛空之中喚了出來。

振保上樓去擦臉，煙鸝在樓底下開無線電聽新聞報告，振保認爲這是有益的，也是現代主婦教育的一種，學兩句普通話也好。他不知道煙鸝聽無線電，不過是願意聽見人的聲音。

振保由窗子裡往外看，藍天白雲，天井裡開著夾竹桃，街上的笛子還在吹，尖銳扭捏的下等女人的嗓子。笛子不好，聲音有點破，微覺刺耳。

是和美的春天的下午，振保看著他手造的世界，他沒有法子毀了它。

寂靜的樓房裡曬滿了太陽。樓下的無線電裡有個男子侃侃發言，一直說下去，沒有完。

振保自從結婚以來，老覺得外界的一切人，從他母親起，都應當拍拍他的肩膀獎勵有加。像他母親是知道他的犧牲的詳情的，即使那些不知道底細的人，他也覺得人家欠著他一點敬意，一點溫情的補償。人家也常常爲了這個說他好，可是他總嫌不夠，因此特別努力地去做份外的好事，而這一類的還是向來是不待人兜攬就黏上身來的。他替他弟弟篤保還了幾次債，替他娶親，替他安家養家。另外他有個成問題的妹妹，爲了她的緣故，他對於獨身或喪偶的朋友格外熱心照顧，替他們謀事，籌錢，無所不至。後來他費了許多周折，把他妹妹介紹到內地一個學校裡去教書，因爲聽說那邊的男教員都是大學新畢業，還沒結婚的。可是他妹子受不了苦，半年的合同沒滿，就鬧脾氣回上海來了。事後他母親心疼女兒，也怪振保太冒失。

煙鸝在旁看著，著實氣不過，逢人就叫屈，然而煙鸝很少機會遇見人。振保因爲家裡沒有一個活潑大方的主婦，應酬起來寧可多花兩個錢，在外面請客，從來不把朋友往家裡帶。難得有朋友來找他，恰巧振保不在，煙鸝總是小心招待，把人家當體己人，和人家談起振保：「振保就吃虧在這一點——實心眼兒待人，自己吃虧！唉，張先生你說是不是？現在這世界是行不通的呀！連他自己的弟弟妹妹也這麼忘恩負義，不要說朋友了，有事找你的時候來找你——沒有一個不是這樣！我眼裡看得多了，振保一趟一趟吃虧還是死心眼兒。現在這時世，好人做不得的呀！張先生你說是不是？」朋友覺得自己不久也會被歸入忘恩負義的一群，心裡先冷了起來。振保的朋友全都不喜歡煙鸝，雖然她是美麗嫻靜的最合理想的朋友的太太，可以作男人們高談闊論的背景。

煙鸝自己也沒有女朋友，因爲不和人家比著，她還不覺得自己在家庭中地位的低落。振保也不鼓勵她和一般太太們來往，他是體諒她不會那一套，把她放在較生疏的形勢中，徒然暴露她的短處，徒然引起許多是非。她對人說他如何如何吃虧，他是原宥她的，女人總是心眼兒窄，而且她不過是衛護他，不肯讓他受一點委屈。可是後來她對老媽子也說這樣的話了，他不由得要發脾氣干涉。又有一次，他聽見她向八歲的慧英訴冤，他沒作聲，不久就把慧英送到學校裡去住讀。於是家裡更加靜悄悄起來。

煙鸝得了便秘症，每天在浴室裡一坐坐上幾個鐘頭——只有那個時候是可以名正言順地不做事，不說話，不思想；其餘的時候她也不說話，不思想，但是心裡總有點不安，到處走走，沒著落的，只有在白色的浴室裡她是定了心，生了根。她低頭看著自己雪白的肚子，白皚皚的一片，時而鼓起來些，時而癟進去，肚臍的式樣也改變，有時候是恬淨無表情的希臘石像的眼睛，有時候是突出的怒目，有時候是邪教神佛的眼睛，眼裡有一種險惡的微笑，然而很可愛，眼角彎彎的，撇出魚尾紋。

振保帶煙鸝去看醫生，按照報紙上的廣告買藥給她吃，後來覺得她不甚熱心，彷彿是情願留著這點病，挾以自重。他也就不管了。

某次他代表廠方請客吃中飯，是黃梅天，還沒離開辦公室已經下起雨來。他雇車兜到家裡去拿雨衣，路上不由得回想到從前，住在嬌蕊家，那天因為下了兩點雨，天氣變了，趕回去拿大衣，那可紀念的一天。下車走進大門，一直包圍在回憶的淡淡的哀愁裡。進去一看，雨衣不在衣架上。他心裡怦的一跳，彷彿十年前的事又重新活了過來。他向客室裡走，心裡繼續怦怦跳，有一種奇異的命裡註定的感覺。手按在客室的門鈕上，開了門，煙鸝在客室裡，還有個裁縫，立在沙發那一頭。一切都是熟悉的，振保把心放下了，不知怎的驀地又提了上來。他感到緊張，沒有別的緣故，一定是因為屋裡其他的兩個人感到緊張。

煙鸝問道：「在家吃飯麼？」振保道：「不，我就是回來拿件雨衣。」他看看椅子上擱著的裁縫的包袱，沒有一點潮濕的跡子，這雨已經下了不止一個鐘頭了。裁縫腳上也沒穿套鞋。裁縫給他一看，像是昏了頭，走過去從包袱裡抽出一管尺來替煙鸝量尺寸。煙鸝向振保微弱地做了手勢道：「雨衣掛在廚房過道裡陰乾著。」她那樣子像是要推開了裁縫去拿雨衣，然而畢竟沒動，立在那裡被他測量。

振保很知道，和一個女人發生關係之後，當著人再碰她的身體，那神情完全是兩樣的，極其明顯。振保冷眼看著他們倆。雨的大白嘴唇緊緊貼在玻璃窗上，噴著氣，外頭是一片冷與糊塗，裡面關得嚴嚴的，分外親切地可以覺得房間裡有這樣的三個人。

振保自己是高高在上，瞭望著這一對沒有經驗的姦夫淫婦。他再也不懂：「怎麼能夠同這樣的一個人？」這裁縫年紀雖輕，已經有點傴僂著，臉色蒼黃，腦後略有幾個癩痢疤，看上去也就是一個裁縫。

振保走去拿他的雨衣穿上了，一路扣鈕子，回到客廳裡來，裁縫已經不在了。振保向煙鸝道：「待會兒我不定什麼時候回來，晚飯不用等我。」煙鸝迎上前來答應著，似乎還有點心慌，一雙手沒處安排，急於要做點事，順手撳開了無線電。又是國語新聞報告的時候，屋子裡充滿另一個男子的聲音。振保覺得他沒有說話的必要了，轉身出去，一路扣鈕子。不知怎麼有那麼多的鈕子。

客室裡大敞著門，聽得見無線電裡那正直明朗的男子侃侃發言，都是他有理。振保想道：「我待她不錯呀！我不愛她，可是我沒有什麼對不起她的地方。

我待她不能算壞了。下賤東西，大約她知道自己太不行，必須找個比她再下賤的。來安慰她自己。可是我待她這麼好，這麼好——」

屋裡的煙鸝大概還是心緒不寧，啪地一聲，把無線電關上了。振保站在門洞子裡，一下子像是噎住了氣，如果聽眾關上無線電，電臺上滔滔說的人能夠知道的話，就有那種感覺——突然的堵塞，脹悶的空虛。他立在階沿上，面對著雨天的街，立了一會，黃包車過來兜生意，他沒講價就坐上拉走了。

晚上回來的時候，階沿上淹了一尺水，暗中水中的家彷彿大爲變了，他看了覺得合適。但是進得門來，嗅到那嚴緊暖熱的氣味，黃色的電燈一路照上樓梯，家還是家，沒有什麼兩樣。

他在大門口脫下濕透的鞋襪，交給女傭，自己赤了腳上樓走到臥室裡，探手去摸電燈的開關。浴室裡點著燈，從那半開的門望進去，淡黃白的浴間像個狹長的軸。燈下的煙鸝也是本色的淡黃白。當然歷代的美女畫從來沒有採取過這樣尷尬的題材——她提著褲子，彎著腰，正要站起身，頭髮從臉上直披下來，已經換了白地小花的睡衣，短衫摟得高高的，一半壓在頷下，睡褲臃腫地堆在腳面上，中間露出長長一截白蠶似的身軀。若是在美國，也許可以作很好的草紙廣告，可是振保匆匆一瞥，只覺得在家常中有一種汙穢，像下雨天頭髮窠裡的感覺，稀濕的，發出翁鬱的人氣。

他開了臥室的燈，煙鸝見他回來了，連忙問：「腳上弄濕了沒有？」振保應了一聲道：「馬上得洗腳。」煙鸝道：「我就出來了。我叫余媽燒水去。」振保道：「她在燒。」煙鸝洗了手出來，余媽也把水壺拎了來了。振保打了個噴嚏，余媽道：「著涼了罷！可要把門關起來？」振保關了門獨自在浴室裡，雨下得很大，忒啦啦打在玻璃窗上。

浴缸裡放著一盆不知什麼花，開足了，是嬌嫩的黃，雖沒淋到雨，也像是感到了雨氣，腳盆就放在花盆隔壁，振保坐在浴缸的邊緣，彎腰洗腳，小心不把熱水濺到花朵上，低下頭的時候也聞見一點有意無意的清香。他把一條腿擱在膝蓋上，用手巾揩乾每一個腳趾，忽然疼惜自己起來。他看著自己的皮肉，不像是自己在看，而像是自己之外的一個愛人，深深悲傷著，覺得他白糟蹋了自己。

他趿[12]了拖鞋出來，站在窗口往外看。雨已經小了不少，漸漸停了。街上成了河，水波裡倒映著一盞街燈，像一連串射出去就沒有了的白金箭鏃。車輛行過，「鋪啦鋪啦」拖著白爛的浪花，孔雀屏似的展開了，掩了街燈的影子。白孔雀屏裡漸漸冒出金星，孔雀尾巴漸長漸淡，車過去了，依舊剩下白金箭鏃，在暗黃的河上射出去就沒有了，射出去就沒有了。

振保把手抵著玻璃窗，清楚地覺得自己的手，自己的呼吸，深深悲傷著。他想起碗櫥裡有一瓶白蘭地酒，取了來，倒了滿滿一玻璃杯，面向外立在視窗慢慢呷

[12] 趿：音ㄙㄚˋ，拖拉，拖行之意，如：趿鞋。

著。煙鸝走到他背後，說道：「是應當喝口白蘭地暖暖肚子，不然眞要著涼了。」白蘭地的熱氣直沖到他臉上，他變成火眼金睛，掉過頭來憎惡地看了她一眼。他討厭那樣的殷勤囉唆，尤其討厭的是：她彷彿在背後窺伺著，看他知道多少。

以後的兩個禮拜內煙鸝一直窺伺著他，大約認爲他並沒有改常的地方，覺得他並沒有起疑，她也就放心下來，漸漸地忘了她自己有什麼可隱藏的。連振保也疑疑惑惑起來，彷彿她根本沒有任何秘密。像兩扇緊閉的白門，兩邊陰陰點著燈，在曠野的夜晚，拚命地拍門，斷定了門背後發生了謀殺案。然而把門打開了走進去，沒有謀殺案，連房屋都沒有，只看見稀星下的一片荒煙蔓草──那眞是可怕的。

振保現在常常喝酒，在外面公開地玩女人，不像從前，還有許多顧忌。他醉醺醺回家，或是索性不回來。煙鸝總有她自己的解釋，說他新添上許多推不掉的應酬。她再也不肯承認這與她有關。她固執地向自己解釋，到後來，他的放浪漸漸顯著到瞞不了人的程度，她又向人解釋，微笑著，忠心地爲他掩飾。因之振保雖然在外面鬧得不像樣，只差把妓女往家裡帶，大家看著他還是個頂天立地的好人。

一連下了一個月的雨。有一天，老媽子說他的紡綢衫洗縮了，要把貼邊放下來。振保坐在床上穿襪子，很隨便的樣子，說道：「讓裁縫拿去放一放罷。」余媽道：「裁縫好久不來了。不知下鄉去了沒有。」振保心裡想：「哦？就這麼容易就斷掉了嗎？一點感情也沒有──眞是齷齪的！」他又問：「怎麼？端午節沒有來收帳麼？」余媽道：「是小徒弟來的。」這余媽在他家待了三年了，她把小褂褲疊了放在床沿上輕輕拍了它一下，雖然沒朝他看，臉上那溫和蒼老的微笑卻帶著點安慰的意味。振保生起氣來。

那天下午他帶著個女人出去玩，故意兜到家裡來拿錢。女人坐在三輪車上等他。新晴的天氣，街上的水還沒退，黃色的河裡有洋梧桐團團的影子。對街一帶小紅房子，綠樹帶著青暈，煙囪裡冒出濕黃煙，低低飛著。振保拿了錢出來，把洋傘打在水面上，濺了女人一身水。女人尖叫起來，他跨到三輪車上，哈哈笑了，感到一種拖泥帶水的快樂。抬頭望望樓上的窗户，大約是煙鸝立在窗口向外看，像是浴室裡的牆上貼了一塊有黃漬的舊把蕾絲茶托，又像一個淺淺的白碟子，心子上沾了一圈茶汙。振保又把洋傘朝水上打——打碎它！打碎它！

砸不掉他自造的家，他的妻，他的女兒，至少他可以砸碎他自己。洋傘敲在水上，腥冷的泥漿飛到他臉上來，他又感到那樣戀人似的疼惜，但同時，另有一個意志堅強的自己站在戀人的對面，和她拉著，扯著，掙扎著——非砸碎他不可，非砸碎他不可！

三輪車在波浪中行駛，水濺潮了身邊那女人的皮鞋皮夾子與衣服，她鬧著要他賠。振保笑了，一隻手摟著她，還是去潑水。

此後，連煙鸝也沒法替他辯護了。振保不拿錢回來養家，女兒上學沒有學費，每天的小菜錢都成問題。煙鸝這時候倒變成了一個勇敢的小婦人，快三十的人了，她突然長大了起來，話也說得流利動聽了，滔滔向人哭訴：「這樣下去怎麼得了呵！眞是要了我的命——一家老小靠他一個人，他這樣下去廠裡的事情也要弄丟了……瘋了心似的，要不就不回來，一回來就打人砸東西。這些年了，他不是這樣的人呀！劉先生你替我想想，你替我想想，叫我這日子怎麼過？」

煙鸝現在一下子有了自尊心，有了社會地位，有了同情與友誼。振保有一天晚上回家來，她坐在客廳裡和篤保說話，當然是說的他，見了他就不開口了。她穿著一身黑，燈光下看出憂傷的臉上略有些皺紋，但仍然抽一種沉著的美。振保並不沖檯拍凳，走進去和篤保點頭寒暄，燃上一支香煙，從容坐下談了一會時局與股票，然後說累了要早點睡，一個人先上樓去了。煙鸝簡直不懂這是怎麼一回事，彷彿她剛才說了謊，很難加以解釋。

篤保走了之後，振保聽見煙鸝進房來，才踏進房門，他便把小櫃上的檯燈熱水瓶一掃掃下地去，豁朗朗跌得粉碎。他彎腰揀起檯燈的鐵座子，連著電線向她擲過去，她急忙返身向外逃。振保覺得她完全被打敗了，得意之極，立在那裡無聲地笑著，靜靜的笑從他的眼裡流出來，像眼淚似的流了一臉。

老媽子拿著笤帚與簸箕立在門口張了張，振保把門關了，她便不敢近來。振保在床上睡下，直到半夜裡，被蚊子咬醒了，起來開燈。地板正中躺著煙鸝一雙繡花鞋，微帶八字式，一隻前些，一隻後些，像有一個不敢現形的鬼怯怯向他走過來，央求著。振保坐在床沿上，看了許久。再躺下的時候，他嘆了口氣，覺得他舊日的善良的空氣一點一點偷著走近，包圍了他。無數的煩憂與責任與蚊子一同嗡嗡飛繞，叮他，吮吸他。

第二天起床，振保改過自新，又變了個好人。

——本文出於《紅玫瑰與白玫瑰》一書中之〈紅玫瑰與白玫瑰〉，皇冠文化出版。宋以朗、宋元琳，經皇冠文化集團授權。

問題與應用

1. 請用自己的語言來具體描述，張愛玲筆下的「紅玫瑰」與「白玫瑰」各代表什麼意涵？你認為這樣的比喻貼切嗎？
2. 你比較喜歡「紅玫瑰」或「白玫瑰」？為什麼？
3. 你喜歡張愛玲的小說嗎？原因是什麼？

延伸閱讀

1. 陳炳良，《張愛玲短篇小說論集》，臺北：遠景出版公司，一九八三年。
2. 王德威，《落地的麥子不死：張愛玲與「張派」傳人》，濟南：山東畫報，二〇〇四年。
3. 劉紹銘，《張愛玲的文字世界》，台北：九歌出版社，二〇〇七年。
4. 影片欣賞：紅玫瑰與白玫瑰、傾城之戀、滾滾紅塵。

王翠芳編撰

許士林的獨白

張曉風

作者、題解

張曉風，公元一九四一年生，江蘇人，筆名曉風、桑科、可叵。東吳大學中文系畢業，曾任教東吳大學、香港浸會學院及陽明醫學院，也做過立法委員。張曉風的寫作風格多變，喜歡嘗試多方領域的創作，觸角廣及散文、小說、劇本與雜文，其中多深刻感人。細讀她的作品，可感受到無邊的悲憫與深細的智慧，余光中曾讚美其文筆「亦秀亦豪」，甚而有一種「勃然不磨的英偉之氣」；《藍與黑》的作者王藍更推薦張曉風獲得「中山文藝獎」。此外，她也曾獲吳三連文藝獎、國家文藝獎，當選過十大傑出女青年。陳芳明說她「是在實驗中國文字的速度、彈性與密度。她勇於創新句法，敢於扭曲文字，這樣做，反而豐富了散文的可觀。」❶她曾說：「只要你不追打我，不定義我，我很願停下來讓你看個清楚，我只是我，只是一個深愛中文的女子，企圖留下一些眾人想說而未說出的話。」（《曉風戲劇集》）自信如是，卻又把溫婉含蓄的深情藏在普世的悲憐裡。

這篇文章曾獲得中國時報第二屆散文推薦獎。文中流露出孩子對母親最眞摯的依戀，一如副題

❶見《台灣新文學史》下冊，頁四七〇，聯經出版。

所寫：「獻給那些睽違母顏比十八年更長久的天涯之人」。這種親情的依戀藉由許士林的角色道盡人間的迷惘與不解的牽繫，絮絮幽幽，絲絲入扣。「一垂鞭，前塵往事，都到眼前」，全文更兼用時空交錯的筆法貫穿母子相依的主軸，讀來渾然感通，心有戚戚。

——獻給那些睽違母顏比十八年更長久的天涯之人

駐馬自聽

我的馬將十里杏花跑成一掠眼的紅煙，娘！我回來了！

那尖塔戮得我的眼疼，娘，從小，每天，它嵌在我的窗裡，我的夢裡，我寂寞童年唯一的風景，娘。

而今，新科的狀元，我，許士林，一騎白馬一身紅袍❷來拜我的娘親。

馬踢起大路上的清塵，我的來處是一片霧，勒馬蔓草間，一垂鞭，前塵往

❷紅袍，古代初考取狀元或進士的人，穿著紅色官衣，紅官衣又稱紅袍。

事，都到眼前。我不需有人講給我聽，只要溯❸著自己一身的血脈往前走，我總能遇見你，娘。

而今，我一身狀元的紅袍，有如十八年前，我是一個全身通紅的赤子，娘，有誰能撕去這襲紅袍，重還我為赤子？有誰能摶❹我為無知的泥，重回你的無垠無限？

都說你是蛇，我不知道，而我總堅持我記得十月的相依，我是小渚❺，在你初暖的春水裡被環護，我抵死也要告訴他們，我記得你乳汁的微溫。他們總說我只是夢見，他們總說我只是猜想，可是，娘，我知道我是知道的，我知道你的血是溫的，淚是燙的，我知道你的名字是「母親」。

而萬古乾坤，百年身世，我們母子就那樣緣薄嗎？才甫❻一月，他們就把你帶走了。有母親的孩子可聆母親的音容，沒母親的孩子可依母親的墳頭，而我呢，娘，我向何處破解惡狠的符咒呢？

有人將中國分成江南江北，有人把領域劃成關內關外，但對我而言，娘，這世界被截成塔底和塔上。塔底是千年萬世的黝黑渾沌，塔外是荒涼的日光，無奈的春風和忍情的秋月……。

❸溯：逆流而上，引申為探求之意。
❹摶：音ㄊㄨㄢˊ，揉捏成團的意思。
❺渚：音ㄓㄨˇ，水中陸地。大者稱洲，小者稱渚。
❻甫：方才、剛剛。才甫，屬同義複詞。

塔在前，往事在後，我將前去祭拜，但，娘，此刻我徘徊佇立，十八年，我重溯斷了的臍帶，一路向你泅去，春陽曖曖，有一種令人沒頂的怯懼，一種令人沒頂的幸福。塔牢牢地楔死在地裡，像以往一樣牢，我不敢相信你馱著它有十八年之久，我不能相信，它會永永遠遠鎮住你。

十八年不見，娘，你的臉會因長期的等待而萎縮乾枯嗎？有人說，你是美麗的，他們不說我也知道。

認取

你的身世似乎大家約好了不讓我知道，而我是知道的，當我在井旁看一個女子汲水，當我在河畔看一個女子浣❼衣，當我在偶然的一瞥間看見當窗繡花的女孩，或在燈下衲鞋的老婦，我的眼眶便乍然濕了。娘，我知道你正化身千億，向我絮絮地說起你的形象。娘，我每日不見你，卻又每日見你，在凡間女子的顰眉瞬目間，將你一一認取。

而你，娘，你在何處認取我呢？在塔的沉重上嗎？在雷峰夕照的一線酡紅間嗎？在寒來暑往的大地腹腔的脈動裡嗎？

❼浣：洗滌之意。

是不是，娘，你一直就認識我，你在我無形體時早已知道我，你從茫茫大化中拼我成形，你從冥漠空無處摶我成體。

而在峨嵋山，在競綠賽青的千巖萬壑間，娘，是否我已在你的胸臆中？當你吐納朝霞夕露之際，是否我已被你所預見？我在你曾仰視的霓虹中舒昂，我在你曾倚以沉思的樹幹內緩緩引升，我在花，我在葉，當春天第一聲小草冒地而生並歡呼時，你聽見我。在秋後零落斷雁的哀鳴裡，你分辨我。娘，我們必然從一開頭就是彼此認識的。娘，眞的，在你第一次對人世有所感有所激的刹那，我潛在你無限的喜悅裡，而在你有所怨有所歎的時分，我藏在你的無限淒涼裡。娘，我們必然是從一開頭就彼此認識的。你能記憶嗎？娘，我在你的眼，你的胸臆，你的血，你的柔和如春槳的四肢。

湖

娘，你來到西湖，從疊煙架翠的峨嵋到軟紅十丈的人間，人間對你而言是非走一趟不可的嗎？但裡湖、外湖、蘇堤、白堤，娘，竟沒有一處可堪容你。千年修持，抵不了人間一字相傳的血脈姓氏，爲什麼人類只許自己修仙修道，卻不許萬物修得人身跟自己平起平坐呢？娘，我一頁一頁的翻聖賢書，一個一個的去閱人的臉，所謂聖賢書無非要我們做人，但爲什麼眞的人都不想做人呢？娘啊！閱遍了人和書，我只想長哭，娘啊，世間原來並沒有人跟你一樣癡心地想做人啊！歲歲年年，大雁在頭頂的青天上反覆指示「人」字是怎麼寫的，但是，娘，沒有一個人在看，更沒有一個人看懂了啊！

南屏晚鐘，三潭印月，曲院風荷，文人筆下西湖是可以有無限題詠的。冷泉一徑冷著，飛來峰似乎想飛到那裡去，西湖的遊人萬千，來了又去了，誰是坐對大好風物想到人間種種就感激欲泣的人呢，娘，除了你，又有誰呢？

雨

西湖上的雨就這樣來了，在春天。

是不是從一開頭你就知道和父親註定不能天長日久做夫妻呢？茫茫天地，你只死心踏地眷著傘下的那一剎那溫情。湖色千頃，水波是冷的，光陰百代，時間是冷的，然而一把傘，一把紫竹爲柄的八十四骨❽的油紙傘下，有人跟人的聚首，傘下有人世的芳馨，千年修持是一張沒有記憶的空白，而傘下的片刻卻足以

❽骨：即紙傘的骨架，通常是以竹子作成。

傳誦千年。娘，從峨嵋到西湖，萬里的風雨雷雹何嘗在你意中，你所以眷眷於那把傘，只是愛與那把傘下的人同行，而你心悅那人，只是因爲你愛人世，愛這個溫柔綿纏的人世。

而人間聚散無常，娘，傘是聚，傘也是散，八十四支骨架，每一支都可能骨肉撕離。娘啊！也許一開頭你就是都知道的，知道又怎樣，上天下地，你都敢去較量，你不知道什麼叫生死，你強扯一根天上的仙草而硬把人間的死亡扭成生命，金山寺❾一鬥，勝利的究竟是誰呢，法海❿做了一場靈驗的法事，而你，娘，你傳下了一則喧騰人口的故事。人世的荒原裡誰需要法事？我們要的是可以流傳百世的故事，可以乳養生民的故事，可以輝耀童年的夢寐和老年的記憶的故事。

而終於，娘，繞著那一湖無情的寒碧，你來到斷橋，斬斷情緣的斷橋。故事從一湖水開始，也向一湖水結束，娘，峨嵋是再也回不去了。在斷橋，一場驚天動地的嬰啼，我們在彼此的眼淚中相逢，然後，分離。

❾金山寺位於江蘇鎮江，建於東晉時代，與普陀寺、文殊寺、大明寺並列爲中國的四大名寺。

❿法海：金山寺住持。

合缽

一隻缽，將你罩住，小小的一片黑暗竟是你而今而後頭上的蒼穹。娘，我在惡夢中驚醒千回，在那分窒息中掙扎。都說雷峰塔會在夕照裡，千年萬世，只專爲鎮一個女子的情癡，娘，鎮得住嗎？我是不信的。

世間男子總以爲女子一片癡情，是在他們身上，其實女子所愛的那裡是他們，女子所愛的豈不也是春天的湖山，山間的晴嵐，嵐中的萬紫千紅，女子所愛的是一切好氣象，好情懷，是她自己一寸心頭萬頃清澈的愛意，是她自己也說不清道不盡的滿腔柔情。像一朵菊花的「抱香枝頭死」，一個女子緊緊懷抱的是她自己亮烈美麗的情操，而一隻法海的缽能罩得住什麼？娘，被收去的是那樁婚姻，收不去的是屬於那婚姻中的恩怨牽掛，被鎮住的是你的身體，不是你的著意飄散如暮春飛絮的深情。

——而即使身體，娘，他們也只能鎮住少部分的你，而大部分的你卻在我身上活著，是你的傲氣塑成我的骨，是你的柔情流成我的血。當我呼吸，娘，我能感到屬於你的肺納，當我走路，我想到你在這世上的行跡。娘，法海始終沒有料到，你仍在西湖，在千山萬水間自在的觀風望月並且讀聖賢書，想天下事，與萬千世人摩肩接踵——藉一個你的骨血揉成的男孩，藉你的兒子。

不管我曾怎樣悽傷，但一想起這件事，我就要好好活著，不僅爲爭一口氣，而是爲賭一口氣！娘，你會贏的，世世代代，你會在我和我的孩子身上活下去。

祭塔

而娘，塔在前，往事在後，十八年乖隔，我來此只求一拜——人間的新科狀元，頭簪宮花⓫，身著紅袍，要把千種委屈，萬種淒涼，都並作納頭一拜。

娘！

那豁然撕裂的是土地嗎？

那倏然崩響的是暮雲嗎？

那頹然而傾斜的是雷峰塔嗎？

那哽咽垂泣的是——娘，你嗎？

是你嗎？娘，受孩兒這一拜吧！

你認識這一身通紅嗎？十八年前是紅通通的赤子，而今是宮花紅袍的新科狀元許士林。我多想扯碎這一身紅袍，如果我能重還爲你當年懷中的赤子，可是，娘，能嗎？

⓫頭簪宮花：頭上配戴著皇上賞賜的金花。簪，這裡作動詞，配戴的意思。宮花即古時進士及第，天子賜宴，中選的士子所戴的金花，通常是絹類的織物做成。

當我讀人間的聖賢書，娘，當我援筆爲文論人間事，我只想到，我是你的兒，滿腔是溫柔激盪的愛人世的癡情。而此刻，當我納頭而拜，我是我父之子，來將十八年的虧疚無奈併作驚天動地的一叩首。

且將我的額血留在塔前，作一朵長紅的桃花：笑傲朝霞夕照，且將那崩然有聲的頭顱擊打大地的聲音化作永恆的幕鼓，留給法海聽，留給一駭而傾的塔聽。人間永遠有秦火焚不盡的詩書，法缽罩不住的柔情，娘，唯將今夕的一凝目，抵十八年數不盡的骨中的酸楚，血中的辣辛，娘！

終有一天雷峰會倒，終有一天尖聳的塔會化成飛散的泥塵，長存的是你對人間那一點執拗的癡！

當我馳馬而去，當我在天涯海角，當我歌，當我哭，娘，我忽然明白，你無所不在的臨視我，熟知我，我的每一舉措於你仍是當年的胎動，扯你，牽你，令你驚喜錯愕，令你隔著大地的腹部摸我，並且說：「他正在動，他正在動，他要幹什麼呀？」

讓塔驟然而動，娘，且受孩兒這一拜！

後記：許士林是故事中白素貞和許仙的兒子，大部分的敘述者都只把情節說到「合缽」爲止，平劇中「祭塔」一段也並不經常演出，但我自己極喜歡這一段，我喜歡那種利劍斬不斷，法缽罩不住的人間牽絆，本文試著細細表出許士林叩拜囚在塔中的母親的心情。

問題與應用

1. 說說看什麼叫做「獨白」?在文學作品中常見嗎?請試著模仿這樣的形式創作一篇散文。
2. 找找看文中所說的「做人」與身為一條修練千年的「蛇妖」,有何對比處?
3. 嘗試將傳統戲劇「白蛇傳」中的人物性格及情節改寫成你想要的故事。

延伸閱讀

1. 張曉風《步下紅毯之後》、《你還沒有愛過》,九歌出版。
2. 明華園劇團《超炫白蛇精.水淹金山寺》
3. 黃慶萱《修辭學》,三民書局。

黃寶珊編撰

向左走向右走——榮辱與共

導讀

我們在社會中，有各種形形色色不同的角色扮演。每個人家庭背景、學識、價值取向各異，選擇的人生道路亦不同。儘管如此，個人在社會中扮演的角色各有其重要性，所以這個社會發生的每一件事，都或多或少與我們產生關係，所以我們必須有榮辱與共的認知。

我與社會的單元，一共包含七篇文章，每篇都有其核心精神：從《老子》篇章可以體悟出群我生存的型態；墨子的〈兼愛〉，則是強調互助互愛的精神；從〈錯斬崔寧〉文章中，可以看出法治精神中勿枉勿縱的重要；而〈菸樓〉一文則能啓發人們關懷社會各階層的艱辛；在〈祝福〉一文可以對社會階級有所反思；在〈急水溪事件〉中能夠挑起對公益的思辨；最後的蘭嶼行醫記則是強調多元尊重的概念。

本單元核心精神包含七部分，都是編輯本教科書的依據，以下分別探討：

1. **群我關係**：人是群居的動物，人不可能脫離群體而單獨生活。在老子的理念中可以體悟出，自我與群體間應該要如何進退，如何拿捏分寸，是世間生存的法則，我們需要加以思索其中的奧妙。
2. **互助互愛**：冷漠的社會是大多數人的感嘆，當今社會亟需大家的互助互愛，才能永久發展下去。所以墨子所推崇的兼愛非攻則是相當崇高的理想，在〈兼愛〉文中的「天下兼相愛則治，交相惡則亂」，正可以做爲社會發展的重要依據。
3. **法治精神**：在社會新聞中發生許多冤獄、弊案等事件，在在都提醒著我們法治的重要，而〈錯斬崔寧〉，正是典型的現代社會縮影，內容講述著昏官爲了貪圖方便，便對無辜的崔寧屈打成招，形成了一場冤獄。書中的崔寧終將含冤得雪，但現實的社會中可能存在不少的冤獄，法治的精神值得我們深思。

4. **社會關懷**：隨著經濟的繁榮，人民的生活水準也相對提高，但是對於「吃米不知道米價」的年輕一輩來說，吃苦二字恐怕是很難體會的；有時因為一點小事就禁不起打擊，而結束生命，實屬可惜。從鍾理和的〈菸樓〉中看到了堅毅的奮鬥精神，是值得我們去學習效法的。

5. **階級反思**：不論是過去帝制時期或是現代民主社會，階級的存在是必然的。然而，不同的社會階級應當如何相待、相處呢？若是相互仇視或是歧視，都將造成社會、國家的不安，也會讓不幸繼續循環下去，成為社會的亂源。「祝福」不只是祈神賜福自己的儀式，更應是誠心所願地祝福周遭的人，尤其是那遭遇不幸而淪落社會低層的人。

6. **公共利益**：當公共利益與私人利益相牴觸時，該如何抉擇？一條溪的整治開始於氾濫，造成人命損失，如此重大的事件，卻可以因各方人士私利的角逐而一再耽延，耽延的結果，是造成更多生命、財產的損害。孰重？孰輕？值得我們思考。

7. **多元尊重**：單一強勢族群主導的社會，往往造成少數民族被歧視，及其語言、文化、歷史快速消亡的不幸後果。台灣，是個多元種族聚居的地方，不論是閩、客、原住民、外籍人士，不同的民族有不同的文化思想，我們都應當去理解並學習彼此尊重，來成就一個社會、國家的繁榮與和諧。

鄭瓊月編撰

《老子》（節選）

作者、題解

《史記．老莊申韓列傳》記載老子，姓李，名耳，字聃，春秋楚國苦縣厲鄉曲仁里人（今河南鹿邑東）。曾擔任周守藏室之史，（大約在周朝首都洛陽管理周朝的國家藏書等事務）。老子的生卒年不詳。《史記．老莊申韓列傳》記載孔子曾向老子請教關於禮的問題。他的學說後被莊周、楊朱等人發展。相傳老子西出函谷關之前，關令尹喜曰：「子將隱矣，彊爲我著書。」於是老子乃著書上下篇，留下五千言著作，倒騎青牛而去，飄然不知所終。

《老子》第八章中以自然界的水來比喻有高尚品德者的人格，認爲他們的品格像水那樣，最完善的人格也應該具有這種心態與行爲，不但做有利於衆人的事情而不與爭，還願意做別人不願做的事情。理想中的「聖人」是道的體現者，爲人處世的要旨，即爲「不爭」。也就是說，寧處別人之所惡，也不去與人爭利，所以別人也沒有什麼怨尤。

老子在第十七章中描畫了他的理想國政治型態。在老子的觀念上，理想的「太上」領導者是要「處無爲之治，行不言之教」。「親而譽之」的政治境界，只能讓老百姓覺得統治者可以親信，並且稱讚他，雖然不錯，但還是次於「無爲而治」者。至於「畏之」、「侮之」的統治者，用嚴刑峻法來鎮壓人民，實行殘暴擾民政策，人民只是逃避他，畏懼他，更是等而下之的領導。

《老子》第八十章中的「小國寡民」正是老子所描繪的理想社會，它反映了中國古代社會自給自足的生活方式。在那裡，沒有剝削和壓迫，沒有戰爭和掠奪。這種單純的、質樸的社會，實在是古代農村生活理想化的縮影。雖然表達了對社會的不滿，反映了人民擺脫貧困和離亂的願望。但卻充滿著烏托邦的美麗幻景。

課文

第八章

上善若水❶。水善利萬物而不爭，居眾人之所惡❷，故幾於道❸。居善地❹，心善淵❺，與善仁❻，言善信❼，政善治❽，事善能❾，動善時❿。夫唯不爭，故無尤⓫。

❶上善若水：上善之人，如水之性。
❷所惡：厭惡。
❸故幾於道：所以最接近於天道。
❹居善地：處身要像水那樣安於卑下。
❺心善淵：存心要像水那樣淵深。
❻與善仁：相與要像水那樣相親。
❼言善信：言語要像水那樣誠信。
❽政善治：爲政要像水那樣有條理。
❾事善能：處事要像水那樣有力量。
❿動善時：行動要像水那樣及時。
⓫尤：怨咎之意。

第十七章

太上⑫，下⑬知有之；其次，親而譽之；其次，畏之；其次，侮之。信不足焉，有不信焉⑭。悠兮⑮，其貴言⑯。功成事遂，百姓皆謂「我自然」。

第八十章

小國寡民⑰。使有什伯之器⑱而不用；使民重死⑲而不遠徙⑳；雖有舟輿㉑，無所乘之；雖有甲兵㉒，無所陳之㉓。使人復結繩㉔而用之。至治之極。甘美食，美其服，安其居，樂其俗，鄰國相望，雞犬之聲相聞，民至老死不相往來。

⑫太上：指上古有道德的聖君。
⑬下，指一般老百姓。
⑭有不信焉，指君王和百姓互相不信任。
⑮悠兮：指悠然自在狀。
⑯貴言：指謹愼不輕易強施命令。
⑰小國寡民：小國，謂國土小；寡民，謂人民少。
⑱什伯之器：股軍隊編制；以十人爲什長，百人爲伯長。什伯之器，謂兵器。
⑲重死：不輕言死之意。
⑳徙：搬遷意。
㉑輿：車子。
㉒甲兵：各種武器設備。
㉓陳：擺設陳列。
㉔結繩：上古人民以結繩來紀事。

問題與應用

1. 老子的無為而治思想用在當今的政治世界，你認為適用嗎？
2. 生活中如何與人相處？如何與人不爭？
3. 老子小國寡民的政治理想是否流於消極？是否只是個烏托邦？
4. 「甘其食，美其服，安其居，樂其俗」帶給你何種啓示？如何體悟簡單生活的意境？
5. 「鄰國相望，雞犬之聲相聞，民至老死不相往來。」是獨善其身嗎？在今日社會中要如何與他人相處？在「自己與社會」之間如何獲得平衡？

延伸閱讀

1. 陶淵明《歸園田居》之一。
2. 王維《桃源行》。
3. 關漢卿《四塊玉》。
4. 《莊子內篇．應帝王》。

鄭瓊月編撰

兼愛

墨子

作者、題解

墨子，姓墨，名翟。魯國人，曾經做過宋國的大夫，約出生於周敬王三十一年（公元前四八九年）左右，卒於周威烈王二十至二十三（公元前一〇六至四〇三年）之間。是中國偉大的思想家、政治家與軍事家，也是墨家學派的創始人。史記之孟荀列傳：「蓋墨翟，宋之大夫，善守禦，爲節用。或曰並孔子時，或曰在其後。」說明墨子大約活動於孔子之後，孟子之前的戰國初期時代。

墨家學派門徒衆多，有嚴格的組織紀律，領袖稱爲「鉅子」，墨子是第一代「鉅子」。爲了實踐其兼愛非攻的思想，他率徒奔波於宋、衛、楚、齊、魯、魏等國，制止了齊、魯兩國戰爭，勸告衛國應節約不奢侈。《墨子》一書，今存五十三篇，多爲其弟子及再傳弟子記述的墨子言行。墨子提出兼愛、非攻，尙賢、尙同，天志、明鬼，非樂、非命，節用、節葬的十大主張。影響後代思想甚爲巨大。

兼愛，是墨子的核心思想之一。其認爲天下的禍亂，都從「不相愛」產生，因而提出「兼相愛，交相利」之說，他主張「天下兼相愛則治，交相惡則亂」，一切以利始，以利終。所謂兼愛是要求君臣、父子、兄弟都要兼相愛，「愛人若愛其身」，並認爲社會上出現強欺弱、富侮貧等各種國攻家亂的現象，是因天下人不相愛所致。對於處在全球化戰亂紛爭的今日世界中，墨子的兼愛一文，實是所有世界公民，非常重要的人文素養與精神。

課文

聖人❶以治天下爲事者也，必知亂之所自起，焉❷能治之，不知亂之所自起，則不能治。譬之如醫之攻人之疾者然，必知疾之所自起，焉能攻❸之；不知疾之所自起，則弗能攻。治亂者何獨不然，必知亂之所自起，焉能治之；不知亂之所自起，則弗能治。聖人以治天下爲事者也，不可不察亂之所自起。

當❹察亂何自起？起不相愛。臣子之不孝君父，所謂亂也。子自愛不愛父，故虧父而自利；弟自愛不愛兄，故虧兄而自利；臣自愛不愛君，故虧君而

❶聖人：《墨子天志下篇》：「故昔也三代之聖王，堯舜禹湯文武之兼愛之天下也，從而利之，移其百姓之意焉，率以敬上帝山川鬼神，天以爲從其所愛而愛之，從其所利而利之，於是加其賞焉，使之處上位，立爲天子以法也，名之曰聖人」。墨子認爲能兼愛天下者，故天賞之：名之曰：「聖人」，而兼惡天下者，故天罰之，名之曰：「失王」。所謂的聖加其賞焉，使之處上位，立爲天子以法也，名之曰聖人」。墨子認爲能兼愛天下者，故天賞之：名之曰：「聖人」，而兼惡天下者，故天罰之，名之曰：「失王」。所謂的聖人，是指順天意、敬鬼神、愛百姓的天子。

❷焉：乃。

❸攻：醫治。

❹當：通「嘗」，曾經。

自利，此所謂亂也。雖父之不慈子，兄之不慈弟，君之不慈臣，此亦天下之所謂亂也。父自愛也不愛子，故虧子而自利；兄自愛也不愛弟，故虧弟而自利；君自愛也不愛臣，故虧臣而自利。是何也？皆起不相愛。

雖至天下之爲盜賊❺者亦然，盜愛其室不愛其異室❻，故竊異室以利其室；賊愛其身不愛人，故賊人以利其身。此何也？皆起不相愛。雖至大夫之相亂家，諸侯之相攻國者亦然。大夫各愛其家，不愛異家，故亂異家以利其家；諸侯各愛其國，不愛異國，故攻異國以利其國，天下之亂物❼具此而已矣。察此何自起？皆起不相愛。

若使天下兼相愛，愛人若愛其身，猶有不孝者乎？視父兄與君若其身，惡施不孝❽？猶有不慈者乎？視弟子與臣若其身，惡施不慈？故不孝不慈亡有，猶有盜賊乎？故視人之室若其室，誰竊？視人身若其身，誰賊？故盜賊亡有。猶有大夫之相亂家、諸侯之相攻國者乎？視人家若其家，誰亂？視人國若其國，誰攻？故大夫之相亂家、諸侯之相攻國者亡有。

若使天下兼相愛，國與國不相攻，家與家不相亂，盜賊無有，君臣父子皆能孝慈，若此則天下治。故聖人以治天下爲事者，惡得不禁惡而勸愛？故天下兼相愛則治，

❺盜賊：古謂「私竊謂之盜，刼殺謂之賊」，與今義「強刼曰盜，私偷曰賊」意思相反。

❻異室：指他人的家。

❼亂物：亂事。

❽惡施不孝：惡，音ㄨ，何也。怎麼會做不孝的事呢？

交相惡則亂。故子❾墨子曰：「不可以不勸愛人者，此也。」

問題與應用

1. 請你依據墨子的學說來分析世界動盪不安的根源為何？並思考如何來因應世界的亂象與紛爭？
2. 孟子曾說：「墨氏兼愛，是無父也。」你同意嗎？請分析墨子兼愛與儒家仁愛的差異？
3. 墨子追求兼愛非攻的理想，後人視其為「功利主義者」，請分析此種「功利」跟一般的「己私己利」有何不同？
4. 讀完本文，你認為大學生應負起哪些社會的責任？

延伸閱讀

1. 張載《西銘》。
2. 《墨子．公輸》篇。
3. 《孟子．盡心》篇第二十六章。
4. 簡媜《美麗的繭》。

鄭瓊月編撰

❾子墨子：古稱師長曰「子」，上冠「子」字，表示弟子用以尊其師的敬稱。

宋話本〈錯斬崔寧〉

佚名

作者、題解

宋話本是宋代民間說書人的底本，大多是無名的民間藝人創作而成。本文為宋代話本小說，選錄自《京本通俗小說》（內含〈碾玉觀音〉、〈菩薩蠻〉、〈西山一窟鬼〉、〈志誠張主管〉、〈拗相公〉、〈錯斬崔寧〉、〈馮玉梅團圓〉，共七篇十六卷。）明末馮夢龍所編的《警世通言》收錄〈崔待詔生死冤家〉（即〈碾玉觀音〉），《醒世恆言》收錄〈十五貫戲言成巧禍〉（即〈錯斬崔寧〉）。

故事從男主人翁劉貴因一句戲言開始，遭到殺害，甚至連累幾條無辜生命，因此小說的終場詩有言：「善惡無分總喪軀，只因戲語釀災危。勸君出語須誠實，口舌從來是禍基。」勉人說話要謹言慎語，以免禍從口出。而小娘子和崔寧被錯斬之後，說話人也穿插一段議論：「誰想問官糊塗，只圖了事，不想捶楚之下，何求不得。冥冥之中，積了陰德，遠在兒孫近在身。他兩個冤魂，也須放你不過。所以做官的切不可率意斷獄，任情用刑，也要求個公平明允。」明白警示人們做事切勿含混了事，以免誤了事情。由鄰舍所說：「日間不作虧心事，半夜敲門不吃驚」、靜山大王所言：「我雖是個剪逕的出身，卻也曉得冤各有頭，債各有主」，都是強調為人處事不可踰矩，以及天理報應的善惡觀念。

聰明伶俐自天生，懵懂癡呆未必真。
嫉妒每因眉睫淺，戈矛時起笑談深。
九曲黃河心較險，十重鐵甲面堪憎。
時因酒色亡家國，幾見詩書誤好人。

這首詩，單表為人難處。只因世路窄狹，人心叵測，大道既遠，人情萬端。熙熙攘攘，都為利來；蚩蚩蠢蠢❶，皆納禍去。持身保家，萬千反覆。所以古人云：「顰❷有為顰，笑有為笑。顰笑之間，最宜謹慎。」這回書，單說一個官人，只因酒後一時戲笑之言，遂至殺身破家，陷了幾條性命。且先引下一個故事來，權做個得勝頭回❸。

❶蚩蚩蠢蠢：喧擾忙亂的樣子。
❷顰：皺眉。
❸得勝頭回：說書人的術語，在開講前，先說一段小故事作為引子，謂之「得勝頭回」。

卻說故宋❹朝中，有一個少年舉子，姓魏，名鵬舉，字沖霄，年方一十八歲。娶得一個如花似玉的渾家❺，未及一月，只因春榜動❻，選場開，魏生別了妻子，收拾行囊，上京取應。臨別時，渾家分付丈夫：「得官不得官，早早回來，休拋閃了恩愛夫妻。」魏生答道：「功名二字，是俺本領前程，不索賢卿憂慮。」別後登程到京，果然一舉成名，除授一甲第二名榜眼及第。在京甚是華艷動人，少不得修了一封家書，差人接取家眷入京。書上先敘了寒溫及得官的事，後卻寫下一行，道是：「我在京中，早晚無人照管，已討了一個小老婆，專候夫人到京，同享榮華。」家人收了書程，一逕到家，見了夫人，稱說賀喜。因取家書呈上。夫人拆開看了，見是如此如此，這般這般，便對家人道：「官人直恁負恩。甫能得官，便娶了二夫人。」家人便道：「小人在京，並沒見有此事。想是官人戲謔之言。夫人到京，便知端的，休得憂慮。」夫人道：「恁地說，我也罷了。」卻因人舟未便，一面收拾起身，一面尋覓便人，先寄封平安家書到京中去。那寄書人到了京中，尋問新科魏榜眼寓所，下了家書，管待酒飯自回，不題。

卻說魏生接書，拆開來看了，並無一句閒言閒語，只說道：「你在京中娶

❹故宋：應爲金元人語。

❺渾家：妻子。

❻春榜動：指科舉考試日期將近。

了一個小老婆，我在家中也嫁了一個小老公，早晚同赴京師也。」魏生見了，也只道是夫人取笑的説話，全不在意。未及收好，外面報説有個同年相訪。京邸寓中，不比在家寬轉，那人又是相厚的同年，又曉得魏生並無家眷在內，直至裡面坐下，敘了些寒溫。魏生起身去解手，那同年偶翻桌上書帖，看見了這封家書，寫得好笑，故意朗誦起來。魏生措手不及，通紅了臉，説道：「這是沒理的話。因是小弟戲謔了她，她便取笑寫來的。」那同年呵呵大笑道：「這節事卻是取笑不得的。」別了就去。那人也是一個少年，喜談樂道，把這封家書一節，頃刻間遍傳京邸。也有一班妒忌魏生少年登高科的，將這樁事只當作風聞言事的一個小小新聞，奏上一本，説這魏生年少不檢，不宜居清要之職，降處外任。魏生懊恨無及。後來畢竟做官蹭蹬❼不起，把錦片也似一段美前程，等閒放過去了。這便是一句戲言，撒漫❽了一個美官。

今日再説一個官人，也只爲酒後一時戲言，斷送了堂堂七尺之軀，連累兩三個人，枉屈害了性命。卻是爲著甚的？有詩爲證。

世路崎嶇實可哀，傍人笑口等閒開。

❼蹭蹬：不順利。

❽撒漫：丟掉。

白雲本是無心物，又被狂風引出來。

卻說南宋時，建都臨安，繁華富貴，不減那汴京故國。去那城中箭橋左側，有個官人，姓劉，名貴，字君薦，祖上原是有根基的人家，到得君薦手中，卻是時乖運蹇❾。先前讀書，後來看看不濟❿，卻去改業做生意。便是半路上出家的一般，買賣行中，一發不是本等伎倆⓫，又把本錢消折去了。漸漸大房改換小房，賃得兩三間房子，與同渾家王氏，年少齊眉⓬。後因沒有子嗣，娶下一個小娘子，姓陳，是陳賣糕的女兒，家中都呼爲二姐。這也是先前不十分窮薄的時，做下的勾當⓭。至親三口，並無閒雜人在家。那劉君薦，極是爲人和氣，鄉里見愛，都稱他劉官人。「你是一時運限不好，如此落寞，再過幾時，定須有個亨通的日子。」說便是這般說，那得有些些好處？只是在家納悶，無可奈何。

卻說一日閒坐家中，只見丈人家裡的老王，年近七旬，走來對劉官人說道：「家間老員外生日，特令老漢接取官人娘子，去走一遭。」劉官人便道：

❾蹇：音ㄐㄧㄢˇ，行事困難不順。
❿不濟：不能維持。
⓫伎倆：本領。
⓬年少齊眉：年紀輕輕結爲夫妻，彼此相愛。
⓭勾當：事情。

「便是我日逐愁悶過日子，連那泰山⑭的壽誕也都忘了。」便同渾家王氏，收拾隨身衣服，打疊個包兒，交與老王背了，分付二姐：「看守家中，今日晚了，不能轉回，明晚須索⑮來家。」說了就去。離城二十餘里，到了丈人王員外家，敘了寒溫。當日坐間客眾，丈人女婿，不好十分敘述許多窮相。到得客散，留在客房裡宿歇。直至天明，丈人卻來與女婿攀話，說道：「姐夫⑯，你須不是這般算計，坐吃山空，立吃地陷，咽喉深似海，日月快如梭。你須計較一個常便⑰。我女兒嫁了你，一生也指望豐衣足食，不成只是這等就罷了。」劉官人嘆了一口氣道：「是。泰山在上，道不得個上山擒老虎易，開口告人難。如今的時勢，再有誰似泰山這般憐念我的。只索守困⑱，若去求人，便是勞而無功。」丈人便道：「這也難怪你說。老漢卻是看你們不過，今日賫⑲助你些少本錢，胡亂去開個柴米店，撰得些利息來過日子，卻不好麼？」劉官人道：「感蒙泰山恩顧，可知是好。」當下吃了午飯，丈人取出十五貫⑳錢來，付與劉官人道：「姐夫，且將這些錢去，收拾起店面，開張有日，我便再應付

⑭泰山：岳父。
⑮須索：一定要。
⑯姐夫：在這裡是指岳父對女婿的客氣稱呼。
⑰常便：長程遠計。
⑱只索守困：只能過窮困的日子。
⑲賫：音ㄌㄞˋ，贈送。
⑳貫：用繩子把錢串起來，一千錢為一貫。

你十貫。你妻子且留在此過幾日，待有了開店日子，老漢親送女兒到你家，就來與你作賀，意下如何？」劉官人謝了又謝，馱了錢一逕㉑出門，到得城中，天色卻早晚了，卻撞著一個相識，順路在他家門首經過。那人也要做經紀㉒的人，就與他商量一會，可知是好。便去敲那人門時，裡面有人應喏，出來相揖，便問：「老兄下顧，有何見教？」劉官人一一説知就理㉓。那人便道：「小弟閒在家中，老兄用得著時，便來相幫。」劉官人道：「如此甚好。」當下説了些生意的勾當。那人便留劉官人在家，現成盃盤，吃了三盃兩盞。劉官人酒量不濟，便覺有些朦朧起來，抽身作別，便道：「今日相擾，明早就煩老兄過寒家，計議生理。」那人又送劉官人至路口，作別回家，不在話下。若是説話的同年生，並肩長，攔腰抱住，把臂拖回，也不見得受這般災悔。卻教劉官人死得不如：

《五代史》李存孝㉔，《漢書》中彭越㉕。

㉑一逕：直接。
㉒經紀：買賣。
㉓就理：情況。
㉔李存孝：五代唐末李克用的養子，驍勇善戰，但爲讒言所傷，後被李克用處死。此處借指劉官人之死。
㉕彭越：西漢開國名臣，封爲梁王，劉邦取天下後，彭越被誣謀反，於是被處死刑。在此借指劉貴之死。

卻說劉官人馱了錢，一步一步捱到家中。敲門已是點燈時分，小娘子二姐獨自在家，沒一些事做，守得天黑，閉了門，在燈下打瞌睡。劉官人打門，她那裡便聽見？敲了半晌，方才知覺，答應一聲：「來了！」起身開了門。劉官人進去，到了房中，二姐替劉官人接了錢，放在桌上，便問：「官人，何處那移這項錢來，卻是甚用？」那劉官人一來有了幾分酒，二來怪她開得門遲了，且戲言嚇她一嚇，便道：「說出來，又恐妳見怪；不說時，又須通妳得知。只是我一時無奈，沒計可施，只得把妳典與一個客人，又因捨不得妳，只典得十五貫錢。若是我有些好處，加利贖妳回來。若是照前這般不順溜，只索罷了。」那小娘子聽了，欲待不信，又見十五貫錢堆在面前；欲待信來，他平白與我沒半句言語，大娘子又過得好，怎麼便下得這等狠心辣手。疑狐不決，只得再問道：「雖然如此，也須通知我爹娘一聲。」劉官人道：「若是通知妳爹娘，此事斷然不成。妳明日且到了人家，我慢慢央人與妳爹娘說通，他也須怪我不得。」小娘子又問：「官人今日在何處吃酒來？」劉官人道：「便是把妳典與人，寫了文書，吃他的酒，才來的。」

小娘子又問：「大姐姐如何不來？」劉官人道：「她因不忍見妳分離，待得妳明日出了門才來，這也是我沒計奈何，一言爲定。」說罷，暗地忍不住笑，不脫衣裳，睡在床上，不覺睡去了。

那小娘子好生擺脫不下：「不知他賣我與甚色樣㉖人家？我須先去爹娘家裡說知。就是他明日有人來要我，尋到我家，也須有個下落。」沉吟了一會，卻把這十五貫錢，一垛兒堆在劉官人腳後邊，趁他酒醉，輕輕地收拾了隨身衣服，款款㉗地開了門出去，拽㉘上了門。卻去左邊一個相熟的鄰舍，叫做朱三老兒家裡，與朱三媽借宿了一夜，說道：「丈夫今日無端賣我，我須先去與爹娘說知。煩妳明日對他說一聲，既有了主顧，可同我丈夫到爹娘家中來，討個分曉，也須有個下落。」那鄰舍道：「小娘子說得有理，妳只顧自去，我便與劉官人說知就理。」過了一宵，小娘子作別去了，不題。正是：

鰲魚脫卻金鉤去，擺尾搖頭再不回。

放下一頭。卻說這裡劉官人一覺，直至三更方醒，見桌上燈猶未滅，小娘子不在身邊。只道他還在廚下收拾家火，便喚二姐討茶吃。叫了一回，沒人答應，卻待掙扎起來，酒尚未醒，不覺又睡了去。不想卻有一個做不是的㉙，

㉖甚色樣：什麼樣。
㉗款款：慢慢。
㉘拽：音ㄧㄝˋ，拉。
㉙做不是的：不務正業的。

日間賭輸了錢，沒處出豁㉚，夜間出來掏摸些東西，卻好到劉官人門首。因是小娘子出去了，門兒拽上不關。那賊略推一推，豁地開了，捏手捏腳，直到房中，並無一人知覺。到得床前，燈火尚明。周圍看時，並無一物可取。摸到床上，見一人朝著裡床睡去，腳後卻有一堆青錢，便去取了幾貫。不想驚覺了劉官人，起來喝道：「你須㉛不近道理。我從丈人家借辦得幾貫錢來，養身活命，不爭㉜你偷了我的去，卻是怎的計結㉝。」那人也不回話，照面一拳，劉官人側身躲過，便起身與這人相持。那人見劉官人手腳活動，便拔步出房。劉官人不捨，搶出門來，一逕趕到廚房裡，恰待聲張鄰舍，起來捉賊。那人急了，正好沒出豁，卻見明晃晃一把劈柴斧頭，正在手邊：也是人極計生，被他綽起㉞，一斧正中劉官人面門，撲地倒了，又復一斧，斫㉟倒一邊。眼見得劉官人不活了，嗚呼哀哉，伏惟尚饗。那人便道：「一不做，二不休，卻是你來趕我，不是我來尋你。」索性翻身入房，取了十五貫錢。扯條單被，包裹得停當，拽扎㊱得爽俐㊲，出門，拽上了門就走，不題。

㉚沒處出豁：找不到解決的方法。
㉛須：在這裡指「真是」。
㉜不爭：若是。
㉝計結：了結。
㉞綽起：抓起來。
㉟斫：音ㄓㄨㄛˊ，擊、砍。
㊱拽扎：包紮。
㊲爽俐：乾淨俐落。

次早，鄰舍起來，見劉官人家門也不開，並無人聲息，叫道：「劉官人，失曉了。」裡面沒人答應，捱將進去，只見門也不關。直到裡面，見劉官人劈死在地。「他家大娘子，兩日家前已自往娘家去了，小娘子如何不見？」免不得聲張起來。卻有昨夜小娘子借宿的鄰家朱三老兒說道：「小娘子昨夜黃昏時到我家宿歇，說道：劉官人無端賣了她，她一逕先到爹娘家裡去了，教我對劉官人說，既有了主顧，可同到她爹娘家中，也討得個分曉。今一面著人去追她轉來，便有下落；一面著人去報她大娘子到來，再作區處㊳。」眾人都道：「說得是。」先著人去到王老員外家報了凶信。老員外與女兒大哭起來，對那人道：「昨日好端端出門，老漢贈他十五貫錢，教他將來作本，如何便恁㊴的被人殺了？」那去的人道：「好教老員外、大娘子得知，昨日劉官人歸時，已自昏黑，吃得半酣，我們都不曉得他有錢沒錢，歸遲歸早。只是今早劉官人家，門兒半開，眾人推將進去，只見劉官人殺死在地，十五貫錢一文也不見，小娘子也不見蹤跡。聲張起來，卻有左鄰朱三老兒出來說道：『他家小娘子，昨夜黃昏時分，借宿他家。小娘子說道：『劉官人無端把她典與人了。』小娘子要對爹娘說一聲，住了一宵，今日逕自去了。』如今眾人計議，一面來報大

㊳區處：處理。

㊴恁：音ㄖㄣˋ，如此、這般。

娘子與老員外，一面著人去追小娘子。若是半路裡追不著的時節，直到她爹娘家中，好歹追她轉來，問個明白。老員外與大娘子，須索去走一遭，與劉官人執命㊵。」老員外與大娘子急急收拾起身，管待來人酒飯，三步做一步，趕入城中，不題。

卻說那小娘子清早出了鄰舍人家，挨上路去，行不上一二里，早是腳疼走不動，坐在路旁。卻見一個後生，頭帶萬字頭巾㊶，身穿直縫寬衫，背上馱了一個搭膊㊷，裡面卻是銅錢，腳下絲鞋淨襪，一直走上前來。到了小娘子面前，看了一看，雖然沒有十二分顏色，卻也明眉皓齒，蓮臉生春，秋波送媚，好生動人。正是：

野花偏艷目，村酒醉人多。

那後生放下搭膊，向前深深作揖：「小娘子獨行無伴，卻是往那裡去的？」小娘子還了萬福㊸，道：「是奴家要往爹娘家去，因走不上，權歇在

㊵執命：弄個清楚，找出眞凶償命。

㊶萬字頭巾：繡有卍字的頭巾。

㊷搭膊：掛在肩上的包袱。

㊸還了萬福：舊時女子行禮，兩手合放在腰側，微微點頭下蹲，口中道聲「萬福」。

此。」因問：「哥哥是何處來？今要往何方去？」那後生叉手不離方寸：「小人是村裡人，因往城中賣了絲帳，討得些錢，要往褚家堂那邊去的。」小娘子道：「告哥哥則個，奴家爹娘也在褚家堂左側，若得哥哥帶挈奴家，同走一程，可知是好。」那後生道：「有何不可。既如此說，小人情願伏侍小娘子前去。」

兩個廝趕著，一路正行，行不到二三里田地，只見後面兩個人腳不點地，趕上前來。趕得汗流氣喘，衣襟敞開，連叫：「前面小娘慢走，我卻有話說知。」小娘子與那後生看見趕得蹊蹺，都立住了腳。後邊兩個趕到根前，見了小娘子與那後生，不容分說，一家扯了一個，說道：「你們幹得好事。卻走往那裡去？」小娘子吃了一驚，舉眼看時，卻是兩家鄰舍，一個就是小娘子昨夜借宿的主人。小娘子便道：「昨夜也須告過公公得知，丈夫無端賣我，我自去對爹娘說知；今日趕來，卻有何說？」朱三老道：「我不管閒帳，只是妳家裡有殺人公事，妳須回去對理。」小娘子道：「丈夫賣我，昨日錢已馱在家中，有甚殺人公事？我只是不去。」朱三老道：「好自在性兒。妳若眞個不去，叫起地方[44]，有殺人賊在此，煩爲一捉，不然，須要連累我們。妳這裡地方也

[44] 地方：指地方上的保甲。

不得清淨。」那個後生見不是話頭，便對小娘子道：「既如此說，小娘子只索回去，小人自家去休㊺。」那兩個趕來的鄰舍，齊叫起來說道：「若是沒有你在此便罷，既然你與小娘子同行同止，你須也去不得。」那後生道：「卻也古怪，我自半路遇見小娘子，偶然伴她行一程路兒，卻有甚皂絲麻線㊻，要勒掯㊼我回去？」朱三老道：「她家現有殺人公事，不爭放你去了，卻打沒對頭官司。」當下不容小娘子和那後生做主。看的人漸漸立滿，都道：「後生，你去不得。你日間不作虧心事，半夜敲門不吃驚，便去何妨。」那趕來的鄰舍道：「你若不去，便是心虛，我們卻和你罷休不得。」四個人只得廝挽著一路轉來。

到得劉官人門首，好一場熱鬧。小娘子入去看時，只見劉官人斧劈倒在地死了，床上十五貫錢，分文也不見。開了口合不得，伸了舌縮不上去。那後生也慌了，便道：「我恁的晦氣，沒來由和那小娘子同走一程，卻做了干連人。」眾人都和鬧著。正在那裡分豁㊽不開，只見王老員外和女兒一步一顛走回家來，見了女婿身屍，哭了一場，便對小娘子道：「妳卻如何殺了丈夫？劫

㊺去休：罷了。

㊻皂絲麻線：糾葛牽纏。

㊼掯：音ㄎㄣˋ，刁難。勒掯：威脅勒索。

㊽分豁：分辨。

了十五貫錢，逃走出去？今日天理昭然，有何理說。」小娘子道：「十五貫錢，委是㊾有的。只是丈夫昨晚回來，說是無計奈何，將奴家典與他人，典得十五貫身價在此，說過今日便要奴家到他家去。奴家因不知他典與甚色樣人家，先去與爹娘說知，故此趁他睡了，將這十五貫錢，一垛兒堆在他腳後邊，拽上門，借朱三老家住了一宵，今早自去爹娘家裡說知。臨去之時，也曾央朱三老對我丈夫說：既然有了主顧，便同到我爹娘家裡來交割，卻不知因甚殺死在此？」那大娘子道：「可又來。我的父親昨日明明把十五貫錢與他馱來作本，養贍妻小，他豈有哄妳說是典來身價之理？這是妳兩日因獨自在家，勾搭上了人，又見家中好生不濟，無心守耐，又見了十五貫錢，一時見財起意，殺死丈夫，劫了錢，又使見識，往鄰舍家借宿一夜，卻與漢子通同計較，一處逃走。現今妳跟著一個男子同走，卻有何理說，抵賴得過。」眾人齊聲道：「大娘子之言，甚是有理。」又對那後生道：「後生，你卻如何與小娘子謀殺親夫？卻暗暗約定在僻靜處等候，一同去逃奔他方，卻是如何計結。」那人道：「小人自姓崔，名寧，與那小娘子無半面之識。小人昨晚入城，賣得幾貫絲錢在這裡，因路上遇見小娘子，小人偶然問起往那裡去的，卻獨自一個行走。小

㊾委是：的確。

娘子説起，是與小人同路，以此作伴同行，卻不知前後因依㊿。」眾人那裡肯聽他分説，搜索他搭膊中，恰好是十五貫錢，一文也不多，一文也不少。眾人齊發起喊來道：「是天網恢恢，疏而不漏。你卻與小娘子殺了人，拐了錢財，盜了婦女，同往他鄉，卻連累我地方鄰里打沒頭官司。」

當下，大娘子結扭了小娘子，王老員外結扭了崔寧，四鄰舍都是證見，一鬨都入臨安府中來。那府尹聽得有殺人公事，即便陞廳，便叫一干人犯，逐一從頭説來。先是王老員外上去，告説：「相公在上，小人是本府村莊人氏，年近六旬，只生一女。先年嫁與本府城中劉貴爲妻，後因無子，取了陳氏爲妾，呼爲二姐。一向三口在家過活，並無片言。只因前日是老漢生日，差人接取女兒女婿到家，住了一夜。次日，因見女婿家中全無活計，養贍不起，把十五貫錢與女婿作本，開店養身。卻有二姐在家看守。到得昨夜，女婿到家時分，不知因甚緣故，將女婿斧劈死了，二姐卻與一個後生，名喚崔寧，一同逃走，被人追捉到來。望相公可憐見老漢的女婿，身死不明，奸夫淫婦，贓證現在，伏乞相公明斷。」府尹聽得如此如此，便叫陳氏上來：「妳卻如何通同奸夫，殺死了親夫，劫了錢，與人一同逃走，是何理説？」二姐告道：「小婦人嫁與劉

㊿前後因依：事情發展的來龍去脈。

貴，雖是做小老婆，卻也得他看承[51]得好，大娘子又賢慧，卻如何肯起這片歹心？只是昨晚丈夫回來，吃得半酣，馱了十五貫錢進門。小婦人問他來歷，丈夫說道，爲因養贍不周，將小婦人典與他人，典得十五貫身價在此，又不通我爹娘得知，明日就要小婦人到他家去。小婦人慌了，連夜出門，走到鄰舍家裡，借宿一宵。今早一逕先往爹娘家去，教他對丈夫說，既然賣我有了主顧，可到我爹娘家裡來交割。才走得到半路，卻見昨夜借宿的鄰家趕來，捉住小婦人回來，卻不知丈夫殺死的根由。」那府尹喝道：「胡說。這十五貫錢，分明是他丈人與女婿的，妳卻說是典妳的身價，眼見得沒巴臂[52]的說話了。況且婦人家，如何黑夜行走？定是脫身之計。這樁事，須不是妳一個婦人家做的，一定有奸夫幫妳謀財害命，妳卻從實說來。」那小娘子正待分說，只見幾家鄰舍一齊跪上去告道：「相公的言語，委是青天。他家小娘子，昨夜果然借宿在左鄰第二家的，今早她自去了。小的們見她丈夫殺死，一面著人去趕，趕到半路，卻見小娘子和那一個後生同走，苦死不肯回來。小的們勉強捉她轉來，卻又一面著人去接她大娘子與她丈人，到時，說昨日有十五貫錢，付與女婿做生理的。今者女婿已死，這錢不知從何而去。再三問那個娘子時，說道：她出門

[51] 看承：看待。

[52] 巴臂：指「把柄」，依據、憑證。

時，將這錢一堆兒堆在床上。卻去搜那後生身邊，十五貫錢，分文不少。卻不是小娘子與那後生通同作奸？贓證分明，卻如何賴得過？」府尹聽他們言言有理，便喚那後生上來道：「帝輦之下[53]，怎容你這等胡行？你卻如何謀了他小老婆，劫了十五貫錢，殺死了親夫，今日同往何處？從實招來。」那後生道：「小人姓崔名寧，是鄉村人氏。昨日往城中賣了絲，賣得這十五貫錢。今早偶然路上撞著這小娘子，並不知她姓甚名誰，那裡曉得她家殺人公事？」府尹大怒喝道：「胡說。世間不信有這等巧事。他家失去了十五貫錢，你卻賣的絲恰好也是十五貫錢，這分明是支吾[54]的說話了。況且他妻莫愛，他馬莫騎，你既與那婦人沒甚首尾[55]，卻如何與她同行共宿？你這等頑皮賴骨，不打如何肯招？」當下眾人將那崔寧與小娘子，死去活來，拷打一頓。那邊，王老員外與女兒并一干鄰右人等，口口聲聲咬他二人。府尹也巴不得了結這段公案。拷訊一回，可憐崔寧和小娘子，受刑不過，只得屈招了，說是一時見財起意，殺死親夫，劫了十五貫錢，同奸夫逃走是實。左鄰右舍都指畫了「十」字，將兩人大枷枷了，送入死囚牢裡。將這十五貫錢，給還原主，也只好奉與衙門中人做使用，也還不勾哩。府尹疊成文案，奏過朝廷，部覆申詳[56]，倒下聖旨，說：

[53] 輦：音ㄋㄧㄢˇ，帝輦之下，指京城所在之地。

[54] 支吾：應付了事。

[55] 沒甚首尾：沒什麼關係。

[56] 部覆申詳：衙門批了處理辦法。

「崔寧不合奸騙人妻，謀財害命，依律處斬。陳氏不合通同奸夫，殺死親夫，大逆不道，凌遲[57]示眾。」當下讀了招狀，大牢內取出二人來，當廳判一個斬字，一個剮[58]字，押赴市曹，行刑示眾。兩人渾身是口，也難分說。正是：

啞子謾嘗黃蘗[59]味，難將苦口對人言。

看官聽說，這段公事，果然是小娘子與那崔寧謀財害命的時節，他兩人須連夜逃走他方，怎的又去鄰舍人家借宿一宵？明早又走到爹娘家去，卻被人捉住了？這段冤枉，仔細可以推詳出來。誰想問官糊塗，只圖了事，不想捶楚之下，何求不得。冥冥之中，積了陰騭[60]，遠在兒孫近在身。他兩個冤魂，也須放你不過。所以做官的，切不可率意斷獄，任情用刑，也要求個公平明允。道不得個死者不可復生，斷者不可復續，可勝歎哉！

閒話休題。卻說那劉大娘子到得家中，設個靈位，守孝過日。父親王老

---

57 凌遲：古代的一種酷刑。

58 剮：音ㄍㄨㄚˇ，將人體慢慢削割至死。

59 黃蘗：音ㄅㄛˋ，一種苦味的中藥材。

60 陰騭：人的所作所為無形中會被記錄在幽冥冊裡，可能是功德或罪業。

員外勸她轉身61，大娘子說道：「不要說起三年之久，也須到小祥62之後。」父親應允自去。光陰迅速，大娘子在家，巴巴結結，將近一年。父親見她守不過，便叫家裡老王去接她來，說：「叫大娘子收拾回家，與劉官人做了周年，轉了身去罷。」大娘子沒計奈何，細思父言亦是有理，收拾了包裹，與老王背了，與鄰舍家作別，暫去再來。一路出城，正值秋天，一陣烏風猛雨，只得落路，往一所林子去躲，不想走錯了路。正是：

豬羊入屠宰之家，一腳腳來尋死路。

走入林子裡來，只聽他林子背後，大喝一聲：「我乃靜山大王在此。行人住腳，須把買路錢與我。」大娘子和那老王，吃那一驚不小，只見跳出一個人來：

頭帶乾紅凹面巾，身穿一領舊戰袍，腰間紅絹搭膊裹肚，腳下蹬一雙烏皮皂靴，手執一把朴刀。舞刀前來。那老王該死，便道：「你這剪徑63的毛團64。

61 轉身：改嫁。
62 小祥：服喪滿一年。
63 剪徑：指攔路搶劫的賊人。
64 毛團：畜牲之意。

我須是認得你，做這老性命著，與你兌[65]了罷。」一頭撞去，被他閃過空。老人家用力猛了，撲地便倒。那人大怒道：「這牛子[66]好生無禮。」連搠[67]一兩刀，血流在地，眼見得老王養不大了。那劉大娘子見他兇猛，料道脫身不得，心生一計，叫做脫空計，拍手叫道：「殺得好。」那人便住了手，睜圓怪眼，喝道：「這是妳甚麼人？」那大娘子虛心假氣地答道：「奴家不幸喪了丈夫，卻被媒人哄誘，嫁了這個老兒，只會吃飯。今日卻得大王殺了，也替奴家除了一害。」那人見大娘子如此小心，又生得有幾分顏色，便問道：「妳肯跟我做個壓寨夫人麼？」大娘子尋思，無計可施，便道：「情願伏侍大王。」那人回嗔作喜，收拾了刀杖，將老王屍首攛[68]入澗中，領了劉大娘子到一所莊院前來，甚是委曲。只見大王向那地上，拾些土塊，拋向屋上去，裡面便有人出來開門。到得草堂之上，分付殺羊備酒，與劉大娘子成親。兩口兒且是說得著。正是：

明知不是伴，事急且相隨。

[65] 兌：換也，指跟你換命，拼了。
[66] 這牛子：性情蠻橫的人。
[67] 搠：音ㄕㄨㄛˋ，刺也。
[68] 攛：音ㄘㄨㄢˋ，擲、丟。

不想那大王自得了劉大娘子之後，不上半年，連起了幾主大財，家間也豐富了。大娘子甚是有識見，早晚用好言語勸他：「自古道：『瓦罐不離井上破，將軍難免陣中亡。』你我兩人，下半世也夠吃用了，只管做這沒天理的勾當，終須不是個好結果。卻不道是：梁園(69)雖好，不是久戀之家，不若改行從善，做個小小經紀，也得過養身活命。」那大王早晚被她勸轉，果然回心轉意，把這門道路撇了，卻去城市間賃下一處房屋，開了一個雜貨店。遇閒暇的日子，也時常去寺院中，念佛持齋。

忽一日在家閒坐，對那大娘子道：「我雖是個剪徑的出身，卻也曉得冤各有頭，債各有主。每日間只是嚇騙人東西，將來過日子，後來得有了妳，一向買賣順溜，今已改行從善。閒來追思既往，止曾枉殺了兩個人，又冤陷了兩個人，時常掛念。思欲做些功果，超渡他們，一向未曾對妳說知。」大娘子便道：「如何是枉殺了兩個人？」那大王道：「一個是妳的丈夫，前日在林子裡的時節，他來撞我，我卻殺了他。他須是個老人家，與我往日無仇，如今又謀了她老婆，他死也是不肯甘心的。」大娘子道：「不恁地時，我卻那得與你廝守？這也是往事，休題了。」又問：「殺那一個，又是甚人？」那大王道：「說起來這個人，一發天理上放不過去，且又帶累了兩個人無辜償命。是一年

(69)梁園：西漢梁孝王劉武在開封所建的名園，用來招待各式賓客。

前，也是賭輸了，身邊並無一文，夜間便去掏摸些東西。不想到一家門首，見他門也不閂。推進去時，裡面並無一人。摸到門裡，只見一人醉倒在床，腳後卻有一堆銅錢，便去摸他幾貫。正待要走，卻驚醒了那人，起來說道：『這是我丈人家與我做本錢的，不爭你偷去了，一家人口都是餓死。』起身搶出房門。正待聲張起來，是我一時見他不是話頭，卻好一把劈柴斧頭在我腳邊，這叫做人極計生，綽起斧來，喝一聲道：『不是我，便是你。』兩斧劈倒。卻去房中將十五貫錢，盡數取了。後來打聽得他，卻連累了他家小老婆，與那一個後生，喚做崔寧，說他兩人謀財害命，雙雙受了國家刑法。我雖是做了一世強人，只有這兩樁人命，是天理人心，打不過去的。早晚還要超渡他，也是該的。」

那大娘子聽說，暗暗地叫苦：「原來我的丈夫也吃這廝殺了，又連累我家二姐與那個後生無辜被戮。思量起來，是我不合當初執證他兩人償命，料他兩人陰司中，也須放我不過。」當下權且歡天喜地，並無他話。明日捉個空，便一逕到臨安府前，叫起屈來。那時換了一個新任府尹，才得半月，正直陞廳，左右捉將那叫屈的婦人進來。劉大娘子到於階下，放聲大哭，哭罷，將那大王前後所爲：「怎的殺了我丈夫劉貴。問官不肯推詳，含糊了事，卻將二姐與那崔寧，朦朧[70]償命。後來又怎的殺了老王，奸騙了奴家。今日天理昭然，一一是他親口招承。伏乞相公高抬明鏡，昭雪前冤。」說罷又哭。府尹見她情詞可憫，即著人去捉那靜山大王到來，用刑拷訊，與大娘子口詞一些不差。即時問成死罪，奏過官裡。待六十日限滿，倒下聖旨來：「勘得靜山大王謀財害命，連累無辜，准律[71]：殺一家非死罪三人者，斬加等，決不待時[72]。原問官斷獄失情，削職爲民。崔寧與陳氏枉死可憐，有司訪其家，諒行優恤。王氏既系強徒威逼成親，又能伸雪夫冤，著將賊人家產，一半沒入官，一半給與王氏養贍終身。」劉大娘子當日往法場上，看決了靜山大王，又取其頭去祭獻亡夫，并小娘子及崔寧，大哭一場。將這一半家私，捨入尼姑庵中，自己朝夕看經念佛，追薦亡魂，盡老百年而絕。有詩爲證：

善惡無分總喪軀，只因戲語釀殃危。
勸君出話須誠實，口舌從來是禍基。

[70] 朦朧：糊里糊塗。
[71] 准律：依照律法。
[72] 決不待時：立刻執行。

問題與應用

1. 請客觀評論〈錯斬崔寧〉的「錯」字，其來龍去脈如何？
2. 請將本文改寫成一篇社會新聞，從中可以取得什麼警惕人心的觀念？

延伸閱讀

1. 蒲松齡：〈席方平〉，《聊齋誌異》，臺北：臺灣古籍出版社，二〇〇六年。
2. 蒲松齡：〈促織〉，《聊齋誌異》，臺北：臺灣古籍出版社，二〇〇六年。

梁淑芳編撰

祝福

魯迅

作者、題解

魯迅（公元一八八一—一九三六年），本名周樹人，生於浙江紹興，是一個破落世家的長子。一九〇二年和其弟周作人以公費赴日留學，選讀醫科，因為他相信醫學最足以救助國人。然而，留學期間因為一次在課餘放映的時事畫片上，看到自己國人的不堪。畫片背景為一九〇四—一九〇五年的日俄戰爭，一個中國人被日本人捉住，認為是俄國的偵探，正要被砍下頭顱，而一群中國人好奇地圍觀這件「盛舉」，毫不感到羞恥……。從此魯迅認為學醫不足以救國，他認為應當改變的是國民的精神和思想，於是棄醫從文，開始提倡文藝運動。魯迅是中國最早用西式新體寫小說的人，也被認為是最偉大的現代中國作家。一九二〇—一九二五年間，他發表了二十多篇的小說，結集成《吶喊》、《徬徨》兩本小說集，為現代小說奠定了基礎。從這些小說作品中，可看見魯迅反傳統的性格，和他以小說去改造社會的企圖，可說是為中國現代小說開展了新的風貌。

〈祝福〉這篇小說是描述一位不幸的寡婦——祥林嫂可悲可嘆的遭遇。本篇以第一人稱寫成，透過「我」的觀察、「我」的評論，讀者側面地瞭解「祥林嫂」的故事。「祝福」，原是魯鎮居民歲末年終時祈福的儀式，然而，最需要得到「祝福」的祥林嫂，卻因被視為不祥之人而完全排除在整個「祝福」之外。作者透過各種寫作技巧，諷刺了人們隱藏在美好包裝之下自私、驕傲、醜陋的那一面。

舊曆的年底畢竟最像年底，村鎮上不必說，就在天空中也顯出將到新年的氣象來。灰白色的沉重的晚雲中間時時發出閃光，接著一聲鈍響，是送灶❶的爆竹；近處燃放的可就更強烈了，震耳的大音還沒有息，空氣裡已經散滿了幽微的火藥香。我是正在這一夜回到我的故鄉魯鎮的。雖說故鄉，然而已沒有家，所以只得暫寓在魯四老爺的宅子裡。他是我的本家，比我長一輩，應該稱之曰「四叔」，是一個講理學的老監生。他比先前並沒有什麼大改變，單是老了些，但也還未留鬍子，一見面是寒暄，寒暄之後說我「胖了」，說我「胖了」之後即大罵其新黨❷。但我知道，這並非借題在罵我：因為他所罵的還是康有為❸。但是，談話是總不投機的了，於是不多久，我便一個人剩在書房裡。

❶送灶：灶神，民間信仰中掌管飲食以及代替玉皇大帝考察每家每戶善惡的神。相傳農曆十二月二十四日是灶神升天報告玉帝的日子，家家戶戶都會準備甜品祭祀，叫做「送灶」。

❷新黨：指清末康有為、梁啓超等人主導的維新派。

❸康有為：（公元一八五八－一九二七年）清末維新運動重要人物。

第二天我起得很遲，午飯之後，出去看了幾個本家和朋友；第三天也照樣。他們也都沒有什麼大改變，單是老了些；家中卻一律忙，都在準備著「祝福」。這是魯鎭年終的大典，致敬盡禮，迎接福神，拜求來年一年中的好運氣的。殺雞，宰鵝，買豬肉，用心細細地洗，女人的臂膊都在水裡浸得通紅，有的還帶著絞絲銀鐲子。煮熟之後，橫七豎八的插些筷子在這類東西上，可就稱爲「福禮」了，五更天陳列起來，並且點上香燭，恭請福神們來享用，拜的卻只限於男人，拜完自然仍然是放爆竹。年年如此，家家如此，——只要買得起福禮和爆竹之類的——今年自然也如此。天色愈陰暗了，下午竟下起雪來，雪花大的有梅花那麼大，滿天飛舞，夾著煙靄和忙碌的氣色，將魯鎭亂成一團糟。我回到四叔的書房裡時，瓦楞❹上已經雪白，房裡也映得較光明，極分明地顯出壁上掛著的朱拓的大大「壽」字，陳摶老祖❺寫的，一邊的對聯已經脫落，鬆鬆地捲了放在長桌上，一邊的還在，道是「事理通達心氣和平」。我又無聊賴的到窗下的案頭去一翻，只見一堆似乎未必完全的《康熙字典》❻，一部《近思錄集注》❼和一部《四書

❹瓦楞：屋頂上用瓦鋪成行列的隆起部分。

❺陳摶：（公元八七一年—九八九年）字「圖南」，號「扶搖子」、「希夷先生」，五代宋初著名的道士，被尊稱爲「陳摶老祖」。

❻康熙字典：成書於清康熙五十五年（公元一七一六年），共收錄四萬九千餘字。

❼近思錄集注：清朝江永、茅星來各自爲《近思錄》作的註解書。《近思錄》，南宋朱熹、呂祖謙合編，輯錄北宋幾位理學家的言談語論。

襯》❽。無論如何、我明天決計要走了。

況且，一想到昨天遇見祥林嫂的事，也就使我不能安住。那是下午，我到鎮的東頭訪過一個朋友，走出來，就在河邊遇見她；而且見她瞪著的眼睛的視線，就知道明明是向我走來的。我這回在魯鎮所見的人們中，改變之大，可以說無過於她的了：五年前的花白的頭髮，即今已經全白，全不像四十上下的人；臉上瘦削不堪，黃中帶黑，而且消盡了先前悲哀的神色，仿佛是木刻似的；只有那眼珠間或一輪，還可以表示她是一個活物。她一手提著竹籃。內中一個破碗，空的；一手拄著一支比她更長的竹竿，下端開了裂：她分明已經純乎是一個乞丐了。

我就站住，預備她來討錢。

「你回來了？」她先這樣問。

「是的。」

「這正好。你是識字的，又是出門人，見識得多。我正要問你一件事——」她那沒有精采的眼睛忽然發光了。

我萬料不到她卻說出這樣的話來，詫異地站著。

「就是——」她走近兩步，放低了聲音，極秘密似的切切地說，「一個人死了之後，究竟有沒有魂靈的？」

❽《四書襯》，清朝吳興駱、培坦軒爲四書作的集註。

我很悚然⑨，一見她的眼盯著我的，背上也就遭了芒刺⑩一般，比在學校裡遇到不及預防的臨時考，教師又偏是站在身旁的時候，惶急得多了。對於魂靈的有無，我自己是向來毫不介意的；但在此刻，怎樣回答她好呢？我在極短期的躊躇中，想，這裡的人照例相信鬼，然而她，卻疑惑了，——或者不如說希望：希望其有，又希望其無……，人何必增添末路的人的苦惱，爲她起見，不如說有罷。

「也許有罷，——我想。」我於是吞吞吐吐的說。

「那麼，也就有地獄了？」

「啊！地獄？」我很吃驚，只得支吾者，「地獄？——論理，就該也有。——然而也未必，……誰來管這等事……。」

「那麼，死掉的一家的人，都能見面的？」

「唉唉，見面不見面呢？……」這時我已知道自己也還是完全一個愚人，什麼躊躇，什麼計畫，都擋不住三句問，我即刻膽怯起來了，便想全翻過先前的話來，「那是，……實在，我說不清……。其實，究竟有沒有魂靈，我也說不清。」

我乘她不再緊接的問，邁開步便走，匆匆的逃回四叔的家中，心裡很覺得不

⑨悚然：害怕的樣子。

⑩芒刺：草木如針一般銳利的刺。

安逸。自己想，我這答話怕於她有些危險。她大約因爲在別人的祝福⓫時候，感到自身的寂寞了，然而會不會含有別的什麼意思的呢？——或者是有了什麼預感了？倘有別的意思，又因此發生別的事，則我的答話委實該負若干的責任……。但隨後也就自笑，覺得偶爾的事，本沒有什麼深意義，而我偏要細細推敲，正無怪教育家要說是生著神經病；而況明明說過「說不清」，已經推翻了答話的全局，即使發生什麼事，於我也毫無關係了。

「說不清」是一句極有用的話。不更事⓬的勇敢的少年，往往敢於給人解決疑問，選定醫生，萬一結果不佳，大抵反成了怨府⓭，然而一用這說不清來作結束，便事事逍遙自在了。我在這時，更感到這一句話的必要，即使和討飯的女人說話，也是萬不可省的。

但是我總覺得不安，過了一夜，也仍然時時記憶起來，彷佛懷著什麼不祥的預感，在陰沉的雪天裡，在無聊的書房裡，這不安愈加強烈了。不如走罷，明天進城去。福興樓的清燉魚翅，一元一大盤，價廉物美，現在不知增價了否？往日同遊的朋友，雖然已經雲散，然而魚翅是不可不吃的，即使只有我一個……。無論如何，我明天決計要走了。

⓫祝福：這裡指的是魯鎮年終「祝福」的儀式。

⓬更事：經歷世事、明白事理。

⓭怨府：指怨恨集中之處或對象。

我因為常見些但願不如所料，以為未必竟如所料的事，卻每每恰如所料的起來，所以很恐怕這事也一律。果然，特別的情形開始了。傍晚，我竟聽到有些人聚在內室裡談話，彷彿議論什麼事似的，但不一會，說話聲也就止了，只有四叔且走而且高聲的說：

「不早不遲，偏偏要在這時候——這就可見是一個謬⑭種！」

我先是詫異，接著是很不安，似乎這話於我有關係。試望門外，誰也沒有。好容易待到晚飯前他們的短工來沖茶，我纔得了打聽消息的機會。

「剛才，四老爺和誰生氣呢？」我問。

「還不是和祥林嫂？」那短工簡捷的說。

「祥林嫂？怎麼了？」我又趕緊的問。

「死了。」

「死了？」我的心突然緊縮，幾乎跳起來，臉上大約也變了色，但他始終沒有抬頭，所以全不覺。我也就鎮定了自己，接著問：

「什麼時候死的？」

「什麼時候？——昨天夜裡，或者就是今天罷。——我說不清。」

「怎麼死的？」

⑭謬：荒唐。

「怎麼死的？——還不是窮死的？」他淡然的回答，仍然沒有抬頭向我看，出去了。

然而我的驚惶卻不過暫時的事，隨著就覺得要來的事，已經過去，並不必仰仗我自己的「說不清」和他之所謂「窮死的」的寬慰，心地已經漸漸輕鬆；不過偶然之間，還似乎有些負疚。晚飯擺出來了，四叔儼然的陪著。我也還想打聽些關於祥林嫂的消息，但知道他雖然讀過「鬼神者二氣之良能也」[15]，而忌諱仍然極多，當臨近祝福時候，是萬不可提起死亡疾病之類的話的，倘不得已，就該用一種替代的隱語，可惜我又不知道，因此屢次想問，而終於中止了。我從他儼然的臉色上，又忽而疑他正以爲我不早不遲，偏要在這時候來打攪他，也是一個謬種，便立刻告訴他明天要離開魯鎮，進城去，趁早放寬了他的心。他也不很留。這佯[16]悶悶地吃完了一餐飯。

冬季日短，又是雪天，夜色早已籠罩了全市鎮。人們都在燈下匆忙，但窗外很寂靜。雪花落在積得厚厚的雪褥上面，聽去似乎瑟瑟有聲，使人更加感得沉寂。我獨坐在發出黃光的菜油燈下，想，這百無聊賴的祥林嫂，被人們棄在塵芥堆中的，看得厭倦了的陳舊的玩物，先前還將形骸露在塵芥裡，從活得有趣的人

[15] 鬼神者二氣之良能也：出自北宋張載《正蒙．太和》，他認爲鬼神是陰陽二氣的自然變化。

[16] 佯：假裝。

們看來，恐怕要怪訝她何以還要存在，現在總算被無常打掃得於乾淨淨了。魂靈的有無，我不知道；然而在現世，則無聊生者不生，即使厭見者不見，爲人爲己，也還都不錯。我靜聽著窗外似乎瑟瑟作響的雪花聲，一面想，反而漸漸地舒暢起來。

然而先前所見所聞的她的半生事蹟的斷片，至此也聯成一片了。

她不是魯鎮人。有一年的冬初，四叔家裡要換女工，做中人⑰的衛老婆子帶她進來了，頭上紮著白頭繩，烏裙，藍夾襖，月白背心，年紀大約二十六七，臉色青黃，但兩頰卻還是紅的。衛老婆子叫她祥林嫂，說是自己母家的鄰舍，死了當家人⑱，所以出來做工了。四叔皺了皺眉，四嬸已經知道了他的意思，是在討厭她是一個寡婦。但是她模樣還周正，手腳都壯大，又只是順著眼，不開一句口，很像一個安分耐勞的人，便不管四叔的皺眉，將她留下了。試工期內，她整天的做，似乎閒著就無聊，又有力，簡直抵得過一個男子，所以第三天就定局，每月工錢五百文。

大家都叫她祥林嫂；沒問她姓什麼，但中人是衛家山人，既說是鄰居，那大概也就姓衛了。她不很愛說話，別人問了纔回答，答的也不多。直到十幾天之後，這纔陸續的知道她家裡還有嚴厲的婆婆，一個小叔子，十多歲，能打柴了；

⑰中人：介紹人。

⑱當家人：指丈夫。

她是春天沒了丈夫的；他本來也打柴爲生，比她小十歲：大家所知道的就只是這一點。

日子很快地過去了，她的做工卻絲毫沒有懈，食物不論，力氣是不惜的。人們都說魯四老爺家裡雇著了女工，實在比勤快的男人還勤快。到年底，掃塵，洗地，殺雞，宰鵝，徹夜的煮福禮，全是一人擔當，竟沒有添短工。然而她反滿足，口角邊漸漸的有了笑影，臉上也白胖了。

新年纔過，她從河邊淘米⑲回來時，忽而失了色，說剛纔遠遠地看見幾個男人在對岸徘徊，很像夫家的堂伯，恐怕是正在尋她而來的。四嬸很驚疑，打聽底細，她又不說。四叔一知道，就皺一皺眉，道：

「這不好。恐怕她是逃出來的。」

她誠然是逃出來的，不多久，這推想就證實了。

此後大約十幾天，大家正已漸漸忘卻了先前的事，衛老婆子忽而帶了一個三十多歲的女人進來了，說那是祥林嫂的婆婆。那女人雖是山裡人模樣，然而應酬很從容，說話也能幹，寒暄之後，就賠罪，說她特來叫她的兒媳回家去，因爲開春事務忙，而家中只有老的和小的，人手不夠了。

「既是她的婆婆要她回去，那有什麼話可說呢。」四叔說。

⑲淘米：洗米。

於是算清了工錢，一共一千七百五十文，她全存在主人家，一文也還沒有用，便都交給她的婆婆。那女人又取了衣服，道過謝，出去了。其時已經是正午。

「阿呀，米呢？祥林嫂不是去淘米的麼？……」好一會，四嬸這纔驚叫起來。她大約有些餓，記得午飯了。

於是大家分頭尋淘籮。她先到廚下，次到堂前，後到臥房，全不見淘籮的影子。四叔踱出門外，也不見，一直到河邊，纔見平平正正的放在岸上，旁邊還有一株菜。

看見的人報告說，河裡面上午就泊了一隻白篷船，篷是全蓋起來的，不知道什麼人在裡面，但事前也沒有人去理會它。待到祥林嫂出來淘米，剛剛要跪下去，那船裡便突然跳出兩個男人來，像是山裡人，一個抱住她，一個幫著，拖進船去了。祥林嫂還哭喊了幾聲，此後便再沒有什麼聲息，大約給用什麼堵住了罷。接著就走上兩個女人來，一個不認識，一個就是衛婆子。窺探艙裡，不很分明，她像是捆了躺在船板上。

「可惡！然而……。」四叔說。

這一天是四嬸自己煮中飯；他們的兒子阿牛燒火。午飯之後，衛老婆子又來了。

「可惡！」四叔說。

「妳是什麼意思？虧妳還會再來見我們。」四嬸洗著碗，一見面就憤憤的說，「妳自己薦她來，又合夥劫她去，鬧得沸反盈天⑳的，大家看了成個什麼樣子？妳拿我們家裡開玩笑麼？」

「阿呀阿呀，我眞上當。我這回，就是爲此特地來說說清楚的。她來求我薦地方，我那裡料得到是瞞著她的婆婆的呢。對不起，四老爺，四太太。總是我老發昏不小心，對不起主顧。幸而府上是向來寬洪大量，不肯和小人計較的。這回我一定薦一個好的來折罪……。」

「然而……。」四叔說。

於是祥林嫂事件便告終結，不久也就忘卻了。

只有四嬸，因爲後來雇用的女工，大抵非懶即饞，或者饞而且懶，左右不如意，所以也還提起祥林嫂。每當這些時候，她往往自言自語的說：「她現在不知道怎麼樣了？」意思是希望她再來。但到第二年的新正㉑，她也就絕了望。

新正將盡，衛老婆子來拜年了，已經喝得醉醺醺的，自說因爲回了一趟衛家山的娘家，住下幾天，所以來得遲了。她們問答之間，自然就談到祥林嫂。

「她麼？」衛老婆子高興的說，「現在是交了好運了。她婆婆來抓她回去的時候，是早已許給了賀家坳的賀老六的，所以回家之後不幾天，也就裝在花轎裡

⑳沸反盈天：形容人聲喧嘩吵鬧，混亂一片。

㉑新正：指農曆春節初一至初五這段時間。

抬去了。」

「阿呀，這樣的婆婆！……」四嬸驚奇的說。

「阿呀，我的太太！妳眞是大户人家的太太的話。我們山裡人，小户人家，這算得什麼？她有小叔子，也得娶老婆。不嫁了她，那有這一注錢來做聘禮？他的婆婆倒是精明強幹的女人呵，很有打算，所以就將她嫁到裡山去。倘許給本村人，財禮就不多；唯獨肯嫁進深山野坳裡去的女人少，所以她就到手了八十千。現在第二個兒子的媳婦也娶進了，財禮花了五十，除去辦喜事的費用，還剩十多千。嚇，你看，這多麼好打算？……」

「祥林嫂竟肯依？……」

「這有什麼依不依。——鬧是誰也總要鬧一鬧的，只要用繩子一捆，塞在花轎裡，抬到男家，捺㉒上花冠，拜堂，關上房門，就完事了。可是祥林嫂眞出格㉓，聽說那時實在鬧得厲害，大家還都說大約因爲在念書人家做過事，所以與眾不同呢。太太，我們見得多了：回頭人出嫁，哭喊的也有，說要尋死覓活的也有，抬到男家鬧得拜不成天地的也有，連花燭都砸了的也有。祥林嫂可是異乎尋常，他們說她一路只是嚎，罵，抬到賀家坳，喉嚨已經全啞了。拉出轎來，兩個男人和她的小叔子使勁地捺住她也還拜不成天地。他們一不小心，一鬆手，阿

㉒捺：用手用力壓下。

㉓出格：過分、不合常理。

呀，阿彌陀佛，她就一頭撞在香案角上，頭上碰了一個大窟窿，鮮血直流，用了兩把香灰，包上兩塊紅布還止不住血呢。直到七手八腳的將她和男人反關在新房裡，還是罵，阿呀呀，這眞是……。」她搖一搖頭，順下眼睛，不說了。

「後來怎麼樣呢？」四嬸還問。

「聽說第二天也沒有起來。」她抬起眼來說。

「後來呢？」

「後來？——起來了。她到年底就生了一個孩子，男的，新年就兩歲了。我在娘家這幾天，就有人到賀家坳去，回來說看見他們娘兒倆，母親也胖，兒子也胖；上頭又沒有婆婆，男人所有的是力氣，會做活；房子是自家的。——唉唉，她眞是交了好運了。」

從此之後，四嬸也就不再提起祥林嫂。

但有一年的秋季，大約是得到祥林嫂好運的消息之後的又過了兩個新年，她竟又站在四叔家的堂前了。桌上放著一個荸薺式的圓籃，簷下一個小鋪蓋。她仍然頭上紮著白頭繩，烏裙，藍夾襖，月白背心，臉色青黃，只是兩頰上已經消失了血色，順著眼，眼角上帶些淚痕，眼光也沒有先前那樣精神了。而且仍然是衛老婆子領著，顯出慈悲模樣，絮絮的對四嬸說：

「……這實在是叫作『天有不測風雲』，她的男人是堅實人，誰知道年紀輕輕，就會斷送在傷寒上？本來已經好了的，吃了一碗冷飯，復發了。幸虧有兒子；她又能做，打柴摘茶養蠶都來得，本來還可以守著，誰知道那孩子又會給狼銜去的呢？春天快完了，村上倒反來了狼，誰料到？現在她只剩了一個光身了。大伯來收屋，又趕她。她眞是走投無路了，只好來求老主人。好在她現在已經再沒有什麼牽掛，太太家裡又湊巧要換人，所以我就領她來。——我想，熟門熟路，比生手實在好得多……。」

「我眞傻，眞的，」祥林嫂抬起她沒有神采的眼睛來，接著說。「我單知道下雪的時候野獸在山坳裡沒有食吃，會到村裡來；我不知道春天也會有。我一清早起來就開了門，拿小籃盛了一籃豆，叫我們的阿毛坐在門檻上剝豆去。他是很聽話的，我的話句句聽；他出去了。我就在屋後劈柴，淘米，米下了鍋，要蒸豆。我叫阿毛，沒有應，出去一看，只見豆撒得一地，沒有我們的阿毛了。他是不到別家去玩的；各處去一問，果然沒有。我急了，央人出去尋。直到下半天，尋來尋去尋到山坳裡，看見刺柴上掛著一只他的小鞋。大家都說，糟了，怕是遭了狼了。再進去；他果然躺在草窠裡，肚裡的五臟已經都給吃空了，手上還緊緊的捏著那只小籃呢。……」她接著但是嗚咽，說不出成句的話來。

四嬸起刻還躊躇，待到聽完她自己的話，眼圈就有些紅了。她想了一想，便教拿圓籃和鋪蓋到下房去。衛老婆子彷彿卸了一肩重擔似地噓一口氣，祥林嫂比初來時候神氣舒暢些，不待指引，自己馴熟的安放了鋪蓋。她從此又在魯鎮做女工了。

大家仍然叫她祥林嫂。

然而這一回，她的境遇卻改變得非常大。上工之後的兩三天，主人們就覺得她手腳已沒有先前一樣靈活，記性也壞得多，死屍似的臉上又整日沒有笑影，四嬸的口氣上，已頗有些不滿了。當她初到的時候，四叔雖然照例皺過眉，但鑒於向來雇用女工之難，也就並不大反對，只是暗暗地告誡四嬸說，這種人雖然似乎很可憐，但是敗壞風俗的，用她幫忙還可以，祭祀時候可用不著她沾手，一切飯菜，只好自已做，否則，不乾不淨，祖宗是不吃的。

四叔家裡最重大的事件是祭祀，祥林嫂先前最忙的時候也就是祭祀，這回她卻清閒了。桌子放在堂中央，繫上桌幃，她還記得照舊的去分配酒杯和筷子。

「祥林嫂，妳放著罷！我來擺。」四嬸慌忙的說。

她訕訕的㉔縮了手，又去取燭臺。

「祥林嫂，妳放著罷！我來拿。」四嬸又慌忙地說。

她轉了幾個圓圈，終於沒有事情做，只得疑惑的走開。她在這一天可做的事是不過坐在灶下燒火。

鎮上的人們也仍然叫她祥林嫂，但音調和先前很不同；也還和她講話，但笑容卻冷冷的了。她全不理會那些事，只是直著眼睛，和大家講她自己日夜不忘的

㉔訕訕的：難爲情的樣子。

故事：

「我眞傻，眞的，」她說，「我單知道雪天是野獸在深山裡沒有食吃，會到村裡來；我不知道春天也會有。我一大早起來就開了門，拿小籃盛了一籃豆，叫我們的阿毛坐在門檻上剝豆去。他是很聽話的孩子，我的話句句聽；他就出去了。我就在屋後劈柴，淘米，米下了鍋，打算蒸豆。我叫，『阿毛！』沒有應。出去一看，只見豆撒得滿地，沒有我們的阿毛了。各處去一問，都沒有。我急了，央人去尋去。直到下半天，幾個人尋到山坳裡，看見刺柴上掛著一隻他的小鞋。大家都說，完了，怕是遭了狼了；再進去；果然，他躺在草窠裡，肚裡的五臟已經都給吃空了，可憐他手裡還緊緊的揑著那只小籃呢。……」她於是淌下眼淚來，聲音也嗚咽了。

這故事倒頗有效，男人聽到這裡，往往斂起笑容，沒趣的走了開去；女人們卻不獨寬恕了她似的，臉上立刻改換了鄙薄的神氣，還要陪出許多眼淚來。有些老女人沒有在街頭聽到她的話，便特意尋來，要聽她這一段悲慘的故事。直到她說到嗚咽，她們也就一齊流下那停在眼角上的眼淚，嘆息一番，滿足的去了，一面還紛紛的評論著。

她就只是反覆的向人說她悲慘的故事，常常引住了三五個人來聽她。但不久，大家也都聽得純熟了，便是最慈悲的念佛的老太太們，眼裡也再不見有一點淚的痕跡。後來全鎭的人們幾乎都能背誦她的話，一聽到就煩厭得頭痛。

「我眞傻，眞的，」她開首說。

「是的，妳是單知道雪天野獸在深山裡沒有食吃，纔會到村裡來的。」他們立即打斷她的話，走開去了。

她張著口怔怔的㉕站著，直著眼睛看他們，接著也就走了，似乎自己也覺得沒趣。但她還妄想，希圖從別的事，如小籃，豆，別人的孩子上，引出她的阿毛的故事來。倘一看見兩三歲的小孩子，她就說：

「唉唉，我們的阿毛如果還在，也就有這麼大了……」

孩子看見她的眼光就吃驚，牽著母親的衣襟催她走。於是又只剩下她一個，終於沒趣的也走了，後來大家又都知道了她的脾氣，只要有孩子在眼前，便似笑非笑的先問她，道：

「祥林嫂，你們的阿毛如果還在，不是也就有這麼大了麼？」

她未必知道她的悲哀經大家咀嚼賞鑒了許多天，早已成爲渣滓，只值得煩厭和唾棄；但從人們的笑影上，也彷佛覺得這又冷又尖，自己再沒有開口的必要了。她單是一瞥他們，並不回答一句話。

魯鎭永遠是過新年，臘月二十以後就火起來了。四叔家裡這回須雇男短工，還是忙不過來，另叫柳媽做幫手，殺雞，宰鵝；然而柳媽是善女人，吃素，不殺

㉕怔怔的：發呆狀。

生的，只肯洗器皿。祥林嫂除燒火之外，沒有別的事，卻閒著了，坐著只看柳媽洗器皿。微雪點點的下來了。

「唉唉，我眞傻，」祥林嫂看了天空，嘆息著，獨語似的說。

「祥林嫂，妳又來了。」柳媽不耐煩的看著她的臉，說。「我問你：你額角上的傷痕，不就是那時撞壞的麼？」

「唔唔。」她含糊的回答。

「我問你：你那時怎麼後來竟依了呢？」

「我麼？……」，

「你呀。我想：這總是你自己願意了，不然……。」

「阿阿，你不知道他力氣多麼大呀。」

「我不信。我不信你這麼大的力氣，眞會拗他不過。妳後來一定是自己肯了，倒推說他力氣大。」

「阿阿，你……你倒自己試試著。」她笑了。

柳媽的打皺的臉也笑起來，使她蹙縮得像一個核桃，乾枯的小眼睛一看祥林嫂的額角，又釘住她的眼。祥林嫂似很局促了，立刻斂了笑容，旋轉眼光，自去看雪花。

「祥林嫂，妳實在不合算。」柳媽詭秘的說。「再一強，或者索性撞一個死，就好了。現在呢，你和你的第二個男人過活不到兩年，倒落了一件大罪名。

你想，你將來到陰司去，那兩個死鬼的男人還要爭，你給了誰好呢？閻羅大王只好把你鋸開來，分給他們。我想，這眞是……」

她臉上就顯出恐怖的神色來，這是在山村裡所未曾知道的。

「我想，妳不如及早抵當。妳到土地廟裡去捐一條門檻，當作妳的替身，給千人踏，萬人跨，贖了這一世的罪名，免得死了去受苦。」

她當時並不回答什麼話，但大約非常苦悶了，第二天早上起來的時候，兩眼上便都圍著大黑圈。早飯之後，她便到鎭的西頭的土地廟裡去求捐門檻，廟祝起初執意不允許，直到她急得流淚，纔勉強答應了。價目是大錢十二千。她久已不和人們交口，因爲阿毛的故事是早被大家厭棄了的；但自從和柳媽談了天，似乎又即傳揚開去，許多人都發生了新趣味，又來逗她說話了。至於題目，那自然是換了一個新樣，專在她額上的傷疤。

「祥林嫂，我問你：你那時怎麼竟肯了？」一個說。

「唉，可惜，白撞了這一下。」一個看著她的疤，應和道。

她大約從他們的笑容和聲調上，也知道是在嘲笑她，所以總是瞪著眼睛，不說一句話，後來連頭也不回了。她整日緊閉了嘴唇，頭上帶著大家以爲恥辱的記號的那傷痕，默默的跑街，掃地，洗菜，淘米。快夠一年，她纔從四嬸手裡支取了歷來積存的工錢，換算了十二元鷹洋㉖，請假到鎭的西頭去。但不到一頓飯時

㉖鷹洋：指墨西哥的銀元。清朝嘉慶以後，外國貨幣在中國境內成爲流通的貨幣。

候，她便回來，神氣很舒暢，眼光也分外有神，高興似的對四嬸說，自己已經在土地廟捐了門檻了。

冬至的祭祖時節，她做得更出力，看四嬸裝好祭品，和阿牛將桌子抬到堂屋中央，她便坦然的去拿酒杯和筷子。

「妳放著罷，祥林嫂！」四嬸慌忙大聲說。

她像是受了炮烙㉗似的縮手，臉色同時變作灰黑，也不再去取燭臺，只是失神的站著。直到四叔上香的時候，教她走開，她才走開。這一回她的變化非常大，第二天，不但眼睛窈陷下去，連精神也更不濟了。而且很膽怯，不獨怕暗夜，怕黑影，即使看見人，雖是自己的主人，也總惴惴的㉘，有如在白天出穴遊行的小鼠，否則呆坐著，直是一個木偶人。不半年，頭髮也花白起來了，記性尤其壞，甚而至於常常忘卻了去淘米。

「祥林嫂怎麼這樣了？倒不如那時不留她。」四嬸有時當面就這樣說，似乎是警告她。

然而她總如此，全不見有伶俐起來的希望。他們於是想打發她走了，教她回到衛老婆子那裡去。但當我還在魯鎮的時候，不過單是這樣說；看現在的情狀，

㉗炮烙：古代的酷刑之一。指用燒紅的鐵燒燙人體的刑罰。

㉘惴惴的：憂懼狀。

可見後來終於實行了。然而她是從四叔家出去就成了乞丐的呢，還是先到衛老婆子家然後再成乞丐的呢？那我可不知道。

我給那些因爲在近旁而極響的爆竹聲驚醒，看見豆一般大的黃色的燈火光，接著又聽得畢畢剝剝的鞭炮，是四叔家正在「祝福」了；知道已是五更將近時候。我在朦朧中，又隱約聽到遠處的爆竹聲聯綿不斷，似乎合成一天音響的濃雲，夾著團團飛舞的雪花，擁抱了全市鎮。我在這繁響的擁抱中，也懶散而且舒適，從白天以至初夜的疑慮，全給祝福的空氣一掃而空了，只覺得天地聖眾歆享了牲醴和香煙，都醉醺醺的在空中蹣跚，預備給魯鎮的人們以無限的幸福。

一九二四年二月七日

問題與應用

1. 祥林嫂是「窮死」的嗎？請探討祥林嫂可能的死因。
2. 本篇以第一人稱的方式寫成，「祥林嫂」的外在形象似乎十分清晰，卻難以瞭解她真實的心理狀況。請嘗試以「全知觀點」改寫這個故事。
3. 魯迅當初棄醫從文最直接的原因，就是對中國人「坐壁上觀」、看好戲的心理深惡痛絕。我們生活的周遭，可能也存在或發生過不同的悲劇，請舉出真實的例子，並討論可能避免悲劇再度發生的做法。

延伸閱讀

1. 老舍，〈柳家大院〉。
2. 沈從文，〈蕭蕭〉。
3. 張曼娟，〈桃夭〉。《笑拈梅花》，皇冠出版社。

劉怡廷編撰

急水溪事件

阿盛

作者、題解

阿盛，本名楊敏盛，台灣散文作家，「阿盛」為其筆名。一九五〇年生，臺南新營人。東吳大學中文系畢業。曾於中國時報擔任記者、編輯、主編、主任等職務。自言是一位「寫字者」，著有散文二十一冊、長篇小說二冊、歌詩一冊；另主編過散文二十一冊。多篇作品被選入高中國文課本。一九九四年起成立「寫作私淑班」，以小班教學的方式，鼓勵愛好文學的人亦能投身於創作。二〇〇三年建立「阿盛寫作私淑班」部落格，將「私淑班」成員之創作成果及阿盛個人舊作發表於此。

〈急水溪事件〉原刊載於一九八四年一月十日《中國時報》人間副刊，後收錄於九歌出版社出版之《行過急水溪》散文集。本書為作者第一本散文集，是青年時期的作品，作者認為書中篇章有著「一個年輕鄉下人的心跳」，有著不變的真摯。〈急水溪事件〉是以整治急水溪這件事為主軸，以嘲諷諧謔的筆法，刻劃小鎮居民及周遭相關人士短視近利的心態。文中提及急水溪整治問題曾在三個年代浮現：日治時代、民國四十八年、以及民國六十九年到七十一年這三年的時間，本文主要著墨於第三次整治過程發生的種種現象，深刻地反映出人性的自私以及複雜的文化特性。

課文

小城裡的居民第一次痛下決心要整治急水溪❶，是在民國四十八年。根據小城公所的檔案資料，那一年八月大水災過後，總計急水溪拖走了五百頭大小肥瘦不等的土豬、四十甲半人高的甘蔗、六千隻番鴨水鴨、二十甲綠頭殼的稻子，另外，有四個吃稻米長大的人正好趕上農曆七月打開的鬼門關，其中包括一個學業成績很好的小學生，依照許多父老的說詞，水龍王不識人，否則這聰明的小學生保不定將來能唸上大學，甚至當小城代表賺大錢。

事實上，當年的整治急水溪大計，之所以猛如過山風地展開，卻又驟如西北雨地收停，正是與錢有關。臺灣錢固是淹腳踝，小城居民可硬是彎腰撿不到足夠修堤的錢。當然，這並不表示小城很窮，事實上，樓房一年比一年多，人們一年比一年吃得好，街道更寬了，寺廟翻新了，神誕做醮❷沒有一次不熱鬧，魚菜市場沒有一天缺過貨，喜慶宴客擺出三四十桌酒席是尋常事，出殯行列裡有十輛電子音樂車演奏最新流行歌也不怎麼稀奇；而，事實上，直到民國六十九年，修堤的錢仍然沒有著落。一樣的月光，一樣地照著急水溪，一樣的流水，一樣地流過

❶急水溪：台灣南部主要河川。發源於台南市白河鎮阿里山山脈關子嶺附近，並由台南市南鯤鯓王爺港流入海，全長六十五公里。

❷醮：ㄐㄧㄠˋ。僧道設壇祈神的儀式。

蔗田豬舍鴨寮，要不是那年九月下了幾場罕見的大雨，急水溪差點再度改變了安樂的世界，居民很可能不會注意到，什麼時候溪畔變得如此地擁擠？

小城代表們多半是聰明的小學生出身的，雖然事業各有專攻，平時各自經營雜貨店、碾米行、酒家、茶室、當公司工廠顧問、當寺廟佛堂董事，忙得熱乎，但是九月那幾場大雨總算澆涼了賺大錢的腦筋，同時很快地發現，被農作鴨群擠得成了蛇扭形的急水溪，非得痛下決心整治不可了。

修堤大計猛如九月颱地展開之後，籌款的速度快得令居民的嘴巴張開兩寸，半分鐘之久還合不攏。有人以小人之心揣測，縣裡急急撥下經費，似乎與選舉有聯繫，可是代表們以君子之腹否定這類謠傳；有人以細民❸之知猜度，某議員的大舅子的朋友的親戚，好像包了一些工程，可是議員們以大人之量澄清這類風言。於是，作業立刻起始，堤線立刻定案，徵地立刻進行，並且立刻遭到叫人傻眼的難題。

問題出在徵地。由於小城居民很少曾經到過大埠❹去長期闖蕩，因此出門在外碰得一臉紅橙黃綠藍靛紫的機會不多，也因此保有小城人的那種小聰明，徵地的難題就出在小聰明上頭，圍溪築堤必然會損及養鴨户的權益，必然會迫使蔗田

---

❸細民：小民、一般百姓；或指見識淺陋、肚量狹小的人。

❹大埠：指大都市。

停耕，必然會造成飼豬者的困境，必然會公價收購私人土地，那麼，當事人不趁此做一筆生意，必然對不起妻子兒女。

就爲了鴨户豬户田主地主的妻子兒女，代表議員廠商官員們只好暫時讓急水溪繼續七彎八拐地流下去，流著流著，而日曆掛在牆壁，一天撕去一頁，眞叫人心裡著急。時光如白駒過隙，轉眼六十九年悄悄過去，急水溪畔的鴨兒仍舊悠然自得地將頭伸進水中，呷呷追逐在竹子圈起來的水塘裡，甘蔗抬頭望天，稻子低首看地，約克夏種洋豬的糞便不改往昔流入溪流，堤線內的私有土地上三三兩兩的不聲不響的突然冒出幾棵果樹、幾幢茅草寮。七十年的春季來臨了，轉個身就走得無影無蹤，夏季說到就到，誰都知道，夏季裡天上掉下來的可不是蘇芮唱的那種冰冷的小雨❺。

大雨來得正是時候，八月底，急水溪拖走了少少幾隻鴨、一小片地瓜田，倒是滋潤了嘉南平原上渴旱已久的稻畝。九月初，大雨來得不是時候，急水溪帶來了大量的山土與一截截的粗樹枝，雨水不斷灑在小城居民的頭上，短短一個晝夜，小城各處的水溝與路面幾乎全部無法辨認，木材廠的木片原材漂流在街道上，市場裡浮出來的爛菜垃圾四方擴散，雞貓屍體隨地可見，居民撩起褲管收這拾那，屋子裡的入水與溪水共一色，落雨與向屋子外揮動的面盆齊飛，每個地方

❺蘇芮唱的那種冰冷的小雨：指電影《搭錯車》的主題曲——「一樣的月光」。

都有人在問：雨哪會落未停？

雨是停了近半天，路上的水剛退到淹腳踝，遠遠的山裡又傳來了雷聲，雷帶雨，雨帶風，風雨掃得小城居民一直在罵天公。這一回，連坐鎮在溪邊高地的玄天上帝都差點被水沾濕了腳，戲院、茶室、餐廳、市場全部關門，急水溪畔的蔗稻瓜鴨全部消失，自來水不自己來了，電線也不來電，廣播電臺那個專門賣大補丸以及三百元一架照相機的播音員，卻在風雨聲中講了一個大約只有他自己笑得出來的笑話，意思是說，四十年前，日本人想整治急水溪，卻遭到小城居民設計潑了一身糞便……日本人無可奈何……可見我們是很聰明的民族……聽眾若要購買虎眼牌相機，請撥電話……云云。

小城居民確實是很聰明的，這可以從大水退後的兩件事看出來，其一是雨勢小緩之後，街道上就有人穿著短褲在撈掇❻木材、抓鴨子，涉水撈木抓鴨而曉得穿上短褲，智商自是不低；再者，水退後十多天，父老即發動居民建醮酬謝玄天上帝，蓋大水不敢淹過神明足板，顯然是玄天上帝一腳將水踢走的，想得出這一個增進小販、香燭店買賣的話題，自是智商不低；要不是廟會上來了幾位代表，說些合作修堤、節約拜拜、響應徵地之類的勸詞，父老居民們是會對這次的熱鬧活動完全滿意的。

❻撈掇：從水中撿取東西。撈，另有「用不正當手段取得」之意。

正經說來，九月大水未嘗沒有洗刷出好處來，端的這是痛下第三次決心的大好時機。地主田主豬戶鴨戶的心到底是給雨滂泡軟了，還是讓縣裡的論法律論利弊嚇軟了，由於人心隔肚皮，無從查悉；至於到處流布的諸如事關選舉、大舅子的什麼人得好處等等耳語，由於小城居民多深明大義，認爲無稽，以是謠言止於智商不低者，不須查悉。反正大好時機篤定抓住了，小城南郊的修堤工程終於實實在在，一步一足痕，一鏟一堆土的積極進行了。

急水溪一小段一小段地被拉直，工程進行得堪稱順利，說是堪稱順利而不引述報紙所報導的極爲順利，乃是因著其中不免碰上一點小問題，比如採沙場抱怨禁止挖溪床的公告，比如農户的未收割的糧作被工程車壓倒了，比如有些地主後悔領了法定補償費，不停地寫陳情書，比如……，其實這種種都是小比如，眞正糟糕的大比如是，坐落在南郊面向溪畔的佛堂執事諸人突然使出驚人之舉，聲言堤防不該高過佛堂山門，理由是，我佛慈悲，擇此靈地，堤若擋門，大壞風水。

和尚出招，難爲修堤人，眼見著堤防即將完成，偏缺這麼一小段不能動工，小城居民有點憤怒了，後來經過好事者查證，得知佛堂雖非依山而築，卻不乏靠山，這靠山不定高如阿里山，可在小城居民心目中，總比靠著自家牆壁來得強，因此憤怒逐漸平息。同時，在七十一年夏季將到之際，除了佛堂那一段之外，修堤工作全線完成，平息下來等待佛爺點頭。

佛爺未點頭，天公淚先流，許是上蒼明鑑，就在嘉南大圳的水位日益見底時，八月再一次順道捎來豐豐沛沛的禮物，農家喜得眉角額頭放亮，而南郊佛堂的和尚卻急得頂上無光。溪水不偏不倚地從缺口灌入，淹沒了出家人辛苦種下的菜圃，淹沒了那座爲著避免擋住我佛視界而造低了的山門，淹沒了圍牆，淹了沒佛堂堂門，拜墊漂走了，桌椅漂走了，存糧浸了水，菜罐油罈漂走了，還有，靈骨塔也浸了水，我佛在上，塔底層的骨罈，搶救不及的，也漂走了，阿彌陀佛。

急水溪此番拖走了多少骨罈，即使邀來全國的統計學家亦無能算計結果，原因在於佛堂上下人等嚴守出家人不問俗事的戒律，並且在水退後立即關閉前後左右各門，埋頭整治佛堂內部諸事，絕不透出一絲信息。兩天之後，各門打開，小城居民一如往常進進出出，間或有人問起靈骨塔的事，佛堂中人總是很慈悲地微笑，神態安詳地指說沒什麼，塔好好的，骨罈破了幾個，早理妥了，一切順當。

第四次痛下決心完成急水溪堤防的，不是小城居民，是佛堂的董事們。修堤工程很快地接續進行，佛堂甚至主動撤移山門圍牆，主動提出不要求添加補償費的決議；而且，爲了中元普渡節約拜拜，破例取消往年廣發寄骨喪家邀請函的慣習。小城裡有些聰明人對此事不免會表示意見，這些意見歸納起來有四點，首先，八月大雨那天，有人眼見急水溪中漂游著不少兩尺高的罈子，莫非是……，其次，有人到佛堂祭親人，發現罈子換了……，再次，捨得普渡節的大筆香油錢，個人因由……，還有，水退後，佛堂兩邊廂房的平頂上何以一連幾天都在曝曬一大堆白白的小物件……。不過，事情就好在，小城居民縱使世面見得不廣，天性裡倒有某一點與大埠裡的飛車黨相似，那就是即使眼見路上出車禍，頂多也是心跳三幾分鐘，減速十幾公里，脈膊恢復正常躍動之後，該怎麼踩油門還是怎麼踩油門。

職是，小城居民至今仍然很快樂地天天吃著急水溪灌溉長成的蓬萊米，仍然很肯定地相信自家的兒女比別人聰明，當然，他們鐵打的會考上大學，將來當不當得上小城代表不緊要了，頂要緊的是日後能賺大錢……。職是，同樣的月光，同樣地照著急水溪，儘管溪床日漸淤積，小城居民至今仍然沒去注意到，農作鴨兒什麼時候又把溪畔變得這般地擁擠？

問題與應用

1. 透過「急水溪事件」，我們彷彿看見台灣社會的縮影，生存利益與生存環境的衝突總是不斷上演著。請分組討論在你的家鄉曾經發生或是社會熟知的新聞中類似的衝突和發展。
2. 請蒐集急水溪流域的相關資料，包括流域內的景點和經濟活動等，具體討論急水溪帶給地方、以及區域發展帶給急水溪本身的利弊得失。
3. 本文作者多處用「聰明的」、「智商不低」…等反諷的語彙，讓極嚴肅的議題在戲謔中反倒令人印象深刻。請嘗試找出一篇新聞報導，以反諷的語氣改寫之。

延伸閱讀

1. 翁台生，〈痲瘋病院的世界〉。《報導文學讀本》，向陽、須文蔚主編，二魚文化出版社。
2. 吳明益，〈寄蝶〉。《迷蝶誌》，麥田出版社。
3. 黃春明，〈溺死一隻老貓〉。《莎喲哪啦．再見》，皇冠出版社。

劉怡廷編撰

蘭嶼行醫記

拓拔斯・塔瑪匹瑪

作者、題解

拓拔斯・塔瑪匹瑪，布農族人。一九六〇年生，漢名田雅各。高雄醫學院醫學系畢業。大學時期曾加入校內的阿米巴詩社。一九八一年發表以自己的族名爲題的短篇小說〈拓拔斯・塔瑪匹瑪〉，獲高醫「南杏文學獎」小說類第二名，獲得文壇矚目。一九八六年以短篇小說集《最後的獵人》獲得「吳濁流文學獎」；一九九一年以散文集《蘭嶼行醫記》獲得「賴和醫療文學獎」。拓拔斯・塔瑪匹瑪的祖父是布農族頭目，父親是牧師，在此家庭環境下成長，使他對原住民的處境、生命格外關注和尊重。醫學院畢業後，他主動申請至蘭嶼衛生所服務，此後始終以原住民的醫療服務爲其重要職志，有「台灣原住民族的史懷哲」之稱。

《蘭嶼行醫記》集結了作者一九八七至一九九一年在蘭嶼行醫時的作品。雖然皆名爲台灣的「原住民」，但，來自「山的民族」——布農族的作者遇上了「海的民族」——達悟族，一樣產生了極大的文化衝突。作者無意誇飾這類的衝突，或將其詼諧化以娛衆，反倒是透過這些眞實記錄的小故事，帶領讀者進入尊重異族群文化、關懷偏鄉醫療等的深沈思考中。全書共七十二篇短文，本課僅選錄〈第一個清晨〉、〈比比腳就知道〉、〈不快樂的星期六〉、〈魚〉、〈赤腳醫生〉、

〈他的感覺已在新船身上〉、〈藍色大冰箱〉、〈颱風飄雨後的晚上〉等八篇。

課文

第一個清晨

眼睛張開，我看見了蘭嶼❶的第一個清晨。鼻子漸漸恢復知覺，深深吸一口氣，空氣味道不比家鄉差，只是多一股藥味，原來我睡在病房。

這一天我尚未上班，必須先妥善處理住宿問題，然而內心急著想看看全島狀況，拜訪島上人民。我騎一部公務機車，順著同事指引的方位騎去。

不到半天的時間，我繞了全島一圈，走進六個部落❷，遇上許多和善的老人，我以國語、幾句日語並用手腳與他們交談，島民對衛生所的觀感可綜合三點：

一、衛生所醫生常不在，好不容易湊錢搭公車去衛生所，看不到醫生又浪費車錢。

❶蘭嶼：位於台東縣東南外海，是台灣第二大島。原名「紅頭嶼」，後因島上盛產蝴蝶蘭，改稱「蘭嶼」。島上居民約百分之八十八爲達悟族。

❷蘭嶼島上共有六個部落：紅頭、漁人、椰油、朗島、東清、野銀。

二、衛生所的醫生亂看病，嘴巴不開，也不用眼睛，手拿筆在病歷表畫完就給藥，害得島民不敢吃藥。

三、衛生所的藥很差，有些人到臺灣看病，那些有名的醫生沒看過衛生所的藥。

帶了許多埋怨聲回衛生所，內心自勉，爾後慢慢消滅他們的不良印象，仔細看病，並時時進修以應付求診的島民。

比比腳就知道了

走進衛生所，看到十幾個人坐在候診椅，我親切地與他們打招呼；有人露齒微笑，有的人不耐煩地回禮。我邊走邊斜眼看壁上的掛鐘，八點二十分。

走到掛號室前我停頓一會兒，左耳殼貼近掛號室的小窗口，兩眼正朝向候診病患，耳鼓膜接收不到掛號室內任何呼吸聲。我突然感到很尷尬地垂下眼目，避開他們的眼光，迅速轉進掛號室準備幫病人掛號。

八點三十五分，護士小姐們陸續趕來上班，我故不吭聲安靜地看病，病人一個個按順序進來，然後拿處方簽領藥。

「施××」

叫了幾聲，一聲比另一聲尖銳，但仍然不見人影。我覺得奇怪地起身探頭看，一位老人低頭坐在候診椅，於是請達悟族同事幫忙翻譯，請最後一位待診的老人進來。

老人踏著O字型腳步走進來，邊走邊叫，聲調尖銳，嘴臉擠成生氣的形狀。上一回我因猜錯雅美❸人的臉色而表錯情，這回不敢斷定老人是否生氣。

「他身體不舒服嗎？」我問翻譯的同事。

「他問我你是不是政府派來的醫生，還問你看病怎麼那麼慢？到底會不會看病？」我不知如何解答這些問題，仔細看病難道錯了嗎？剛剛有個病人因我的細心找到了病源，我才正為此事感到自傲哩！

「瑪你達蘇英英嗯？」我以剛學來的達悟問診語言問他。

「哦！你會達悟語，我這裡痛。」他兩手指著膝蓋。

「有跌倒或撞傷過嗎？」我伸手去感覺他的右膝關節。

「過去醫生開的處方對病痛有幫助嗎？」

「你怎麼這樣囉嗦？以前醫生看我比比腳就知道了。」達悟同事把老人的話譯成國語。

❸雅美：一八九七年，日本人類學家鳥居龍藏至蘭嶼調查，稱當地原住民為Yami，因此島上居民自稱為雅美族。一九九八年行政院原住民委員會應族人之要求，將其正名為「達悟族」（Tao）。

處方開完，病人臨走前表情看來不很高興。

協助翻譯的同事向前安慰我。「你可能不相信，有些醫生不很甘願地被政府派來，有時一個月內不見踪影。他們聽不懂達悟語，但手開處方時不會發抖，有次藥房小姐因不敢拿藥給病人服用，於是哭著跑回宿舍。」

我稍稍明白了，爲什麼他們不習慣醫生慢慢看病的原因。

不快樂的星期六

中午，樓上行政辦公室傳出吵鬧聲，同時有人提行李走下樓，興高采烈地告訴我，今天是星期六。

假日的海似乎懂得取悅人，任何人看到它眞想緊緊地趴在沙地上。下班後，我趕快換上泳褲，提相機跑去，打算泡海水直到日落。

路經紅頭❹小沙灘，已有許多遊客在沙地上擠成一堆。有人穿整齊衣服，有人穿著迷人的泳衣，他們手上拿各種名牌相機猛拍照。

我好奇地走向人群，把我的雜牌相機藏在腋下。

❹紅頭：指紅頭村。

他們偶而比手劃腳，偶有傳來爆笑聲。我找到一個人寬的空隙，看到十幾張拾元鈔票前站著一位僅穿丁字帶裸身的達悟老人。

達悟老人彎腰拾起鈔票後，臉色羞答答地兩手平放腿上，每條肌肉明顯地刻劃出扭曲的紋路，宛如被罰站而每個細胞生氣的小學生。

遊客們擺出各種姿勢猛按快門，不知他們想捕捉什麼畫面？

我掉頭走向沙灘，走到漲潮海浪衝上岸的沙地，脫下球鞋光著腳底接觸微細砂粒，我拖著腳向前走，心裡一陣陣癢感。

眼前出現兩位遊客，她們如姐妹般並肩躺在沙地上。七月熱得可穿透人體的太陽，毫不保留地將她們的美映入我的眼底。

我立即拿相機瞄準她們，正準備捕捉住上帝創造的美，有個粗魯的喊叫聲，差點震掉我手上的相機。

淺灘上同時出現一個男人，追逐波浪迅速跑上岸來，五官擠成一堆，露出兩顆大門牙。

「喂！不要亂來，試試看，我會讓你的底片泡海水。」

兩位女遊客摸著半露的臀部，莫名其妙地站起來，跑到那男子旁，呆呆地臉孔還不知發生什麼事。

「只照一張，可以嗎？多少錢我照付。」我鎮定地回答。

「我們才沒有那麼賤，休想以金錢買我們的人格。」兩位美麗的女遊客異口同聲地罵道。

魔鬼般不友善的嘴臉令我感到不安，趕緊說聲抱歉，轉身就走回去。

我邊走邊踢沙石，內心悶悶不樂，怎麼遇上這樣的星期六。

魚

八月，蘭嶼正享受陽光最親密的愛顧；我整天在門診室裡工作，依然感覺到它的溫暖。下午不到下班時間，我的心早被吹過窗門的海風拉走。進藥房整理醫藥箱後，準備前往野銀部落，訪視一位海洋獵人，他得了一種特異疾病，病發時好像魔鬼拿木釘鑽入全身大骨關節裡。

跨上摩托車，騎到沿海岸伸展的環島公路，右側海面反射耀眼的光線，使我近視過重的兩眼不敢直視海水，只能感覺它的藍，以及無法形容的美。偶而瞇眼欣賞路邊肥肥的地瓜葉與草叢，追逐受驚逃跑的候鳥。

上月初來蘭嶼衛生所報到，心裡興奮壓抑住天生靈敏的感覺；如同進入奇異世界，樂昏了頭。今天才發現更多美麗的景物，就如路旁清澈透底的大海，香甜的空氣，柔軟的臉型種種，一切溫馨感覺，增加我對陌生地的神秘感。

我扭轉油門手把加足馬力，繼續往野銀部落駛去。

騎到部落外半公里處，我放慢車速，斜坡上部落正面對斜陽，反射回來的光線照得部落分外明顯，家家戶戶庭院前擠著一堆堆的人，他們祭拜什麼嗎？

停住機車，手提醫藥箱走入部落。

走近一戶庭院，看見他們正剝開魚肚子，有人把嘴移向魚頭，嘴唇一收緊，食道與肚子強力收縮，半秒鐘後，臉上露出稱讚的笑容。他們生吃魚眼睛。心想這是他們眼力好的理由吧！

「國該夷（你好），那是什麼魚？」

「哦！它們叫女人魚❺，姑依尚（醫師）。」

「賣我五條，可以？」

「不行，不能賣。」

「三條就好？」

他繼續剖開魚身，沒有答話。

他堅決不賣的態度把我愣住，原以為口袋裡的五百元鈔票可以換得鮮美的女人魚。我低頭悄悄走開，不敢問為什麼？

走到另一家，他以他的魚是親戚分送為藉口，很有禮貌地拒絕我。

❺女人魚：達悟族按性別和年齡將魚分為女人魚（oyod好魚）、男人魚、老人魚（與男人魚同為raet壞魚）以及小孩子的魚（好魚）。女人魚所有的人都可以吃，男人魚則只有男性可以吃，老人魚只有老人可以吃。

「賣給姑依尚是可以，萬一被參加撈魚的朋友知道後，不但要受責罵，恐怕以後再也分不到魚。」

習慣以金錢取得任何事物的我，此時此地發現金錢的無能。我不願再碰釘子了，埋頭避開他們豐收的喜悅，快快走到我來看診的病人家裡。

進到蘭嶼傳統地穴屋❻裡，直接跟病人交談，追踪他的病情，再次確定診斷是潛水夫病之後，再次給予症狀療法。

病人蓋著一塊可避邪的麻布，揉著打完針的手臂，口裡說出感謝的達悟話。

「姑依尚，你想吃魚嗎？」

病人似乎瞭解我心中欲望，他無力地喊叫屋前正處理魚的兒子，拿兩條新鮮魚送我，我毫不遲疑地雙手收下，然後說了一堆謝謝。

走出野銀部落，我慢慢覺悟，誠懇原來比金錢更有用。

赤腳醫生

今天遇上令我心驚膽跳的事件，事情是這樣的：

❻地穴屋：達悟族人爲適應蘭嶼的地形和氣候而發展出的房屋形式。達悟族的房屋分爲主屋、工作屋和涼臺三部分，地穴屋（或稱地下屋）指的是屋體築於地下，地面只露出屋頂的主屋。

星期四安排婦幼門診，來產前檢查的孕婦在候診室親密的交談。我在產檢室內偶爾聽見她們猶豫不決的腳步聲，有人大聲地說醫生太年輕了，不好意思讓醫生檢查，她們已經很習慣地讓助產士檢查，經護士解說之後，才勉強躺上檢查台。

幾位準媽媽檢查結束，我低著頭走回門診，搖搖頭取笑自己是「赤腳醫生」。

重重地往座椅坐下來，吸氣不到十次，有位老婦人抱著小孩衝進來，臉皮縮得極端難看，嘴巴不間斷地講達悟話。

我趕緊請達悟同事充當臨時翻譯員，幫忙解説病情。臨時翻譯員把病情及我的建議告訴她，小病人感冒發燒了，我提醒她小孩發燒四十度，必須留下住院觀察，避免小孩的病情在家惡化下去。

臨時翻譯員的話尚未説完，老婦人突然大聲嚷叫起來，眼睛掉出幾滴淚水，緊緊抱住小孩，小孩被她的失魂樣嚇哭。

老婦人的哭聲激動多愁善感的我，鼻翼微微顫動，心裡讚嘆「達悟老人眞疼愛他們的小孩啊！」

門口突然出現三位老人，兩個穿丁字褲的男子，一位嘴巴仍嚼檳榔的婦人。他們交談幾句達悟話就哭成一團。

我兩眼盯住兩位男人胸前的短刀，刀柄雕刻精美，刀鋒黑得發亮，看得我兩腳發軟。

他們跑來跑去，右手抽出短刀，口中發出聲音往前比劃著。

「哇！我完了！」我緊張地自言自語。

我站立不敢移動，心臟縮緊，腦子出現問號，刀尖會不會指向我？會不會怪罪我讓小孩躺在檢查台上？

我急想知道他們討論些什麼，或許我可以幫忙解答，但是又害怕他們手上的刀子。護士小姐察覺我驚惶失色的表情，走來安慰我，他們要求陪伴小孩住院，我看著短刀立刻答應他們。

「這是我們達悟的風俗信仰，一切病都是阿尼肚（惡靈）捉弄人的把戲，短刀可以驅邪。」達悟同事解說著。

「他們知道醫師是幫小孩治病，不會傷害你。」護士小姐柔和地安慰我。

不久我慢慢放鬆自己的心情，但仍然和城市人看到刀子一般，心懷恐懼感。這件事件深深銘刻在我心，從此不能再以臺灣的眼光看蘭嶼。

他的感覺已在新船身上

倒回六個月圓以前，病患的兒子因爲很孝順，不忍心看見父親被不知名的病魔糾纏。於是東貸西借湊了一筆錢，又爲了減輕家人在金錢上的心理負擔，選擇搭蘭嶼輪船遠赴臺灣就醫。住院期間，醫師細心地反覆全身檢查之後，最終確定診斷爲胃癌。至於進一步的處治方法，他們沒心情也沒能力再聽下去了，病患似乎也曉得是無以抵抗的病魔，他堅持返回美麗的蘭嶼島；他發願在斷氣之前，將製造蘭嶼木船的特殊技藝傳遞給他兒子。

兩個月前的某一天，病患因肚子劇烈疼痛而他兒子跑來衛生所，要求醫師出診，從此我才知道我們照顧的二千九百多蘭嶼人中，他已靜靜地承受好幾個月癌細胞侵擾。有時不必等到病患家屬的叫喚，好像我搶了公衛護士的工作，我經常主動去訪視，每次看著他沒病似地專心以斧頭削齊每塊木板，很細心地安裝船板。他擔心木板間縫滲水，因而危害他兒子生命，他總是按部就班地完成每個步驟，戰戰兢兢唯恐有絲毫疏漏。每次去探訪時，我可以感受他如礁岩般堅硬的決心。我曾努力建議他暫時停擺費力的造船工作，試著接受現時治癌的新方法，但他堅決不離開造舟工作，讓我懷疑蘭嶼船的新生命比人命更珍貴嗎?!

自從他被確定胃癌診斷之後，我本以爲他的命運如教科書上寫的一樣，以爲除了麻醉管制藥劑才止得住他的痛。每次我去訪視，當他正專注在造船工作上，他的靈魂好像已在新船上，腦細胞喪失了患癌症恐懼的知覺。他唱即興式達悟詩歌時，我幾乎忘了癌細胞正啃嗜他的肉體，難怪他不奢望去臺灣治療，寧願待在新船工作房等候我給的止痛安慰劑，堅持在家接受體液補充治療。

近一、兩週以來，他的臉面如枯木般失去血色。也許他知道身靈將一個個捨棄他已枯瘦淡白的軀體，爲要親眼看小船下水，親臨人生最後一次的下水儀式，接受當人一生中至高榮耀；他已沒有工夫把達悟特有意義的美麗圖案雕刻在船身上，他決定儘可能拖延生命，只用顏料彩繪蘭嶼船的紋飾，新船下水已是唯一的期待。

今天下午騎機車去訪視他，走到院子前，清楚聽見悅耳的達悟詩頌，飄自他家客廳窗門。雖然我儘量不聲不響地進屋子裡，但還是打斷了他們的歌聲，他兒子面有責難的顏色，但仍似興奮的口氣小聲地告訴我，蘭嶼船的創造工程終於完成了，他們現在正練習吟唱達悟詩頌。

我轉頭注視患者，除了嚼檳榔的牙齒依舊紅，顏面的紅棕色消失了，眼鞏膜已像夕陽天邊一般黃，我判斷癌細胞早已轉移肝臟了，於是很嚴肅地再提議轉診臺灣。他搖搖頭好像醫藥已不具任何意義，他兒子也不表示意見，他們只要妥善預備設宴慶祝新船下水儀式。

他們繼續吟唱詩歌，好像不知道我已悄悄地離開了。

藍色大冰箱

一條五個男人臀部寬的水泥路貫穿部落，形成一條鮮明分界線，我走到水泥路上，雙眼隨著兩腳左右張望，右側是一排排國民住宅，國宅建築師的大腦好像沒有美麗腦迴條紋，建造單調無味的作品；轉半個頭往左看，達悟主屋、工作房、涼屋依地形而建，房舍的線條好似與海浪起伏共舞。每次停下來觀賞達悟眞正的房屋，口裡總是驚讚達悟人創造美的智慧。於是就近欣賞並體驗傳統達悟生活，變成屢次造訪野銀部落的驅動力了。

探視三位在家休養的病人後，兩手提著無法拒絕的飛魚乾及紫皮地瓜，路過家家户户各有特色的房屋，兩眼不禁想多看房屋的木板，欣賞木板上的雕刻。遇見達悟人時，互相親切地說聲國該夷（你好）。走回大馬路，一位教會牧師站在他水泥房門前向我招手，好像是邀請我進屋作客，他是我在蘭嶼第一位認識的牧師，我雙腿毫不扭捏地轉向他家，因爲我知道達悟文明沒有虛情假意的高級動作。

我的臉一進門，嘴巴尚未出聲問安，穿著運動短褲的牧師直截地問我要不要吃魚？眞不愧是牧師，他已看到我此刻心靈的需求。自從兩腳踏進蘭嶼之後，以往厭惡魚腥味的嗅覺神經好像斷掉了，反而吃上癮。我毫不考慮地點點頭，故意忘了謙虛，我不願錯過吃魚的好機會。

牧師引我走過客廳，穿越廚房，走進堆滿漁具的倉庫，我的胃慢慢膨脹，騰出空位預備吃魚。冰箱難道也擺倉庫，我心裡猜想著。

他由陰暗的牆角拉起兩根竹子，竹棍間是一張細網。他扛上右肩，轉頭叫我一起去拿魚。聽到還要下海捉魚，我的胃突然變得很空虛，趕緊吞下幾口唾液，混和胃分泌腺準備消化魚肉的胃酸，勉強添補空位，隨後跟上牧師沒有鞋印的腳步。

走到海水與沙石交界處，牧師很不放心地叫我停住站在沙地上，然而我不服輸似壯膽跟到礁石上，他已跳進淺灘裡。

純藍的海水不斷沖打礁岸，浪花打在他身上，他看來很享受，向右撈一下，往左撈一下，好像他可以看到海裡的魚，他專心地撒網撈魚。

我小心翼翼地站在鋒利的珊瑚礁上，看見他跑前又退後若干回，好像他會變魔術，腰間的網袋已放兩條一個腳板大的女人魚，然後收網回家。

回家途中，我一直讚美他的捕魚技術，雖然沒有手錶計算他的能力，好像我的腳尚未站得發酸。他不因我許多的讚美而露出一點笑容，反而深深地嘆一口氣。外來人尚未登陸蘭嶼前，海洋森林曾經是達悟祖先共有的生存領域，他們很自然地與大自然共存。有一天臺灣政府學日本國插一塊布就稱蘭嶼是他們的國有土地，一艘艘的軍船運載軍人與犯人，開墾達悟人與天共有的土地；隨後臺灣漁船越過大海溝，任意侵犯達悟人的漁獵場。他們不了解大自然的規則，好像閉著眼大肆捕殺海中生物，視爲私有財產般大量運送臺灣漁市場，將臺灣人的貪慾表露無遺，俾使蘭嶼近海漁量漸減。如果是以前，兩腳還沒站的感覺，就可以回家煮魚了。

走回牧師的水泥屋，牧師娘高興地將兩條魚帶進廚房，牧師帶我坐上他保存僅有的達悟式涼屋，聽他聊起部落的過去與未來。

正談到蘭嶼的未來，牧師娘走來端上一盆熱噴噴的魚湯，轉身再端上一盆清澈的冷清湯，牧師跳下涼屋幫師母來回廚房端食物。涼屋地板擺上了一盤地瓜、一盤芋頭、一盤未曾見過的糕類食物。我預備好的腸胃忽然強力收縮，好像很興奮，馬上可以享受一頓飽，然而不見中國碗匙與筷子，突然好像走到不說中國話的國家，我不知如何開動享用眼前美食。

善於察眼觀色的牧師了解我的困難，親切地邀我跟上他的動作，首先在原以爲是冷清湯的木盆洗手，牧師合手開口謝天禱告。阿門之後，右手拿小刀切一塊芋頭糕；左手由木盤抓塊魚肉，裝入我身前的木碗，告訴我可以開動了。

這是我首次享用達悟餐，雖因不熟悉而動作笨拙，但胃腸的消化動作比平時更勤快，不久，就將木板上的食物吃得精光。

肚子裝飽後，嘴巴才逮到機會講話，我請教剛吃進胃裡食物的料理方式，牧師娘毫不保留地教一遍，終於我了解在臺灣爲何不吃魚鰓，煮魚原來不必加油添醋，新鮮就等於好吃，就如人的眞誠不必添加物一般。

起身離開牧師的涼屋時，抬頭一望無際的大海，我恍然大悟，大海原來就是達悟人取之不盡的藍色大冰箱。

颱風飄雨後的夜晚

颱風天，蘭嶼機場關閉三天了，旅館的糧食已用罄似，觀光遊客們一窩蜂跑到我宿舍旁雜貨店搶購泡麵。他們路過我門前時被我滷牛肉的香氣吸引，一起轉頭看我房間指指點點，好像很羨慕此時可吃到肉的人。中午，我和剛上任不久的林主任享用紅燒蘭嶼牛肉麵。

當我正陶醉在林主任的誇獎時，上天好像很討厭不謙卑的人，颱風尾挾帶一陣大又可怕的飄雨，大量雨水從屋頂及牆壁滲漏進屋裡，吞下的牛肉還在口裡反芻，我宿舍就變成蘭嶼水芋田似水位漲滿，來不及收拾的紙屑漂浮水面，順著水流出門外。林主任感到非常詫異，蘭嶼醫師果眞是要融入大自然，包括風、雨水。拿出相機拍照存證後，我們應用臉盆撈水，直到天黑。

晚上，屋外風平浪靜，蘭嶼電力公司又恢復提供用電，我跟主任累得只想喝茶提神，檢討下午一場雨水災情。我們意外發現上個月的地震搖裂了牆壁，鹹雨侵蝕多年的鐵皮屋頂被昨日強烈颱風吹開一個洞。我們慶幸屋頂還在頭頂上，邊喝茶邊討論如何極力爭取修建經費。

突然出現急促叩門聲，敲了三四回，才結結巴巴地說要驗傷。我們兩人互瞪一眼，會不會又像四天前一場無心的惡作劇。一位遭酒醉老公揍傷的婦人午夜敲門，只為了找我開驗傷證明書，卻不願花錢敷藥。門外求診的人又一陣響亮的敲門聲，我心中擔憂或許傷患急需醫師救治。我對著大門應諾立即前往處治，穿上衣褲後迅速走出去。

蘭嶼電力公司學到了達悟族節儉的美德嗎？把紅頭部落的路燈全部熄滅；還是強烈颱風把天上星火吹熄了？我摸黑走到衛生所大門，門前大燈及兩扇大門昨日才被颱風吹毀了，看不見求診傷患，於是直接開燈進外科手術室，沒看到一個人。我轉身走回大門，鼻子聞到烤肉薰毛香味，同時門外暗處竄出三個人影。靠近我的年輕達悟人要求驗傷，站中間的男子由麻袋取出一個重物，另一位拿起夜潛使用的手電筒照明。我正幻想他們送我烤肉後再請我驗傷，他們立刻要我為手上已焚燒毛皮的羊驗傷。

笑聲差一點從我嘴巴溜出來，我急煞停止呼吸，吞下笑聲後仔細想著：他們頭頂黑夜騎機車由後山老遠過來，想必不是開玩笑。我緊閉雙唇，認眞地在低燭光燈下檢視傷處。

三位達悟人好像感受到威脅，突然同時移動雙腳，面向門外暗處指指點點。然後門口出現三個人，一位維護治安的老警員，兩位保護國家人民的阿兵哥。

三位達悟人中看是最年長的首先開口大吼，罵臺灣人帶野狗來蘭嶼，就像送犯人來蘭嶼管訓，又不好好約束管理，四處咬人，吃蘭嶼養的豬羊。他們三人同聲確定是軍人的臺灣狗咬傷了山羊，因不忍心看著山羊痛苦掙扎，來驗傷之前就先烤了，止住山羊悲慘的哀號。

自稱羊主人的男子發出憤怒口吻，請我趕快鑑定傷口，好讓他跟狗主人談判。一時間我愣住了，我的裁決會不會引發狗主人與羊主人的戰爭？我靈機一動，鄭重告訴他們，我只能開人的受傷診斷書，開立羊的驗傷證明只有臺灣動物醫師了。

兩位軍人理直氣壯地向前挺胸，但遭警員阻攔，以閩南話交頭接耳。原來剛才他們已先行溝通，兩位軍人縮回胸膛，心有不甘地閉口不說一句話。警員察覺我不能解決狗咬羊的紛爭，於是請他們計算去臺灣驗傷所需費用，大家搖頭聲稱不划算。

警員趁機繼續小聲告訴兩位軍人，豬羊是達悟族人重要財產，祭儀的禮肉，或饋贈親友的禮品，豬羊肉不是解決口慾，想吃就殺。既然確實有人發現軍犬惹禍，就照蘭嶼島人的習慣，賠償息爭端。

兩位軍人已知道賠錢是唯一終止爭辯的途徑，於是改變原先講話的口氣，跟羊主人討價還價。他們自嘲倒霉地拿出三千元賠償，但要求留下烤羊。

羊主人很委曲地收下賠款，把烤羊裝回袋子，準備轉身離去。兩位軍人大聲再次要求留下烤羊，羊主人又轉回身點頭，伸出兩個手指頭。

軍營裡的談話習慣可能很粗暴，看到羊主人帶走已付錢的烤羊，嘴巴已冒出好多句強姦許多人的話。

一位肩膀寬厚的年輕達悟人走回來，口說流利閩南語，伸出右手指向臺灣島，如果在臺灣撞毀別人的車，賠錢修車後，車子還是歸屬車主人。他們拿走賠償金及烤羊可是一樣的道理。

老警員也來拍拍軍人肩膀，告訴他們，羊主人沒要求殺死闖禍的軍犬，賠錢了事算很便宜了，請他們就此打住爭議。三位達悟人看到兩位軍人無奈地搖頭，隨即轉身離開。

我很關心地問兩位軍人，營區難道也斷炊了？他們無心理我，轉身拔腿走向另一頭，嘴巴又噴出更多令人臉紅的口頭語，邊走邊罵，然後在黑暗中消失。

問題與應用

1. 作者於「赤腳醫生」文末寫道：「從此不能再以臺灣的眼光看蘭嶼」。什麼是「臺灣的眼光」？你對蘭嶼和島上的達悟族人基本認識是什麼？請進一步蒐集相關資料，討論是否因此對蘭嶼和達悟族人有不同的認識。
2. 透過本課選文，整理出達悟人眼中的「臺灣人」和「臺灣文化」是什麼樣子。請討論這些看法是否中肯或有所偏頗。
3. 臺灣的偏鄉或離島在教育或醫療資源向來較缺乏。請分成小組，各小組選定一──資源缺乏之地區，以報導文學的方式，分享當地居民的匱乏和需要。

延伸閱讀

1. 瓦歷斯・諾幹，〈遙遠的聲音〉。
2. 夏曼・藍波安，《冷海情深》。
3. 侯文詠，《離島醫生》。

劉怡廷編撰

菸樓

鍾理和

作者、題解

鍾理和，臺灣屏東人，生於日治時代（公元一九一五年），民國四十九年（公元一九六〇年）因肺疾病逝，得年四十六歲。畢業於鹽埔公學校高等科。一九三三年隨父親到高雄縣經營「笠山農場」一九三八年與年長的同姓鍾台妹女士戀愛，因當時臺灣社會有同姓不婚的習俗，於是遠赴東北瀋陽學習駕駛汽車。一九四〇年回到臺灣與相戀的鍾台妹結婚並共同返回瀋陽。一九四一年，全家遷居北平，經營煤炭零售生意。一九四五年，他的第一本小說集《夾竹桃》在北平出版。抗戰勝利後，全家回到臺灣，在屏東內埔中學任教。一九四七年因患肺病辭去教職。一九五〇年出院後回到高雄縣美濃鎮（今高雄市美濃區），過著寫作的鄉居生活，一九六〇年於病中修改中篇小說《雨》時咯血而死，血濺書稿。這種創作精神，令後人感動，稱呼他爲「倒在血泊裡的筆耕者」。

鍾理和自幼愛好文學，是臺灣鄉土文學的奠基人之一。婚姻、貧窮和疾病是他作品中的基本題材，葉石濤評論其小說：「一向不以社會性觀點來處理題材，倒用美學和人性來安排情節，使得他的小說細膩動人有高度的藝術成就。」。一九七六年《鍾理和全集》八卷本，在友人們的協助下終於問世出版。鍾理和的作品告訴世人，面對生命波折與煎熬，需要有一顆不屈服不畏懼的心靈，積極接受試驗，這正是鍾理和文學最重要的特質與精神。

課文

我用緊張得有點顫抖的手指拈一支鬮❶。在申請者千餘人之中，公賣局此次僅能核給二百五十人，也就是說五人中必有四人落空。中鬮的可能性是這樣地少，我不敢希望自己一定會是幸運者。

在眾目睽睽之下，我打開鬮，是兩個阿拉伯數字：「73」！立刻，我歡喜得幾乎跳起來，血液都流上了腦頂，在我眼前蠢動著的人群擴大了輪廓，相反地人聲變小了。只聽見有幽細的聲音在報著：

「七十三號，蕭連發！」

猛的，有人重重地拍了一下我的肩膀。回頭看時，原來是田鄰彭得來，一張笑口幾乎裂到耳朵邊。

「你抽著了，連發？」

「嗯！」這時我已清醒過來：「你也著了，得來哥？」

「著了！」

❶鬮：音ㄐㄧㄡ，為賭勝負或決定事情而抓取的記號紙片。

但是歡喜一過，接著我們開始發愁了。雖然二三年來我即熱望著有一棟菸樓（菸葉乾燥室），但這並不是容易的事，除開土地、勞力、技術不算，開始還得要一筆本錢一萬多塊錢。而且這是僅限本座❷，如果把下舍❸倉庫也算上，那就要更多了。據說本年僅有每分地六百元的耕作貸款，菸樓的建築貸款則已削除了。新菸農的耕作面積是六分，僅能借到三千六百元，這數目和需要的相差太遠了。從哪裡去張羅呢？

這時有幾個人向我們走來，都是同來的村子裡的人，他們垂頭喪氣，怏怏不樂。有一個抓著我的胳膊，把我帶到僻靜的地方去。他是李阿開。

「連發，給你五百塊錢喝茶，你把權利讓給我。」李阿開沒頭沒腦地說。

「五百塊錢，權利讓給你？」我不禁愕然，張開了眼睛看他。

「要不，給你一千吧，」李阿開又說：「你白白地就得一千塊錢，又不須操心，你看這樣多好！」

「不！」我搖搖頭：「我自己要做！」

由屏東回家的途中，我一邊騎著腳踏車，一邊盤算著可能籌集到的錢。家裡還有三條豬，可能賣到三千塊；還有小豬胚❹，也留不住了；又還有雞……好吧，都可以賣！爲什麼不可以賣呢？無論如何，我一定要把菸樓做起來！

❷本座：客家話，菸樓主體的烘乾室。
❸下舍：本座延伸的建築，如倉庫等。
❹豬胚：指未長大的豬，客家話稱豬胚。

像過去每次遇到困難時一樣，我想起我的父親……

那時候，我還小，有一年風雨失調，田裡歉收，割起來的穀子全部給頭家還不夠。雖然頭家不要我們補償不足額，但穀子畢竟叫他全部收去，一粒沒剩。母親當時躲進屋後淌了幾個鐘頭的眼淚，父親則一聲不響地一氣抽完幾十筒煙。那年，我們可眞慘。母親患了瘧疾，不但無錢買藥，父親甚至還不讓她休息，用條繩子拴在她腰間，把她死活拖到營林局❺去做工。我覺得父親殘忍無人性，可是我也知道他沒有辦法。看著母親可憐的樣子，我想哭，又想向父親說什麼，但我不敢，我眞不知道母親是怎樣做的工。她是連走路都困難的呢！

後來，我們耕作了將近十年的這塊田，卻被頭家收回去了。有整整一年的時間，我時常看見父親趁著清晨或傍晚田裡無人的時候，走到那塊已不再由我們耕種的田裡去徘徊，用手去撫摸田稻。他是那樣留戀著「他的」田！

父親終其一生，無日不在想田，不爲想獲得一角田而鞠躬盡瘁。父親的生涯，並不比一條牛享過更多清閒。但是無論他多麼想田，而且耕了一輩子的田，到他最後嚥下一口氣，卻依然一分田也沒有。

現在，很幸運的，我已承領❻了一甲多的田，再過幾年繳清地價，就完全是

❺營林局：指的是林務局。

❻承領：過去政府的土地政策耕者有其田，讓地主放領土地，由佃農承購，指承領。

我自己的了。我們的生活已安定，再不像從前那樣貧苦，也不再愁割起來的稻子會給頭家拿走了。這是父親生前連作夢也不會想到的事情。

稻子割起來，活計❼可就多了。翻土、運肥、種菸、接著要印土磚❽、運砂石、水泥、木頭做菸樓。都是那麼緊緊地一樣迫著一樣，恍如拉開了的弓兒，放鬆不得。

田壟間，到處都是人，到處都是聲音，犁田的、挑菸苗的、放肥的、駕車的；男的強壯，女的活潑，就連老人孩子也沒有空閒。每個人都忙著做活，每個人都把自己一份力量用到地裡去。

有的人家老早就把菸種下去了，也有剛剛割起稻子不曾開犁的，這樣的人家可就更忙。大家都你趕著我，我趕著你，彷彿是在競賽似的。

我們一共五個人：我和兄弟有發，另外三個年輕女人。我女人早晚偷個空兒也來幫點忙。

有發，這年輕人，做事本來就認眞，這次拈著❾菸樓❿，他十分高興，做起來更加起勁。他和招娣二人，自培育菸苗、假植、割稻、以至種菸，都特別勤奮。他們是一對年輕情人，由早到晚，形影不離，十分親密，但並不因此妨害工

❼活計：指工作。
❽印土磚：用磚斗印製土磚。
❾拈著：指抽鬮抽中了。
❿菸樓：此指公賣局蓋菸樓種菸葉的契約。

作，相反的，只有更賣力。

由開犁起，我們整整趕了五天，才把菸種落土，最後一天還是點了燈火趕夜工，才全部趕完。當我站起身子，卻發現遠近有不少火光在搖曳，有如秋夜曠野裡的螢火蟲。原來點著火把在田裡做活兒的並不止我們一家。

當我們快完工時，有一條朦朧的影子走了過來。

「還沒完嗎，連發？」

「得來哥呀？」我說：「還有一點！」

彭得來走進火光裡面來。我們坐落田壟⑪休息。我點了一枝煙，彭得來接過去。

「眞是冤業⑫（菸葉）！」得來說：「半個多月來，屁股就不曾粘過凳子，累得腰都伸不直了。」

「我們是寡婦生兒子：自己願意！」

我們說著，都大笑起來。

「阿容伯你是知道的，」得來又說：「他年年臨到種菸，總要發誓明年殺了他也不種了，他要留起老命來喝稀粥。可是到了下一年，他比誰都種得多，種得

⑪田壟：指田埂。

⑫冤業：在客語中，「冤業」和「菸葉」的發音相似。業，指佛家所說的業障。

早。」

「這是他說了好聽，哪裡眞捨得不種！」

「可不是嗎？兩年娶兩個兒媳婦，第三年又做了一所伙房⓭，哪裡去找這樣好的『光景』？」

沉默了片刻，得來換了另一副口吻說：

「連發，你的木料問妥了？要沒問妥，我們不要買市面的，買人家的比較合算，可以省點錢，我已問妥了一家。」

「是人家的樹兒？」我問。

「是的！我們買了自己砍，自己製材。」

彭得來說著站了起來，看看周圍的火光：

「大家都在趕呢！」

天還不曾亮，我和有發趁著星光各趕了一條牛踹泥。泥深沒膝，裡面摻了牛屎和切得細細的稻草。這工作是累人的，我們兩個人都用勁地踹，拿鞭子抽牛。吃完早飯，就開始出磚⓮，有發盛泥，招娣挑，我使磚斗⓯。

頭一天，我出了五百多塊磚，那晚上床時，感覺兩條胳膊酸痛，腰骨也酸麻。但是第二天，天未亮，又和有發趕牛踹泥。三個人一共連出了六七天，才出

⓭伙房：指家族之人所聚居的院子。

⓮出磚：指製作磚塊。

⓯使磚斗：「使」是操作的意思。即用製作土磚的模子製作土磚。

完預定數目的三千塊磚。

夜裡不能印磚，我和有發便駛了輛車到河邊去運砂石。砂有粗細二樣，石頭也有大小二種，每樣都要二至四五車。石頭和粗砂近處淺河裡就有，細沙卻須到約莫四公里外的大河邊去運，所以回到家裡時常是在半夜，上得眠床，剛剛合上眼皮，雞又啼了，不得不再揉揉眼睛爬起來。

這期間，一有空兒我就到外面去調查蓋一棟菸樓所需各種器材。泥水匠和木匠也講妥了，我藉了他們的協助開出一張清單，並據自己所知估定每樣的價錢。這樣，我就可以明白一個大概。

不久，三千六百元的貸款來了；我又賣了三條大豬，合起來七千多塊錢，但是當拿了錢實際買起來時，才發覺每種都要超出我的預算，使我不免吃驚。光木材、水泥，亞鉛板三樣，就幾乎把我所有的錢用光了，雖然木材一項我還是和彭得來合買的人家的樹兒。我心中壓上一塊大石頭。

那夜，我和有發又去拉石頭。天很黑，沒有一點星光，我們雖帶了燈火，但兩個人一盞燈是不濟事的。我們幾乎是摸索著，費了好大工夫才湊足一車石頭。石頭湊足，我們坐下來抽煙小憩。河原上一片靜寂，兩隻牛的喘息聲清楚可聽。

忽然，我想到把各種東西運停當後，何妨賣掉一隻牛？只留一隻菸田裡使用，這樣就可以得到一兩千塊錢。但我不知道有發會不會同意。平常兩條牛都是歸他照管，他像愛自己的孩子似的愛著牠們。

我們抽完一枝煙站起來。當我拉起牛繩一開行，不提防車上滾落下兩顆石頭，有一顆正打中我的腳背上，打得我不禁叫起「哎喲！」石頭雖不大，拿燈火照著，皮膚上只有些微的擦傷，但卻一陣陣抽痛，使我站身不穩。

「你上去吧，我來駛！」有發說。

我把牛繩交給有發，便爬上牛車。一路上，受傷的腳不住發痛，而且越痛越厲害。待回到家裡再看時，一塊青腫幾乎占去整個腳背。我女人拿熱薑蘸酒給我擦了一陣，然後敷上藥粉。

一整夜，腳痛得我翻來轉去，不容易合上眼睛。剛剛迷迷糊糊有點睡意，猛聽到屋頂上淅淅瀝瀝的，忙推開被，翻身爬起。一落地，那隻腳彷彿有刀子在割，好不難受。我把女人喚醒，推門出來，只見有發已在穿簑衣。天，很低，很黑，細雨淒淒。

「阿哥，你？」有發看著我的腳，迷惑地說。

我女人也穿戴好簑衣和笠兒出來了。

「你歇著吧，我和有發叔去堆磚。」她說。

「沒關係，我會慢點走。你們快去！」

我拖著一隻跛腳，在他們後面一拐一拐的向磚坪⑯走去。我到時，他們兩人

⑯磚坪：堆擺磚頭的小廣場。

已堆疊好一大堆磚。我把身上的簑衣扔掉，便跟著他們捧磚。初時腳還痛，我咬著牙忍著，後來便不感覺了，也許已麻木了。我女人和有發頻頻回首來觀察我，不斷叫我歇著。

「快堆！別管我！」我說。

我們在雨地裡，搶著把較堅實的磚一塊一塊的捧著堆疊起來。雨越下越大。我們堆好兩大堆磚，拿稻草蓋好，餘下的已經捧不起來了。磚幾乎還有一半多。我們迷惘地看著。心中感到煩躁。

過兩天，雨止，這些磚都變成一小堆一小堆的泥土。這又得重來一遍！菸樓眼看就要動工起蓋。好不急人！

那天，我們正在第一次的中耕——培壅菸土，本里的里幹事送來一張「紅單子」⓱。我和有發面面相覷，不發一言。我們不用看就知道那是怎麼回事。那是鎮公所來的徵集令，有發要入伍受訓去了。

單子裡面規定：×日下午二時×地報到。屈指一算，僅有四天的日子。我把單子遞給有發。

我們不愁有發去當兵，然而它來得確乎不巧，菸樓就要動工，事情正忙，有發一走，簡直就是斷了一隻手一隻腳，比起資金短絀更令我感到吃力。可是我能

⓱紅單子：指政府徵召入伍的召集令，以紅色的紙來印製。

把他留著不放嗎？

我抬起眼睛，只見在田那頭的招娣臉朝那向，一個人在偷偷地拭淚。

第二天，嫁出去的姊姊和兩個妹妹，都聞風趕來了。姊姊一到，把我叫進屋裡。

「連發，」她劈頭問道：「有發就要走了，他和招娣的事情，你打算怎麼辦？」

「什麼事？他們的婚事嗎？」

「哼，看來你全不管你兄弟的事哩！」姐姐異常地不高興：「難道你就讓他當一輩子光棍是不是？」

「不過有發就要當兵去了，要給他娶媳婦，也得等兩年後他回來了再說。」

「你說得好糊塗！有發兩年等得，人家的大姑娘可不能乾等著你不嫁。就是有發，他也不能放心不是？」

「那怎麼辦？」我眨眨眼。

「馬上過定[18]！」

「馬上過定？」我一愕：「來得及呀？」

「來不及也得辦！你全交給我！」

[18] 過定：指訂婚，客語。

這裡又要錢！事情由四面八方一齊向我逼來。然而我卻不能退縮，就和有發不能不走一樣。好吧！從前父親拿了繩子拴在母親腰間拉出去做工，現在就讓我拴住自己的腰來拉吧，父親是倔強的，我也不能低下頭來。

當天，我煩姐姐到女家去議親。好在女家早就有此意思，一說即妥；然後又煩她趕到鎮上去張羅一切物事。

晚上當我獨自一人時，有發進來見我。躊躇了一會，這年輕人支支吾吾地開了口：

「阿哥，我看待我回來後過定不遲。」

我茫然望著他。

「招娣說她可以等我。我想──」

有發的稚氣使我發笑，但他那份爲家著想的赤誠，卻不免使我感動，我不待他說下去，便接過來：

「不，有發，」我祥和地說：「還是這樣好，省得兩下裡放不了心！」

「我們的菸樓還短錢不是嗎？」

「你儘管放心，菸樓總有辦法做起來的。剛才我想過了，桁子⑲無妨用竹頭，就是檳榔樹也行；屋頂要蓋不起亞鉛板，就蓋茅草，一樣可以薰菸！這兩樣

⑲桁子：音ㄏㄥˊ，指屋頂的橫木。

就可以省二千來塊，足夠你過定用的了。」

第二天，我們二扛擲⑳，裡面裝了一百二十塊喜糕；三樣金首飾：戒指、釦子、耳環。另外九百九十元的現款，由姊姊押著，送到女家去。

有發出發的前一天，我們備辦了三牲祭告祖靈，就像過年過節一樣合家拈香禮拜，祈禱保佑有發軍旅平安。晚上，治了二、三桌簡單酒席，延請鄰舍親友們到家裡淡酌幾杯，給有發餞行。

兩杯落肚，姊姊的話匣子打開了。

「從前我們的爹養我們是眞窮，可也好歹給你娶了房媳婦兒，沒讓你當光棍。現在你日子又不是難過，有發二十幾了，媳婦也沒娶，你這哥哥當的就不像話……」

「我得來說句公道話，」彭得來也有幾分酒意，嚕哩嚕嗦地和姊姊唱和起來：「要說連發他這哥哥，就教有發自己說，也不敢說他做得不好，就只遲了一、二年結婚又打什麼緊？我得來就在二十七歲上下才——」

這時我女人走來向有發做了一個手勢，有發悄悄離開筵席向屋後邊走去。

「什麼事？」我低低地問。

我女人走到我身邊，貼著我的耳朵說：「招娣要見有發叔呢，好像要給他什

⑳擲：指兩人扛的禮盒。訂婚時擺放禮品用具。

麼東西。」

對面姊姊還在絮絮不休，但已變成幾分感慨了。

「我們日夜苦苦忙著，還不是盼望下一代的人要有好日子過嗎？」

筵席到夜很深的時候才散。我因喝了一點酒，通身奇癢，輾輾轉轉只是睡不著，熬到雞三啼，便開門出來。天正曦微。走到庭邊，分明看見有一個人影走進牛欄去。便躡到牛欄去。原來是有發在放稻草，這時恰好已走出來了。

「你起得這樣早，有發？」我有點吃驚地。

「我睡不著。」有發靦覥地說：「昨晚上我忘記了放牛草……」

有發的話，使我重新想起有發和牛的關係，更由這裡聯想到有發和家的關係。這事令我忽然明白了一向爲自己所忽略的一個事實：在有形無形中有發給我分去好多忙碌。現在，這些都爲了有發的離家遠行，和菸樓一齊都落到自己身上來了。

我忽然感到孤獨、淒清和迷惘。我從沒有像現在似的感到手足之愛。我很想把有發抱進自己的懷裡。

在沉默中，有發抬起眼睛，那裡面耀閃著溫熱眞摯的光亮。

「阿哥，我們有兩隻牛，何不賣掉一隻？反正現在東西也運齊了，留著一隻田裡使，也夠了。」

我暗暗吃了一驚。本來這是我想說的話，但此時卻有一種感情使我反而固執倔強起來。

「等等再說罷，也許我會有辦法。」我說。

「你一定會有很多困難。」

「我會熬下去的！」

早飯後，大家一起走出門。到了分岔路口，姊姊和我女人孩子等送有發上車站；我拿了斧鐮，跛著一隻腳，一拐一拐地上山去。

有發去當兵；我去砍木頭！

問題與應用

1. 在本文中鍾理和所描繪的做田者有何特性？
2. 鍾理和生前一直未受重視，卻依然堅持理想，有哪些藝術家也是如此？
3. 你覺得做為一個作家應具有哪些條件？
4. 文中表達農民不屈服於艱苦生活的圖像，給你怎樣的啓示？
5. 本文中的各個角色，其性格的特點為何？

延伸閱讀

1. 吳晟〈泥土〉。

2. 黃春明〈鑼〉。
3. 吳濁流〈台灣連翹〉。
4. 鍾肇政〈怒濤〉。
5. 李喬〈寒夜〉。

鄭瓊月編撰

天地悠悠　各言爾志

導讀

王羲之《蘭亭集序》云：「是日也，天朗氣清，惠風和暢；仰觀宇宙之大，俯察品類之盛；所以遊目騁懷，足以極視聽之娛，信可樂也。」又感慨「況修短隨化，終期於盡。古人云：『死生亦大矣。』豈不痛哉！」總結全文。我們處於天地之間，面對自然世界與人文世界，人與世界的關係，可以從感知、學習、思考、創造等層面來探討。而「仰觀宇宙之大，俯察品類之盛」是面對自然世界時的態度，「遊目騁懷，足以極視聽之娛」則是個人內心情感之投射，久而久之將累積並內化成個人行爲及人格之特質。「修短隨化，終期於盡」是觀察自然世界而得到的智慧，最終激盪出「死生亦大矣」之情懷與警惕，衍繹成珍惜光陰、活在當下的生命哲思。至於面對人文世界的種種思考；如語言文化、典章制度、科技文明等等，將引領我們透過薪火相傳的方式，成爲歷史長河的一分子。

我們應該如何面對繽紛多元的豐富世界？宋朝大文豪蘇東坡在《赤壁賦》中亦道：「客亦知夫水與月乎？逝者如斯，而未嘗往也；盈虛者如彼，而卒莫消長也。蓋將自其變者而觀之，而天地曾不能以一瞬；自其不變者而觀之，則物於我皆無盡也。而又何羨乎？且夫天地之間，物各有主。苟非吾之所有，雖一毫而莫取。惟江上之清風，與山間之明月，耳得之而爲聲，目遇之而成色。取之無禁，用之不竭。是造物者之無盡藏也，而吾與子之所共適。」蘇軾從文學與哲思觀點，拈出「自其變者而觀之」與「自其不變者而觀之」兩種互相輔助的視野，避免走向極端；同時也在無形中回答了王羲之《蘭亭集序》「修短隨化，終期於盡」之大慟，最後提出審美欣賞的藝術趣味——「萬物與我並生並育而不相悖」，我們何不與江上之清風、山間之明月相偕而樂，共同悠悠生命？因爲自創造與永恆的觀點觀之：短暫的人生，其實存在不朽的可能。而我們具有完整的決定權，因爲人生的價值取決於我們選擇如何經營人生之方式。所以《左傳》云：「太上有立德，其次有立功，其次有立言。」是爲三不朽！爲人類社會開闢出一種永不止息的奮鬥精神，以之行善、造福，仁人志士古今相望。這正宣示面對外在世界時，「人」的自我定位與態度，將決定擁抱世界的方式，以及我們經營短暫人生的內涵，生命除了生存還有更積極的意義！

首先，我們必須謙虛且熱情地去接受、去尊重、去瞭解我們所面對的世界，從而建立「我與世界」之互動關係。我們無時無刻都參與了這個世界；相對的，這個世界也無時無刻不在影響我們。《周易・賁卦》：「觀乎天文，以察時變；觀乎人文，以化成天下。」自然世界——天地四時、日月風雲，如父母親人一樣的和我們血脈相連，呵護我們生存所需求的一切。而人文化成的文化、文明，則是處處值得我們興發感動之痕跡。我們在世界的脈動中成長、學習，同時架構人生豐富充實之內涵，並思考生命更廣闊、更積極的意義，共同爲創造更美善的世界而努力。

本單元選文七篇，古文部分有取自《左傳》的〈季札觀周樂〉、《禮記》中的〈禮運大同篇〉、宋儒張載〈西銘〉等三篇；現代文學部分有舒國治〈遙遠的公路〉、鍾怡雯〈依然蕉風椰雨〉、蔣勳〈巴揚寺的微笑〉、余光中〈風吹西班牙〉等四篇作品。

〈季札觀周樂〉內容紀錄春秋時期——魯襄公二十九年（公元前五四四年），代表南方楚文化的吳公子季札到魯國行諸侯聘問之禮，同時請求觀賞代表中原文化的國風詩歌樂舞，並一一作出鑑賞與讚譽，是一場精彩紛陳的古代南北文化交流盛會。〈禮運大同篇〉之內容記載儒家思想所追求的世界大同之理想，具有代表性。張載曾經提出「爲天地立心，爲生民立命，爲往聖繼絕學，爲萬世開太平。」之名言，進一步在〈西銘〉中提出了「民胞物與」的理想，成爲中國文化的大同理想典型，爲學者確立了面對世界時的積極態度。

舒國治〈遙遠的公路〉爲一九九八年——第一屆長榮環宇文學獎首獎作品，內容以作者「在美國公路上無休無盡的奔來奔去」所見、所思的見聞思維爲主，評論家形容「〈遙遠的公路〉寫的不是單一旅程，它更像是識途老馬對多次闖蕩美國內地種種美感經驗的總結，兼雜某種相襯的人世慨歎。」鍾怡雯〈依然蕉風椰雨〉源於鄉愁，源於作者對於原鄉——馬來西亞的懷念、追憶，鄉愁提供源源不盡的散文素材，成爲鍾怡雯創作的主題。馬來西亞的蕉風椰雨、熱帶森林、各種各樣奇特的動植物、及多采多姿的赤道場景豐富了她筆下《野半島》的文學國度。〈巴揚寺的微笑〉收錄於蔣勳《吳哥之美》散文集，爲旅行文學著名的作品。內容記述前往吳哥窟旅行途中之見聞，及於面對歷史人文陳跡之興懷感悟，化爲對人生追求的種種省思。余光中〈風吹西班牙〉是現代散文罕見的長篇，內容以作者旅行於西班牙的感觸爲主，呈現面對土地、歷史與文化的深刻思維。在理性的旅遊見聞中，架構感性的哲思與情意，這是屬於詩人與散文家的經典之作。

李幸長編撰

《禮記・禮運大同》

作者、題解

〈禮運大同篇〉原本是儒家重要典籍《禮記》其中一篇〈禮運篇〉的一個章節，主旨在於闡釋「大同與小康」。因爲其內容與儒家思想所追求的世界大同之理想相契合，故爲學者所推崇，進一步自《禮記・禮運》別裁而出，獨立傳授，一般稱爲〈禮運大同篇〉。作者爲先秦儒家學者，無法確指爲何人所著。

儒家典籍十三經之一的《禮記》與《周禮》、《儀禮》合稱爲「三禮」。《禮記》所收文章是孔門弟子及東周戰國時期儒家學者的作品。全書以散文撰成，具文學及學術價值。表現手法多元豐富，有生動的故事、結構謹嚴、意味雋永，擅長心理描寫和刻畫、有大量富有哲理的格言、警句，值得深入研究思考。《禮記》不僅是一部描寫規章制度的書，也是一部關於仁義道德的典籍。其中著名篇章，有《大學》、《中庸》、《禮運大同》等。

課文

大道之行也，天下爲公，選賢與能，講信修睦。故人不獨親其親，不獨子其子，使老有所終，壯有所用，幼有所長，鰥、寡、孤、獨❶、廢疾者皆有所養，男有分，女有歸❷。貨惡其棄於地也，不必藏於己；力惡其不出於身也，不必爲己❸。是故謀閉而不興❹，盜竊亂賊而不作，故外戶而不閉，是謂大同。

問題與應用

1. 布丹是全世界快樂指數最高的國家，請蒐集相關材料，思考為什麼？
2. 親情、友情、事業、愛情是青年的四個大夢，大學生要如何按部就班的追求成就？請與同儕討論之。

❶獨：《孟子．梁惠王下》：「老而無妻曰鰥，老而無夫曰寡，老而無子曰獨，幼而無父曰孤；此四者，天下之窮民而無告者。」

❷女有歸：男子各有士農工商之職分，女子皆有夫家可依歸。

❸不必爲己：人的能力有表現的舞台是最重要的，不一定要謀求自私自利，這是崇高的利他情懷。

❹謀閉而不興：陰謀害人以利己之事不再層出不窮，人心和諧安樂。

延伸閱讀

1. 陶淵明〈桃花源記〉。
2. 香格里拉的故事——電影「失落的地平線」。（Lost Horizon）是英國作家詹姆斯希爾頓的小說所改編成的電影。
3. 電影「雲上太陽」。侗族女導演丑丑自編自導的電影，獲二〇一二年——SEDONA國際電影節大獎。

李幸長、吉廣輿編撰

《左傳・季札觀周樂》

作者、題解

〈季札觀周樂〉出自《左傳》魯襄公二十九年（公元前五四四年）「吳公子札來聘，請觀於周樂」一段。內容記載周王朝南方吳國的王子季札，來到北方文化重鎮魯國訪問，季札要求觀賞周代的音樂歌舞，並逐一對周王朝歷代音樂歌舞，提出見解賞析與讚美，完成一次成功的南北文化交流任務，留下「季札觀周樂」的千古美談。

《左傳》是一部編年體史書，全書以魯國十二公為順序紀錄春秋時代列國事跡，共三十五卷。《左傳》全稱為《春秋左氏傳》，原名《左氏春秋》，漢朝時又名《春秋左氏》、《左氏》。漢朝以後才稱《左傳》，多數學者主張《左傳》是為孔子《春秋》做註解的一部史書，與《公羊傳》、《穀梁傳》合稱「春秋三傳」。《左傳》相傳是春秋末期的魯國史官左丘明所著，但《左傳》的作者是有爭議的問題。

《左傳》以《春秋》為本，並採用《周志》、《晉乘》、《鄭書》、《楚檮杌》等列國資料，通過記述春秋時期的具體史實來說明《春秋》的綱目。司馬遷《史記・十二諸侯年表》說：「魯君子左丘明懼弟子人人異端，各安其意，失其眞，故因孔子史記具論其語，成左氏春秋。」桓譚《新論》進一步認爲：「《左氏》經之與傳，猶衣之表裡，相持而成，經而無傳，使聖人閉門思之十年不能知也。」《左傳》主要記錄了周王室的衰微，諸侯爭霸的歷史，對各類禮儀規範、典章制度、社會風俗、民族關係、道德觀念、天文地理、曆法時令、古代文獻、神話傳說、歌謠言語均有記述和評論。

《左傳》好講預測，一些預測的事情都很靈驗，例如魯莊公二十二（公元前六七二年）年記載，陳國大夫懿氏占卜嫁女給陳國公子陳完很吉利：「八世之後，莫之與京」。陳完的子孫在齊國果然日益強大，直至田氏代齊。晉范甯評《春秋三傳》的特色說：「《左氏》艷而富，其失也巫（指多敘鬼神之事）。《穀梁》清而婉，其失也短。《公羊》辯而裁，其失也俗。」韓愈評論：「《春秋》謹嚴，《左氏》浮誇」。《左傳》是研究先秦和春秋時期歷史的重要文獻，也是研究先秦儒家思想的重要史料。

課文

吳公子札來聘❶，請觀於周樂。

❶吳公子札來聘：春秋時期的吳國在今江蘇吳錫一帶，爲周太王長子太伯讓國南奔所建立。季札，姬姓，名札，又稱公子札、延陵季子、延州來季子、季子，吳王壽夢最小的兒子。古代排行順序以伯、仲、叔、季稱之。聘：古代諸侯間相互派遣大夫使節聘問交流，示友好之禮。

使工為之歌〈周南〉、〈召南〉❷。曰：「美哉！始基之矣，猶未也❸，然勤而不怨矣。」

為之歌〈邶〉、〈鄘〉、〈衛〉❹。曰：「美哉！淵乎！憂而不困者也。吾聞衛康叔、武公之德如是，是其〈衛風〉乎？」

為之歌〈王〉❺。曰：「美哉！思而不懼。其周之東乎？」

為之歌〈鄭〉。曰：「美哉！其細已甚，民弗堪也。是其先亡乎？」

為之歌〈齊〉。曰：「美哉！泱泱乎！大風也哉！表東海者。其大公乎❻？國未可量也！」

為之歌〈豳〉❼。曰：「美哉！蕩乎！樂而不淫。其周公之東乎？」

為之歌〈秦〉。曰：「此之謂夏聲。夫能夏則大，大之至也，其周之舊

---

❷周南、召南：皆為《詩經》十五國風之一，二者皆非國名，而是指賢臣周公與召公之采邑，倍受文王之風俗教化。

❸言「周南」、「召南」實為文王教化之基礎，但因紂王之惡未除而未臻盡善。

❹邶、鄘、衛：三國名，皆為《詩經》十五國風之一，邶、鄘位於今河南省汲縣境，衛則在今河北濮縣以南與邶、鄘相鄰。武王伐紂，分其地為三監，封武庚於邶、封管叔於鄘、封蔡叔於衛。其後三監叛，周公滅之，由衛國康叔兼領三國之地。

❺王：指周平王，平王東遷之後，周天子王權沒落至與春秋諸國同列國風。

❻大公：大（太）公即姜太公，姜太公助文王滅紂之後，封於齊國。

❼豳：音ㄅㄧㄣ，為公劉所居之周之舊國故里，在今陝西邠縣。

乎？❽」

爲之歌〈魏〉❾。曰：「美哉！渢渢乎！大而婉，險而易行。以德輔此，則明主也。」

爲之歌〈唐〉❿。曰：「思深哉！其有陶唐氏⓫之遺民乎？不然，何憂之遠也？非令德之後，誰能若是？」

爲之歌〈陳〉⓬。曰：「國無主，其能久乎？」自〈鄶〉以下，無譏焉⓭。

爲之歌〈小雅〉。曰：「美哉！思而不貳，怨而不言，其周德之衰乎？猶有先王之遺民焉！」

爲之歌〈大雅〉。曰：「廣哉！熙熙乎！曲而有直體，其文王之德乎？」

爲之歌〈頌〉⓮。曰：「至矣哉！直而不倨，曲而不屈；邇而不偪，遠而

❽周之舊：平王東遷之後，秦因佐王東遷有功，盡有西周舊有之地，去戎狄之言而有諸夏之聲。

❾魏：魏國，春秋時爲晉獻公所滅。

❿唐：成王弟叔虞（晉始祖）初封於唐，故名唐風，實爲晉詩。唐柳宗元〈桐葉封弟辨〉即言「周成王桐葉封弟」一事。

⓫陶唐氏：指唐堯，晉本唐堯故地。

⓬陳：周武王求虞舜之後，得嬀滿，封之於陳。

⓭自鄶以下，無譏焉：言鄶、曹以下小國以其微而不復議論。鄶音ㄎㄨㄞˋ，祝融之後，妘姓之國，在今河南密縣。

⓮爲之歌頌：包括「周頌」、「魯頌」、「商頌」。其樂章兼有舞容，與「風」、「雅」之徒歌不同。

不攜；遷而不淫，復而不厭；哀而不愁，樂而不荒；用而不匱，廣而不宣；施而不費，取而不貪；處而不底，行而不流。五聲和，八風平，節有度，守有序。盛德之所同也！」

見舞〈象箾〉、〈南籥〉⑮者。曰：「美哉！猶有憾！」

見舞〈大武〉⑯者。曰：「美哉！周之盛也，其若此乎？」

見舞〈韶濩〉⑰者。曰：「聖人之弘也，而猶有慚德⑱，聖人之難也！」

見舞〈大夏〉⑲者。曰：「美哉！勤而不德，非禹其誰能脩之？」

見舞〈韶箾〉⑳者。曰：「德至矣哉！大矣！如天之無不幬也，如地之無不載也。雖甚盛德，其蔑以加於此矣，觀止矣。若有他樂，吾不敢請已。」

問題與應用

1. 不同時代會有不同風格的流行時尚及代表音樂，試探討臺灣自日治時期之後的音樂風格。

⑮ 見舞象箾、南籥：舞為舞蹈，「象箾」、「南籥」皆為文王所創樂舞曲。〈象箾〉為武舞，舞者手持箾、〈南籥〉為文舞，舞者手中持籥。箾音朔，為舞竿。籥為樂器，形狀似簫、笛。

⑯ 大武：周武王之樂舞。

⑰ 韶濩：商湯之樂舞，濩音ㄏㄨˋ。

⑱ 猶有殘德：商湯雖以征伐得天下，猶自感德行不足。

⑲ 大夏：夏禹之樂舞。

⑳ 韶箾：虞舜之樂舞。

（說明：季札觀樂重點在於音樂風格之賞析，及於文化風俗。）

2. 評論者必須深入瞭解主題及相關知識，才能深入淺出點出得失，請以一部與《左傳》相關的電影（如「孔子傳」）為範圍，你是否能當一位稱職的電影評論者？

延伸閱讀

1. 《左傳・子產論政寬猛》。
2. 《詩經・清廟》。
3. 《詩經・衛風・氓》。

李幸長、吉廣輿編撰

西銘

張載

作者、題解

〈西銘〉的作者是北宋的偉大哲學家張載。張載字子厚，生於宋眞宗天禧四年（公元一〇二〇年），卒於神宗熙寧十年（公元一〇七七年）。他的著作多係弟子纂錄而成，現存有《橫渠易說》、《經學理窟》、《正蒙》、《語錄》等，其中《正蒙》是理解張載哲學思想最重要的根據。

〈西銘〉原爲〈正蒙・乾稱篇〉中之一部分，張載曾將其錄於學堂雙牖的右側（西邊窗面），題爲〈訂頑〉，後程頤將〈訂頑〉改稱爲〈西銘〉，才有此獨立之篇名。

〈西銘〉以乾坤、天地、父母爲一體，由乾坤所感通之德能談起，闡明此德能如何從個體之身向家庭展開，然後達及天下。全文引證自儒家典籍中之事例，篇幅雖短，但層次分明，前一部分旨在發揮作者之思想，後一部分是具體事例之列舉。本文充分展現出張載的宇宙社會觀，明確提出「民胞物與」的理想，這樣的襟懷可說是中國文化典型的大同思想之延伸，也是儒家仁德思想的發揚光大，在中國思想史上極具意義。北宋大儒程顥曾盛讚〈西銘〉：「意極完備，乃仁之體也。學者其體此意，令有諸己。」閱讀〈西銘〉，不僅必須理解作者的思想與理念，更重要的是要躬行實踐文中所凸顯的大愛精神。

課文

乾稱父，坤稱母❶；予茲藐焉❷，乃混然中處❸。故天地之塞❹，吾其體；天地之帥，吾其性。民，吾同胞；物，吾與也。

大君者❺，吾父母宗子；其大臣，宗子之家相也。尊高年，所以長其長；慈孤弱，所以幼其幼；聖，其合德；賢，其秀也。凡天下疲癃❻、殘疾、惸獨❼、鰥寡，皆吾兄弟之顛連❽而無告者❾也。

于時保之❿，子之翼⓫也；樂且不憂，純乎孝者也。違曰悖德，害仁曰賊，濟惡者⓬不才，其踐形⓭，惟肖者也。

❶乾稱父，坤稱母：「乾」代表天，「坤」代表地，乾坤即天地，是萬物的父母。但不是自然的天，而是指「天道」，天道乃萬物之根源。

❷藐焉：高遠貌。

❸混然中處：就處在人心中。

❹塞：要塞，即重要的地點。

❺大君者：指君主，就是代表天道的管理者。

❻癃：音ㄌㄨㄥˊ，年老骨質疏鬆，導致腰彎而背部隆起。

❼惸：音ㄑㄩㄥˊ，沒有兄弟的人。獨：老而無子孫。「惸獨」指孤獨。

❽顛連：困苦。

❾無告者：無法申訴的人。

❿于時保之：及時保護養育這些人。

⓫翼：輔助。

⓬濟惡者：助長兇惡的人。

⓭其踐形：能夠將天性表現於形色之身的人。

知化⑭則善述其事，窮神⑮則善繼其志。不愧屋漏⑯爲無忝，存心養性爲匪懈。惡旨酒，崇伯子⑰之顧養；育英才，潁封人⑱之錫類。不弛勞而厎豫⑲，舜其功也；無所逃而待烹，申生⑳其恭也。體其受而歸全者㉑，參乎！勇於從而順令者，伯奇㉒也。

富貴福澤，將厚吾之生也；貧賤憂戚，庸玉女於成也。存，吾順事；沒，吾寧㉓也。

⑭知化：明瞭且掌握經驗世界的變化。

⑮窮神：人的德性如能充分表現，即能對千變萬化的經驗世界作出恰當的回應。

⑯屋漏：屋內的西北角，引申爲隱密的地方。

⑰崇伯子：崇伯指的是堯舜時代治水無功的鯀，因受封於崇，故名。崇伯子謂鯀的兒子禹。

⑱潁封人：指潁考叔，鄭國大夫，執掌潁谷（今河南登封西），爲人正直無私，以孝友著稱。在鄭莊公對其母親武姜發出「不及黃泉，無相見也」的誓言而又懊悔後，潁考叔建議挖一隧道，取名「黃泉」，安排鄭莊公與武姜在「黃泉」見面，完成了莊公的心願。

⑲不弛勞而厎豫：弛勞，鬆懈。厎，致。豫，樂。不弛勞而厎豫，是說不鬆懈，以使父母能夠歡悅。

⑳申生：春秋時人。晉獻公的元配齊姜所生之太子。齊姜死後，獻公在衆妾之中提拔自己喜歡的驪姬爲第一夫人，並生子名奚齊。驪姬爲使其子奚齊爲嗣，時詆毀、陷害申生，其後申生以自縊的方式結束了自己的生命。

㉑體其受而歸全者：體，身體。受，受自於父母之意。歸全，完整地歸還。句謂將受自於父母的身體完整地歸還給乾坤父母。

㉒伯奇：西周宣王時大臣尹吉甫之長子，有孝道。母死，後母欲立其子伯封爲太子，乃設計中傷伯奇，吉甫大怒，逐伯奇於野。伯奇編水荷充當衣服，采蘋花當作食物。某日清晨，伯奇行走於佈滿霜露之地面，自傷無罪而被放逐，乃作琴曲〈履霜操〉以述懷。吉甫感悟，遂求伯奇，並射殺後妻。

㉓寧：心安理得。

問題與應用

1. 〈西銘〉對於孝道，引用了哪些典故？請敘述。
2. 「民胞物與」是儒家的胸襟與關懷，請問在〈西銘〉中如何體現？

延伸閱讀

1. 孟軻：《孟子・公孫丑》，收於《十三經注疏》，臺北：藝文印書館，一九八五年。
2. 程顥：〈識仁篇〉，收於《四庫全書・二程遺書》，臺北：商務印書館，一九八三年。

梁淑芳編撰

遙遠的公路

舒國治

作者、題解

舒國治一九五二年生於臺北，畢業於世界新聞專科學校（今世新大學），電影製作科。早年從事電影工作，之後轉而投入寫作。作品以散文、遊記、短篇小說爲主。曾獲得華航旅行文學獎首獎和長榮旅行文學獎首獎，在《月光少年》、《牯嶺街少年殺人事件》等電影中客串過角色。一九八三至一九九〇年浪跡美國，九〇年代又續寫作。使用的筆名有：舍或之、步于塵、屠松郊、裘敬野、祝融之筏，近年來以書寫旅行與臺灣各地小吃、美食爲主，是最著名的小吃教主。出版作品有：《讀金庸偶得》、《台灣重遊》、《理想的下午——關於旅行也關於晃蕩》、《流浪集——也及走路、喝茶與睡覺》、《門外漢的京都》、《台北小吃札記》、《窮中談吃》、《水城台北》等。

舒國治自言：「寫作像是生活的逃避，沒有在該做什麼事的時候做什麼事，可能，卻有些好處是這樣來的，如塞翁失馬，在轉角處卻得到別的收穫」。舒國治形容自己的寫作生涯，是在「莫名奇妙的時刻」開啓寫作歷程，並沒有刻意立志去強求要當作家，也不追隨常人所走的道路。關於創作之歷程，舒國治視爲「在咀嚼世界上的精華」、「只要眼光夠準，有膽識跟放鬆全身，氣順，腳心也會跟著暖暖的，在這種心情狀態，不太會被外在世界打擾」。

舒國治寫鄉土（如《台灣重遊》）、寫公路（如〈遙遠的公路〉、〈美國汽車〉）、寫台北、寫美食、寫吃、寫武俠小說的風俗（如〈武俠小說及其世代〉），寫旅途、寫音樂，皆是深蘊文學的妙筆呈現。羅智成評舒國治的散文〈遙遠的公路〉說：「〈遙遠的公路〉寫的不是單一旅程，它更像是識途老馬對多次闖蕩美國內地種種美感經驗的總結，兼雜某種相襯的人世慨歎。作者控制文字的功力相當好，多變的語法、生動的描述、有趣的小知識、小故事也反應出作者勇於介入的性格。」

課文

一九八三至一九九〇這七年間，我恰巧待在美國，其中有三、四年開車亂跑了很多地方。愈多跑地方，愈忘了何處是目的地，在外的時間愈久，愈不知道要不要回家。每天晚上睡在自己車上，不憂慮今天是星期一還是星期六，不知道別人早上要上班下午要下班。

後來我想了一想，我在美國公路上無休無盡地奔來奔去，大概因爲那種惰性及遊魂血液吧。

透過擋風玻璃，人的眼睛看著一逕單調的筆直公路無休無盡。偶爾瞧一眼上方的後視鏡，也偶爾側看一眼左方的超車。耳朵裡是各方汽車奔滑於大地的聲浪，多半時候，嗡嗡穩定；若轟隆巨響，則近處有成隊卡車通過。

每隔一陣，會出現路牌，「DEER CROSSING」（有鹿穿過），「ROAD NARROWS」（路徑變窄），這一類，只受人眨看一眼。在懷俄明州，遠處路牌隱約有些蔽翳，先由寬銀幕似的擋風玻璃接收進來，進入愈來愈近的眼簾，才發現牌上滿是子彈孔，隨即飛過車頂，幾秒鐘後再由後視鏡這小型銀幕裡漸漸變小，直至消逝。

在猶他州原野看到的彩虹大到令人激動，完美的半圓，虹柱直插入地裡。大自然對驅車者偶一的酬賞。四十號州際公路近德州Amarillo路旁，十輛各年份的凱迪拉克車排成一列頭朝下，也斜插在地裡，當然，也是爲了博驅車者匆匆一覷。

當午後大雨下得你整個人在車上這隨時推移卻又全然不知移動了多少的小小空間完全被籠鎖的灰暗摸索而行幾小時後，人的思緒被沖滌得空然單淨。幾十分鐘後，雨停了，發現自己竟身處蒙塔拿龐然大山之中，那份壯闊雄奇，與各處山稜後透來的黃澄澄光芒，令你心搖神奪，令你覺得應該找點什麼來喟歎它。這種景光，我突然有衝動想要對著遠山抽一根菸。那年，我已戒了好一陣子菸了。

八百哩後，或是十二天後，往往到了另一片截然不同的境地。距離，或是時間，都能把你帶到那裡。景也變成風化地台了，植物也粗澀了，甚至公路上被碾死的動物也不同了。

空荒與奇景，來了又走了。只是無休無盡的過眼而已。過多的空荒挾帶著偶一的奇景，是爲公路長途的恆有韻律，亦譬似人生萬事的一逕史實。當停止下來，回頭看去，空空莽莽，惟有留下里程錶上累積的幾千哩幾萬哩。

西行，每天總有一段時光，眼睛必須直對夕陽，教人難耐。然日薄崦嵫的公路及山野，又最令人有一股不可言說之「西部的呼喚」。此刻的光暈及氣溫教人癱軟，慫恿人想要回家，雖然我沒有家。我想找一個城鎮去進入。這個城鎮最好自山崗上已能俯見它的燈火。

長期的公路煙塵撞擊後，在華燈初上的城鎮，這時全世界最舒服的角落竟是一個老制的橡木booth（卡座）。如果桌上裝餐紙的鐵盒是Art Deco線條、鍍銀、又抓起來沉甸甸的，咖啡杯是粉色或奶黃色的厚口瓷器，那麼這塊小型天堂是多麼的令人不想匆匆離去。即使吃的也必只是那些重複的漢堡、咖啡、hash brown（碎炒馬鈴薯）、omelette（烘蛋）、chicken soup（雞絲與麵條燉湯）等。

夏夜很美，餐館外停的車一部部開走，大夥終歸是要往回家的路上而去。而我正在思索今夜宿於何處。

我打算睡在這小鎮的自己車上。睡車，或爲省下十六或十八元的住店錢，或爲了不甘願將剛剛興動的一天路途感觸就這麼受到motel白色床單的貿然蒙蔽，或爲了小鎮小村的隨處靠泊及漫漫良夜的隨興徜徉的那份悠閒自在，都可能。

睡車，最好是挑選居民停好車後鑰匙並不拔出的那種小鎮，像佛芒州的Woodstock。而不是挑選蒙塔拿州的Butte那種downtown像是充滿能單手捲紙菸的昔日漢子的城市。南方有些禁酒小鎮如阿拉巴馬州的Scottsboro看來也很適合睡車，只是人睡到一半，突然音樂聲吶喊聲大作，並且強光四射，原來是周六夜青少年正在「遊車河」（cruising）。

夜晚，有時提供一種極其簡約、空寂的開車氛圍，車燈投射所及，是爲公路，其餘兩旁皆成爲想像，你永遠不確知它是什麼。這種氛圍持續一陣子後，人的心思有一種清澈，如同整個大地皆開放給你，開放給無邊際的遐思。有些毫不相干的人生往事或是毫無來由的幻想在這空隙送了出來。美國之夜，遼遼的遠古曠野。當清晨五點進入吐桑（Tucson, Arizona）或聖塔非（Santa Fe, New Mexico）這樣的高原古城，空蕩蕩的，如同你是亙古第一個來到這城的人，這是非常奇妙的感覺。

千山萬嶺驅車，當要風塵僕僕抵達一地，這一地，最好不是大城，像紐約。紐約太像終點。你進入紐約，像是之後不該再去哪裡；倘若還要登程，那麼在MacDougal街或Bleecker街的咖啡店我會坐不住，只想買一杯Dunkin Donuts的紙杯咖啡帶走。

小鎮小村，方是美國的本色。小鎮小村也正好是汽車緩緩穿巡、悄然輕聲走過、粗看一眼的最佳尺寸。通往法院廣場（courthouse square）的鎮上主街，不管它原本就叫Main Street，或叫Washington Street，或叫Central Avenue，常就是US公路貫穿的那條幹道。

爲了多看一眼或多沾一絲這鎮的風致，常特意在此加點汽油，既要加油，索性找一個老派的油站，一邊自老型的油泵中注油，一邊和老闆寒暄兩句，順便問出哪家小館可以一試之類的情報。一兩分鐘的閒話往往得到珍貴驚喜。他說這裡沒啥特別，但向前十多哩，有本州最好的豬排三明治；「擲一小石之遠」（"just a stone's throw"，他的用字），有最好的南瓜派……街尾那家老藥房有最好的奶昔，我小時每次吃完，整個星期都在企盼週末快快到來……你不妨下榻前面五哩處那家motel，當年約翰．韋恩在此拍片就住過……。

那個豬排三明治的確好吃，南瓜派我沒試，老藥房的老櫃檯如今不見任何一個小孩，倒有稀落的三兩老人坐著，像是已坐了三十年沒動，我叫了奶昔也叫了咖啡。咖啡還可以，奶昔我沒喝完。記憶中的童年總是溢美些的。

我繼續驅車前行，當晚「下榻」在一百多哩外另一中型城鎮裡的自己車上。這些三明治或是有故事的motel，我仍嘗過許多，但加油站那一兩分鐘搭談所蘊含的美國民風民土往往有更發人情懷的力道。譬如說，美國人有他自有的歷史意趣，說什麼「約翰．韋恩當年……」說什麼「小時候我……」即使不甚久遠，他也嘆說得遙天遠地。

或許美國眞是太大了，任何物事、任何情境都像是隔得太遠。

當無窮無盡的公路馳行後，偶爾心血來潮扭開收音機，想隨意收取一些聲音。幾個似曾相識的音符流瀉出來，聽著聽著，剎那間，我整個人懾迷住了，這曲子是Sleep-walk，一九五九年Santo & Johnny的吉他演奏曲。我幾乎是渴盼它被播放出來一樣地聆聽它，如癡如醉。我曾多麼熟悉它，然有二十年不曾聽到了，這短短的兩三分鐘我享受我和它多年後之重逢。

這些音符集合而成的意義，變成我所經驗過的歷史的片斷，令我竟不能去忽略似的。

而這些片斷歷史，卻是要在孤靜封閉的荒遠行旅中悄悄溢出，讓你毫無戒備的全身全心地接收，方使你整個人爲之擊垮。於是，這是公路。我似在追尋全然未知的遙遠，卻又不可測的觸摸原有的左近熟悉。

有時一段筆直長路，全無阻隔，大平原（The Great Plains，如愛荷華，內布拉斯加，南達科打）上的風呼呼地吹，使我的車行顯得逆滯。爲了節省一些車力，遂鑽進一排貨櫃車的後面，讓前車的巨型身體替我遮擋風速。當前行的五、六輛貨櫃車皆要超越另一部慢速車——如一輛老夫婦駕駛的露營車（RV）——時，你會看到每一輛貨櫃皆會先打上好一陣左方向燈，接著很方正的、很遲鈍的、很不慌不忙的進入內車道，超過了那輛慢車，再打上一陣右方向燈，再進入外車道。就這樣，一輛完成，另一輛也完全如此，接著第三輛、第四輛、第五輛，然後是我，我於是也不自禁地很方正的、很不慌不忙的，打燈、換道、超前、再打燈、然後換回原道。完成換道後，我聽到前行的貨櫃車響了兩下喇叭，又看到駕駛的左手伸出在左後視鏡前比了一比，像是說：「Good job！」我感到有一絲受寵若驚；他們竟然把我列入車隊中的一員。

再美好的相聚，也有賦離的一刻。這樣的途程持續兩三個小時，終於他們要撤離了。這時我前面的貨櫃車又很早打起右燈，並且在轉出時，按了兩聲喇叭，如同道別；我立然加上一點速度，與他們平行一段，也按了兩聲喇叭，做爲道別，以及，道謝。

我在路上已然太久，抵達一個地點，接著又離開它，下一處究竟是哪裡。

這是一個我自幼時自少年一直認同的老式正派價值施放的遼闊大場景，是Ward Bond、Robert Ryan、Sterling Hayden、Harry Dean Stanton等即使是硬裡子性格演員也極顯偉岸人生的闖蕩原野，是Sherwood Anderson、Nelson Algren、Raymond Carver文字中雖簡略兩三筆卻繪括出既細膩又刻板單調的美國生活原貌之受我無限嚮往的荒寥如黑白片攝影之遠方老家。老舊的卡車，頹倒的柵欄，歪斜孤立的穀倉，直之又直不見尾盡的highway（公路）與蜿蜒起伏的byway（小路），我竟然毫不以之爲異地，竟然覺得熟稔之至。而今，我一大片一大片的驅車經過。

河流中，人們垂釣鱒魚，而孩子在河灣中游泳。一幢又一幢的柔軟安適的木造房子，被建在樹林之後，人們無聲無息地住在裡面，直到老年。樹林與木屋，最最美國的象徵。許多城鎮皆自封爲「Tree City, USA」。如Ann Arbor，如Nebraska City。太多的地名叫Spring field，叫Woodstock，叫Mount Vernon，叫Bowling Green。太多的街名叫Poplar，叫Cherry，叫pine，叫Sycamore。而我繼續驅車經過。美國小孩都像是在tree house（樹屋）中遊戲長大，坐著黃色的學童巴士上學。簷下門廊（front porch）是家人閒坐聊天並茫然看向街路的恬靜場所，這習慣必定自拓荒以來便即一逕。每家的信箱，可以離房子幾十步，箱上的小旗，有的降下，有的升起，顯示郵差來過或還沒。無數無數的這類家園，你隨時從空氣中嗅到草坪剛剛割過的青澀草香氣，飄進你持續前行的汽車裡。

啊，美國。電影《意興車手》（Easy Rider）中的傑克・尼柯遜感歎的說：「這曾經是眞他媽的一個美好國家。」（This used to be a helluva good country.）

如今這個國家看來有點臃腫，彷彿他們休耕了太長時間。愛荷華畫家Grant Wood（一八九一——一九四二）所繪American Gothic中手握草叉的鄉下老先生老太太，不在農莊了，反而出現在市鎮的大型商場（shopping mall），慢慢蕩著步子，兩眼茫然直視，耳中是easy listening音樂（美國發明出來獻給全世界的麻醉劑），永遠響著。坐下來吃東西時，舉叉入口，咬著嚼著，既安靜又沒有表情。光陰像是靜止著的。這個自由的國家，人們自由的服膺某種便利、及講求交換的價值。家中的藥品總是放在浴室鏡櫃後，廚房刀叉總是放在一定的抽屜裡，每家一樣。冰箱裡總放著Arm & Hammer Baking Soda（u手臂與鎯頭」牌的烘烤用蘇打粉——用來吸附臭味），每家一樣。而我，驅車經過。

累了。這裡有一片小林子，停車進去走一走。樹和樹之間的地面上有些小花細草，伸放著它們自由自在少受人擾的細細身軀。不知道在哪本嬉皮式的雜書上看過一句話：「如果你一腳踩得下六朵雛菊，你知道夏天已經到了。」

停在密西西比河邊，這地方叫Natchez under the Hill，沒啥事，撿了一塊小石，打它幾個「飛漂」，然後再呆站一兩分鐘，又回返車子，開走。

常常幾千哩奔馳下來，只是發現自己停歇在一處荒棄的所在。

一波起伏的丘岡層層過了，不久又是一波。再不久，又是一波，令我愈來愈感心魂癡蕩，我不禁隨時等待。難道像衝浪者一直等待那最渾圓不盡的浪管；難道像飽薰大麻者等待Jimi Hendrix下一段吉他音符如鬼魅般再次流出？

我到底在幹嘛？我眞要這樣窮幽極荒嗎？

在路上太久之後，很多的過往經驗變得極遠。它像是一種歷劫歸來，這個劫其實只有五星期，然再看到自己家門，覺得像是三十年不曾回來一般。

在路上太久之後，很多的過往經驗變得極遠。好些食物，後來再吃到，感覺像幾十年沒嘗過般的驚喜。抵西雅圖後在朋友家吃了一顆牛奶糖，幾令我憶起兒時一樣的泫然欲淚。

在路上太久之後，很多的過往經驗變得極遠。我在車上剪指甲，這裡是佛芒州的Norwich，突然想，上次剪指甲是何地？是Charlottsville？是Durham？抑是Oxford？

有些印象竟然很相似。今天中午進入一個小餐館，竟覺得像以前來過；一樣的長條吧台，一樣的成排靠窗卡座，收帳檯背後的照片擺設竟然也一樣，甚至通抵這餐館的街道也一樣。但跟哪一家餐館相像？卻說不上來。我只知道，這個鎮我從來沒來過。

八百哩後，或是十二天後，往往到了另一片截然不同的境地。三十個八百哩之後，或是三十次十二天之後，景色、植物或是碾死的動物最後全都不見了，剩下的只是一股——一股朦朧。好像說，汽車的嗡嗡不息引擎轉動聲。

問題與應用

1. 讀完舒國治在公路上觀察的美國印象，你是否也可以描繪你所居住的社區？包括那些熟悉的小店、公園、馬路、風景、人物？
2. 推薦三個你印象深刻的旅遊景點，並說明推薦的理由。

延伸閱讀

1. 舒國治《水城台北》，臺北：皇冠出版社。
2. 三毛《撒哈拉的歲月》，臺北：皇冠出版社。

李幸長、吉廣輿編撰

依然蕉風椰雨

鍾怡雯

作者、題解

鍾怡雯，馬來西亞霹靂州怡保市人，生於公元一九六九年二月。祖籍廣東梅縣，是馬來西亞籍的客家人，臺灣著名的馬華文學作家。國立臺灣師範大學國文系畢業、師大國文所文學碩士、博士。學生時代即嶄露頭角，多次獲得各類文學獎，曾任《國文天地》雜誌主編，目前任教於元智大學中國語文學系。

其作品融合感性與理性之美。散文題材多取自日常生活，風格獨特且真誠，時有獨創觀點和超現實的意境，能從平常事物之中抒發獨特的生命與文化之體會。作家余光中曾評論說：「鍾怡雯綺年麗質，爲繆思寵愛之才女，但她的藝術並非純情的維美。她對於青春與愛情，著墨無多，更不論友誼。相反地，生老病死之中，她對後三項最多著墨，筆端的滄桑感逼人如暮色。」出版作品甚爲豐富，散文有：《河宴》、《垂釣睡眠》、《聽說》、《我和我豢養的宇宙》、《飄浮書房》、《野半島》、《陽光如此明媚》、《鍾怡雯精選集》等，評論類有：《莫言小說：歷史的重構》、《亞洲華文散文的中國圖象：一九四九—一九九九》、《無盡的追尋：當代散文詮釋與批評》、《內斂的抒情：華文文學論評》、《馬華文學史與浪漫傳統》、《經典的誤讀與定位：華文文學專題研究》等。

自認從生命到心情都屬於蒲公英的鍾怡雯，在赤道傳奇的蕉風椰雨浸漑下，蜥蜴蜷蜒、象猴出沒、狩獵與長屋並存的馬來風情，豐饒了她的想像花園；離鄉背井後，對原鄉的懷念、追憶，則提供了源源不盡的散文書寫素材。故鄉的自然風情、人文故事，那些過於鮮明而不敢直視的生活記憶，馬來西亞家鄉的點點滴滴自她的文章裡流瀉而出，匯流成臺灣寶島上的馬華文學奇域。文字是一條小河，潺潺映照家鄉片段，漸漸拼出過去的輪廓。結合了作者獨特的生命經驗，讀者不只看到了鍾怡雯筆下所呈現出來馬來西亞的風貌，更像在窺探她的生命歷程。她在回憶的過程中，抒發了對家鄉的懷念，也同時面對了過去在那片土地上曾有過的傷口，等待傷口的痊癒與再生。

鍾怡雯說：「時間和空間拉開距離。因爲離開，才得以看清自身的位置，在另一個島，凝視我的半島，凝視家人在我生命中的位置。」、「疏離對創作者是好的，疏離是創作的必要條件，從前在馬來西亞視爲理所當然的，那語言和人種混雜的世界，此刻都打上層疊的暗影，產生象徵的意義。」因爲距離，所以才能更確切地看見家鄉和血液的關聯，看見家鄉是心中最深的羈絆；因爲距離，所以才能提筆書寫，回憶過往的片段，試著將心中的風景經距離之美化昇華而留存。「那空間和地理在時間的幽黯長廊裡發生了變化。鏡頭一個接一個在我眼前跑過，我捕捉，我書寫，很怕他們跑遠消失。」身在當下，往往不見故鄉的美好，唯有在三千里外的島嶼凝視另一個半島，才能書寫這些一直存放在心中的回憶片刻。鍾怡雯在六歲那年搬離怡保市來到馬來西亞南部，在油棕園裡成長，那些熱帶氣候下蓊鬱的樹林、強烈對比的色彩、像家人般熟稔親近的雨林裡各種生物，遂誘發她以美的視角描寫這一片與之朝夕相處的原始樹林。油棕園帶著焦澀微苦的酸氣融融地浮在空氣中，世界在毒辣的南島陽光下成了半溶解狀的神秘視野，最終化成符號帶點魔幻地蒸騰在絢麗的字裡行間。

鍾怡雯的散文風格具多元變化，既能運用淺顯俚俗語句書寫原鄉，又能駕馭稠密文字表現古典美感、借物寫人文句簡潔、比喻精闢又具幽默巧思。

有一首兒歌大約是這麼唱的，我家門前有小河，後面有山坡。我嘴裡跟著哼，腦海浮現的景色卻是前有椰子後有香蕉。沒有小河，水牛洗澡的小溪倒有一條，鬆垮垮環在山的大肚腩。山坡不在後面，而是層層疊疊把我家困住，也囚禁我的青春。

吃不完的椰子和香蕉，聽不完的蕉風椰雨。

每回看到人云亦云的「蕉風椰雨」，我總是微微失落。可惜了，這被用濫，掏空意義的蕉風椰雨啊，如此被糟蹋。如今它成爲隨便的形容，平面的風景，印象式的空洞情境。那形聲兼具的畫面和聲音，其實多麼貼近赤道，兩本老文學雜誌便很鄉土的名爲《蕉風》和《椰子屋》。

鄉下小孩誰沒聽過風梳椰葉、雨打香蕉的二重奏？只是蕉風椰雨起時，誰也沒心思去浪漫，多半搶在急雨之前收回飽吸豔陽的衣服，半乾的白鞋。椰子和香蕉，缺了這兩樣，菜色立刻索然無味，咖哩煮不成，點心沒辦法做，日子也就難過了。別人透過蕉風椰雨想像唯美的赤道，我們比較實際些，椰子和香蕉深得人心，兩個字，好用。特別是搬到油棕園之後，生活和飲食被印度和馬來鄰居同化得厲害，吃也椰子香蕉，用也椰子香蕉。椰子香蕉構成我們的主體，蕉風椰雨立刻跟人發生血肉關係。

住新村時，生殖力旺盛的香蕉成爲夢魘，那時聞到蜜仔蕉的味道就想吐。橘黃色的蜜仔蕉其實袖珍而秀氣，兩根拇指大小，皮薄得貼到微紅果肉上，香甜如蜜。然而實在太多了，跟果蠅一樣揮之不去討人嫌。母親沒把心思用在香蕉上，只會逼我們吃，硬把蜜仔蕉給吃成了敵人。

幸好蜜仔蕉沒跟到油棕園。油棕園盛行一種微酸帶籽的奶白色中型蕉，果肉沒蜜仔蕉扎實，而且酸澀。母親發揮物盡其用的看家本領。半熟的，對切裹了麵粉下油鍋，酥脆的炸香蕉（pisang goreng）正好當下午茶點。再熟一點，橫切薄圈炸成香蕉片，灑點鹽，囤在美祿罐裡當零嘴。熟透變黑了，那就搗爛和點麵粉跟糖，煎成軟綿綿的香蕉薄餅吧！香蕉葉也沒浪費，做客家菜包時，剪成橢圓形，抹點油，取代油紙。白嫩菜包坐在碧綠香蕉上入蒸籠，又香又美又端莊。

家裏沒香蕉，我們上學途中還跑到馬來早餐店解饞，順便買個油炸咖哩角，或者香辣的椰漿飯（nasi lemak），吃一頓典型的蕉風椰雨早餐。高油高糖高熱量，不健康的食物多半味美易成癮。

隔壁的馬來鄰居Samad家種牛角蕉。牛角蕉，果如其名。一尺多長巨如水牛角，兩三條便炸出香蕉山，大熱天裡吃得流鼻血。剛出爐的熱燙香蕉，外皮酥脆內裡纏綿。哎！甜爛的香蕉泥在嘴裡化開的滋味，誰能抗拒？鼻血，就任它流吧。

還有乾咖哩。華人新年時宴請馬來朋友，母親拜託Samad婆做。Samad婆，Samad的老婆簡稱。母親私底下老這樣大不敬稱呼別人。我們愛死了Samad婆的手藝，華人年菜被冷落，全去搶大盆大鍋的羊肉乾咖哩，雞肉濕咖哩，小江魚辣椒（sambal），黃薑飯（nasi berani），巴不得客人全缺席。我家門前那棵老椰子的存貨悉數採下，寒涼的椰水存冰箱，準備滅身體的火。椰肉刨成絲，擠出大桶奶白椰漿。我跟幾個妹妹輪流做這苦差，刨得兩臂痠痛，擠得汗如雨下。

轉眼，年也就在吃喝中過去，剩下沒人愛的硬年糕，在廚房的角落裡靜待發落。那就切片蒸軟吧！趁熱用筷子捲一捲，裹厚厚一層灑了鹽的椰渣。年糕黏牙，椰渣塞牙縫，誰管呢？多少個甜中帶鹹的年糕就這樣囫圇下肚。

還沒完。聽說椰油美髮，印度女孩濃密黑髮全得力於椰子油，於是跟從前的鄰居Kurma要來半瓶。我和大妹於是有一陣子披著整頭油髮，渾身飄散椰味。椰油用不到一半，便在母親勒令下丟棄。枕頭套的油漬，屋裡的印度味，讓她忍無可忍。

妳要先習慣一下，媽，萬一妳兒子娶了那個大眼印度妹呢？大妹口衰，立刻招來母親一頓好罵。椰子和香蕉無視人間事，豔陽下，靜靜開花，結苞，等待下一場盛宴。

問題與應用

1. 試尋找在臺灣的馬華文學作家，有哪些名人？
2. 你知道臺灣有那些特有的原生種動物？和原生種植物？

延伸閱讀

1. 鍾怡雯《鍾怡雯精選集》，九歌出版社。
2. 馬來西亞華人電影《初戀紅豆冰》，由阿牛導演，李心潔和阿牛主演。

李幸長、吉廣輿編撰

巴揚寺的微笑

蔣勳

作者、題解

蔣勳公元一九四七年出生於西安，戰後舉家移居臺灣。父親爲福建長樂人，服務於糧食局，母親是陝西西安駐防正白旗滿洲人，蔣勳自小成長於臺北大龍峒，他認爲自己的母語是西安的地方方言。蔣勳畢業於文化大學史學學系和藝術研究所。於一九七二年到法國留學，一九七六年返臺。在繪畫創作之餘，蔣勳也在文學界勤勞耕耘，他出版過多本詩集、並曾擔任臺灣早期美術刊物《雄獅美術》的主編。在法國留學時他曾參與當地華人無政府主義組織，並辦了刊物《歐洲通訊》，後來因故退出。在大學擔任教職時，曾撰文聲援美麗島事件的王拓，因而遭到革職。

蔣勳以花卉、水景繪畫受到藝術界重視、也以美學的教學和省思受到學生喜愛。又曾經主持警察廣播電台廣播節目「文化廣場」，相當受到好評，獲得一九八八年的金鐘獎。自二〇〇四年起，於IC之音電臺主持每週五晚間八點「美的沉思」節目，再度獲得二〇〇五年廣播金鐘獎最佳藝術文化主持人獎。蔣勳涉獵領域博洽，作品包括散文、小說、詩畫集、藝術論述、藝術鑑賞、有聲書等。美學的蔣勳，在藝術體系中灌注人文與感性，流露溫柔敦厚的底蘊。文學的蔣勳，則有著另一番文學風情；詩人蔣勳爽颯濃烈、小說蔣勳幽默機智、散文蔣勳關照生命，在不同的文學形式裡，蔣勳也有著不同的面貌。近年來，致力於美學之推廣與教學，《紅樓夢》有聲書系列講座廣受歡迎。

名作家張曉風曾經論蔣勳之成就：「蔣勳善於把低眉垂睫的美喚醒，讓我們看見精燦灼人的明眸；善於把沉啞瘖滅的美喚醒，讓我們聽到恍如鶯啼翠柳的華麗歌聲。蔣勳多年在文學和美學上的耕耘，就時間的縱軸而言，他可算為人類文化的孝友之子，他是一個恭謹謙遜的善述者。就空間上的横軸而言，蔣勳是這個地域的詩酒風流的產物，是從容、雍雅、慧黠、自適的人。」

〈巴揚寺的微笑〉收錄於蔣勳《吳哥之美》散文集，為旅行文學著名的作品。內容記述前往吳哥窟旅行途中之見聞，及於面對歷史人文陳跡之興懷感悟，化為對人生追求的種種省思。

吳哥王朝從西元九世紀崛起，十二世紀在加亞巴爾曼七世的領導下國力達於頂峰，十五世紀被滅國，直到十九世紀法國探險家重新發現這個璀璨的古文明。微笑高棉是國王加亞巴爾曼七世的臉與佛教佛陀的臉合一所創，典型的王權與神權合一的統治體制。基本上，吳哥窟也算是古寺廟的巡禮。

課文

巴揚寺四十九座尖塔上一百多面靜穆的微笑，一一從我心中升起，彷彿初日中水面升起的蓮花，説服我在修行的高度上繼續攀升……

吳哥王朝的建築端正方嚴，無論是尺度甚大的吳哥城，或是比例較小的寺院，都是方方正正的布局，有嚴謹的規矩秩序。

宇宙初始，在一片混沌中，人類尋找著自己的定位。

中國「天圓地方」的宇宙論，在漢代時已明顯具體地表現在皇室的建築上。「明堂」四通八達，是人世空間的定位；「辟雍」是一圈水的環繞，象徵天道循環時間的生息不斷。

吳哥王朝來自印度教的信仰，空間在嚴格的方正中追求一重一重向上的發展。通常寺廟建築以五層壇城的形式向中心提高，由平緩到陡斜。每一層跨越到另一層，攀爬的階梯都更陡直。角度的加大，最後逼近於九十度仰角。攀爬而上，不僅必須手腳並用，五體投地，而且也要專心一意，不能稍有分心。在通向信仰的高度時要如此精進專一，使物理的空間借建築轉換爲心靈的朝聖。稍有懈怠，便要摔下，粉身碎骨；稍有退縮，也立刻頭暈目眩，不能自持。

壇城最高處是五座聳峻的尖塔。一座特別高的塔，位於建築的中心點，是全部空間向上拔起的焦點，象徵須彌山，是諸神所在之地。

歐洲中世紀的哥德式教堂也追求信仰的高度，以結構上的尖拱、助拱、飛扶拱（Flying Batress）來達到高聳上升的信仰空間。

但是，哥德式大教堂的信仰高處，只能仰望，不能攀爬。

吳哥寺廟的崇高，卻是在人們以自己的身體攀爬時才顯現出來的。

在通向心靈修行的階梯上，匍匐而上，因爲愈來愈陡直的攀升，知道自己必須多麼精進謹愼。沒有攀爬過吳哥寺廟的高梯，不會領悟吳哥建築裡信仰的力量。

許多人不解：這樣陡直的高梯不是很危險嗎？

但是，從沒有虔誠的信徒會從梯上墜落，墜落的只是來此玩耍嬉戲的遊客。吳哥寺廟的建築設計當然是爲了信徒的信仰，而不會是爲了玩耍的遊客。

我一直記得吳哥寺的階梯，以及巴揚寺的佛頭寺塔。

巴揚寺是闍耶跋摩七世（Jayavarman VII，在位一一八一—一二一九❶）晚年爲自己建造的陵寢寺院。他已經從印度教改信了大乘佛教，許多原始慾望官能的騷動，逐漸沉澱昇華成一種極其安靜祥和的微笑。

使我在階梯上不斷向上攀升的力量，不再是抵抗自己在恐懼慌亂的精進專一，而似乎更是在寺廟高處那無所不在的巨大人像臉上靜穆的沉思與微笑的表情。

闍耶跋摩七世使吳哥的建築和雕刻有了新的風格。

印度教觀看人性的種種異變，就像吳哥寺石壁上的浮雕，表現印度著名史詩《羅摩衍那》的故事。羅摩的妻子喜妲（Sita）被惡魔拉伐那（Ravana）搶走了，天上諸神因此加入了這場大戰：天空之神因陀羅（Indra）騎著三個頭的大象；大翼神鳥迦魯達（Garuda）飛馳空中，載著大神毗濕奴（Vishnu）降臨；猴王哈努曼（Hanuman）也率徒眾趕來，咧張著嘴唇的猴子，圓睜雙目，露出威嚇

❶闍耶跋摩七世最後統制年分，另有西元一二二五、一二二〇年等說法。

人的牙齒……

戰爭，無論諸神的戰爭或是人世間的戰爭，到了最後，彷彿並沒有原因，只是原本人性中殘酷暴戾的本質一觸即發。

晚年的闍耶跋摩七世，年邁蒼蒼，經歷過慘烈的戰爭，似乎想闔上雙眼，冥想另一個寂靜無廝殺之聲的世界。

我攀爬在巴揚寺愈來愈陡直的階梯上，匍匐向上，不能抬頭仰視，但是寺廟高處四十九座尖塔上一百多面靜穆的微笑，一一從我心中升起，彷彿初日中水面升起的蓮花，靜靜綻放，沒有一句言語，卻如此強而有力，說服我在修行的高度上繼續攀升。

戰爭消失了，屍橫遍野的場景消失了，瞋怒與威嚇的面孔都消失了，只剩下一種極靜定的微笑，若有若無，在夕陽的光裡四處流盪，像一種花的芳香。連面容也消失了，五官也消失了，只有微笑，在城市高處，無所不在，無時不在，使我想到經典中的句子：不可思議。

這個微笑被稱爲「高棉的微笑」。

在戰亂的年代，在飢餓的年代，在血流成河、人比野獸還殘酷地彼此屠殺的年代，他一直如此靜穆地微笑著。

他微笑，是因爲看見了什麼？領悟了什麼嗎？

或者，他微笑，是因爲他什麼也不看？什麼也不想領悟？

美，也許總是在可解與不可解之間。

可解的，屬於理性、邏輯、科學；不可解的，歸屬於神秘、宗教。

而美，往往在兩者之間，「非有想」、「非無想」。《金剛經》的經文最不易解，但巴揚寺的微笑像一部《金剛經》。

那些笑容，也是寺廟四周乞討者和殘疾者的笑容。

他們是新近戰爭的受難者，可能在田地工作中誤觸了戰爭時到處胡亂埋置的地雷，炸斷了手腳，五官被毀，缺眼缺鼻，但似乎仍慶幸著自己的倖存，拖著殘斷的身體努力生活，在毀壞的臉上認眞微笑。

我是爲尋找美而來的嗎？

我靜坐在夕陽的光裡，在斷垣殘壁的瓦礫間，凝視那一尊一尊、高高低低、大大小小、面向四面八方、無所不在的微笑的面容。遠處是聽障者組成的樂班的演奏，樂音飄揚空中。

我走過時，他們向我微笑，有八、九個人，席地坐在步道一旁的樹蔭下，西斜的日光透過樹隙映照在他們身上。一個男子用左手敲打揚琴，右手從肩膀處截斷了。拉胡琴的較年輕，臉上留著燒過的疤痕，雙眼都失明了。一名沒有雙腳的女子高亢地唱著。

我走過時，他們歡欣雀躍，向我微笑。

我知道，在修行的路上，還沒有像他們一樣精進認眞，在攀爬向上的高梯間，每次稍有暈眩，他們的笑容便從心裡升起。

他們的笑容，在巴揚寺的高處，無所不在，無時不在。哭過、恨過、憤怒過、痛苦過、嫉妒過、報復過、絕望過、哀傷過……一張面容上，可以有過多少種不同的表情，如同《羅摩衍那》裡諸神的表情。當一切的表情一一成爲過去，最後，彷彿從污泥的池沼中升起一朵蓮花，那微笑成爲城市高處唯一的表情，包容了愛恨，超越了生死，通過漫長歲月，把笑容傳遞給後世。

一次又一次，我帶著你靜坐在巴揚寺的尖塔間，等候初日的陽光，一個一個照亮塔上閉目沈思的微笑，然後，我也看見了你們臉上的微笑。

問題與應用

1. 你接觸過旅行文學嗎？請說明旅行文學之內涵。
2. 以旅行文學之規格，寫一篇你自己的旅行遊記。

延伸閱讀

1. 舒國治等著《國境在遠方》，臺北：元尊文化。
2. 《徐霞客遊記》。
3. 電影「敦煌」，日本井上靖小說改編。

李幸長、吉廣輿編撰

風吹西班牙

余光中

作者、題解

余光中出生於公元一九二八年，福建泉州永春人。生於江蘇南京，故亦自命為江南人。臺灣當代著名文學家，現居臺灣高雄市河堤路社區。現任國立中山大學講座教授，著有新詩、散文、評論、翻譯等凡五十餘種，多篇作品選入臺灣、中國大陸、香港及設有華文課程的大學、中學教科書。余光中行文精煉，香港作家林沛理稱之為「語言的魔術師」、「香江第一才子」。陶傑許之為「用中國文字意象之第一人」，且其精通英語及多種外文，包括德語、西班牙語等。

一九五四年，與覃子豪、鍾鼎文等共創「藍星」詩社。之後赴美進修，獲愛荷華大學藝術碩士學位。余光中曾參與現代詩論戰與鄉土文學論戰，留下若干爭議。詩人向明稱讚余光中「懂得向古人借火」的詩人：「詩經、楚辭，唐宋詩的名句，西洋典籍、舊約聖經，在他的詩中出出入入，自然輕巧，一點也不影響他詩中純正現代風韻。」梁實秋曾讚許余光中「以右手寫詩、左手寫散文」，生平獲獎無數。黃維樑評論余光中之散文：「如果要用一句話來形容余光中的散文，則『精新鬱趣、博麗豪雄』八字當可稱職。」夏志清在論文《余光中：懷國與鄉愁的延續》中提到：「余光中所嚮往的中國……是唐詩中洋溢著『菊香與蘭香』的中國。」代表作品有《秋之頌》、《日不落家》、《藍墨水的下游》、《天狼星》、《余光中詩選》、《蓮的聯想》、《等你，在雨中》、《記憶像鐵軌一樣長》、《從徐霞客到梵谷》、《天國的夜市》、《逍遙遊》、《舟子的悲歌》、《藍色的羽毛》、《鐘乳石》，《萬聖節》、《白玉苦瓜》等。

安達魯西亞位在西班牙南部，是一四九二年皇室收復故土的最後一塊地方，其中最後一個城市就是格拉那達。這兒有著名的阿罕布拉宮，是音樂家比才筆下歌劇卡門的發生地。由於回教徒統治西班牙近八百年（公元七一一－一四九二年）留下了伊斯蘭世界的建築，藝術，音樂、飲食，甚至語言，參雜到原西班牙的色調裡，就成了今天西班牙與其他歐洲國家有很不一樣的風情。特別是西班牙的飲食、城鎮給人的視覺感受，西班牙風吹來特別的魅力與味道……

課文

1 若問我西班牙給我的第一印象，立刻的回答是：乾。

無論從法國坐火車南下，或是像我此刻從塞維亞開車東行，那風景總是乾得能敲出聲來，不然，劃一根火柴也可以燒亮。其實，我右邊的風景正被幾條火舌壯烈地舐食，而且揚起一綹綹的青煙。正是七月初的近午時分，氣溫不斷在升高，整個安達露西亞都成了太陽的俘虜，一草一木都逃不過那猛瞳的監視。不勝酷熱，田裡枯黃的草堆紛紛在自焚，劈拍有聲。我們的塔爾波小車就在濃煙裡衝過，滿車都是焦味。在西班牙開車，很少見到河溪，公路邊上也難得有樹蔭可憩。幾十里的晴空乾瞠乾瞪，變不出一片雲來，風幾乎也是藍的。偏偏租來的塔爾波，像西歐所有的租車一樣，不裝冷氣，我們只好大開風扇和通風口，在直灌進來的暖流裡逆向而泳。帶上車來的一大瓶冰橙汁，早已蒸得發熱了。

西班牙之乾，跟喝水還有關係。水龍頭的水是喝不得的，未去之前早有朋友警告過我們，要是喝了，肚子就會一直咕嚕發酵，腹誹不已。西班牙的餐館不像美國那樣，一坐下來就給你一杯透澈的冰水。你必須另外花錢買礦泉水，否則就得喝啤酒或紅酒。飲酒也許能解憂，卻解不了渴。所以在西班牙開車旅行，人人手裡一大瓶礦泉水。不過買時要說清楚，是con gas還是sin gas，否則一股不平之氣，挾著千泡百沫衝頂而上，也不好受。

西班牙不但乾，而且荒。

這國家人口不過臺灣的兩倍，面積卻十四倍於臺灣。她和葡萄牙共有伊比利亞半島，卻占了半島的百分之八十五。西班牙是一塊巨大而荒涼的高原，卻有點向南傾斜，好像是背對著法國而臉朝著非洲。這比喻不但是指地理，也指心理。西班牙屬於歐洲卻近於北非。三千年前，腓尼基和迦太基的船隊就西來了。西班牙人叫自己的土地做「愛斯巴尼亞」（Esquaña），古稱「希斯巴尼亞」（Hispania），據說源出腓尼基文，意爲「偏僻」。

西班牙之荒，火車上可以眺見二三，若要領略其餘，最好是自己開車。典型的西班牙野景，上面總是透藍的天，下面總是炫黃的地，那鮮明的對照，天造地設，是一切攝影家的夢境。中間是一條寂寞的界限，天也下不來，地也上不去，只供迷幻的目光徘徊。現代人叫它做地平線，從前的人倒過來，叫它做天涯。下面那一片黃色，有時是金黃的熟麥田，有時是一畝接一畝的向日葵花，但往往是滿坡的枯草一直連綿到天邊，不然就是伊比利亞半島的膚色，那無窮無盡無可奈何的黃沙。所以毛驢的眼睛總含著憂鬱。沙丘上有時堆著亂石，石間的矮松毛虯虯地互掩成林，翦徑的強盜——叫bandido的——似乎就等在那後面。

法國風光嫵媚，盈目是一片嬌綠嫩青。一進西班牙就變了色，山石灰麻麻的，草色則一片枯黃，荒涼得竟有一種壓力。綠色還是有的，只是孤伶伶的，點綴一下而已。樹大半在緩緩起伏的坡上，種得整整齊齊，看得出成排成列。高高瘦瘦，葉葉在風裡翻閃著的，是白楊。矮胖可愛的，是橄欖樹，所產的油滋潤西班牙人乾澀的喉嚨，連生菜也用它來澆拌。一行行用架子支撐著的，就是葡萄了，所釀的酒溫暖西班牙人寂寞的心腸。其他的樹也是有的，但不很茂。往往，在寂寂的地平線上，什麼也沒有，只有一棵孤樹撐著天空，那姿態，也許已經撐了幾世紀了。綠色的祝福不多，紅色的驚喜更少。偶爾，路邊會閃出一片紅豔豔的罌粟花，像一隊燃燒的赤蝶迎面撲打過來。

山坡上偶爾有幾隻黑白相間的花牛和綿羊，在從容咀嚼草野的空曠。牠們不知道佛朗哥是誰，更無論八百年回教的興衰。我從來沒見過附近有牧童，農舍也極少見到，也許正是半下午，全西班牙都入了朦朧的「歇時榻」（siesta）吧。比較偏僻的野外，往往十幾里路不見人煙，甚至不見一棵樹。等你已經放棄了，小丘頂上出人意外地卻會踞著、蹲著，甚至匍著一間灰頂白壁的獨家平房，像是文明的最後一哨。若是那獨屋正在坡脊上，背後襯托著整個晚空，就更令人感受到孤苦的壓力。

獨屋如此，幾百户人家加起來的孤鎮更是如此。你以爲孤單加孤單會成爲熱鬧，其實是加倍地孤單。從格拉納達南下地中海岸的途中，我們的塔爾波橫越荒蕪而崎嶇的內華達山脈（Sierra Nevada），左盤右旋地攀過一稜稜的山脊，空氣乾燥無風，不時在一叢雜毛松下停車小憩。樹影下，會看見一條灰白的小徑，在沙石之間蜿蜒出沒，盤入下面的谷地裡去。低沉的灰調子上，感覺到有什麼東西在移動。定睛搜尋，才瞥見一頂sombrero的寬邊大帽遮住一個村民騎驢的半面背影。順著他去的方向，遠眺的旅人終於發現谷底的村莊，掩映在矮樹後面，在野徑的盡頭，在一切的地圖之外，像一首用方言來唱的民謠，忘掉的比唱出來的更多。而無論多麼卑微的荒村野鎮，總有一座教堂把尖塔推向空中，低矮的村屋就互相依偎著，圍在它的四周。那許多孤伶伶的瘦塔就這麼守著西班牙的天邊，指著所有祈願的方向。

最難忘是莫特利爾鎮（Motril）。毫無藉口地，那幻象忽然赫現在天邊，雖然遠在幾里路外，一整片疊牌式的低頂平屋，在金陽碧空的透明海氣裡，白晃晃的皎潔牆壁，相互分割成正正斜斜的千百面幾何圖形，一下子已經奔湊到你的眼睫之間，那樣祟人的豔白，怎麼可能！拭目再看，它明明在那邊，不是幻覺，是奇觀。樹少而矮，所以白屋擁成一堆，白成一片。屋頂大半平坦，斜的一些也斜得穩緩，加以黑灰的瓦色遠多於紅色，更加壓不下那一大片放肆的驕白。歌德說：「色彩是光的修行與受難。」那樣童貞的蛋殼白修的該是患了潔癖的心吧，蒙不得一點汙塵。過了那一片白夢，驚詫未定，忽然一個轉變，一百八十度拉開藍洶洶欲溢的世界，地中海到了。

2

西班牙之荒，一個半世紀之前已經有另一位外國作家慨歎過了。那是一八二九年，在西班牙任外交官的美國名作家伊爾文（Washington Irving），爲了探訪安達露西亞浪漫的歷史，憑弔八百年伊斯蘭文化的餘風，特地和一位俄國的外交官從塞維亞並轡東行，一路遨遊去格拉納達。雖然是在春天，途中卻聽不見鳥聲。事後伊爾文在〈紅堡記〉（Tales of Alhambra）裡告訴我們說：

「許多人總愛把西班牙想像成一個溫柔的南國，好像明豔的義大利那樣妝扮著百般富麗的媚態。恰恰相反，除了沿海幾省之外，西班牙大致上是一個荒涼而憂鬱的國家，崎嶇的山脈和漫漫的平野，不見樹影，說不出有多寂寞冷靜，那種蠻荒而僻遠的味道，有幾分像非洲。由於缺少叢樹和圍牆，自然也就沒有鳴禽，更增寂寞冷靜之感。常見的是兀鷹和老鷹，不是繞著山崖迴翔，便是在平野上飛過，還有的就是性怯的野雁，成群闊步於荒地；可是使其他國家全境生意蓬勃的各種小鳥，在西班牙只有少數的省分才見得到，而且總是在人家四周的果園和花園裡面。

在內陸的省分，旅客偶然也會越過大片的田地，上面種植的穀物一望無邊，有時還搖曳著青翠，但往往是光禿而枯焦，可是四顧卻找不到種田的人。最後，旅人才發現峻山或危崖上有一個小村，雉堞殘敗，戍樓半傾，正是古代防禦內戰或抵抗摩爾人侵略的堡壘。直到今日，由於強盜到處打劫，西班牙大半地區的農民仍然保持了群居互衛的風俗。」

西班牙人煙既少，地又荒蕪，所以伊爾文在漫漫的征途之中，可以眺見孤獨的牧人在驅趕走散了的牛群，或是一長列騾子緩緩蹽過荒沙，那景象簡直有幾分像阿拉伯。其時境內盜賊如麻，一般人出門都得攜帶武器，不是毛瑟槍、喇叭槍，便是短劍。旅行的方式也有點像阿拉伯的駝商隊，不同的是西班牙，從比利牛斯山一直到陽光海岸（Costa del Sol），縱橫南北，維持交通與運輸的，是騾夫組成的隊伍。這些騾夫（arrieros）生活清苦而律己甚嚴，粗布背囊裏帶著橄欖一類的乾糧，鞍邊的皮袋子裡裝著水或酒，就憑這些要越過荒山與燥野。他們例皆身材矮小，但是手腳伶俐，肌腱結實而有力，臉色被太陽曬成焦黑，眼神則堅毅而鎮定。這樣的騾隊人馬眾多，小股的流匪不敢來犯，而全副武裝馳著安達露西亞駿馬的獨行盜呢，也只敢在四周逡巡，像海盜跟著商船大隊那樣。接下來的一段十分有趣，我必須再引譯伊爾文的原文：

「西班牙的騾夫有唱不完的歌謠可以排遣走不盡的旅途。那調子粗俗而單純，變化很少。騾夫斜坐在鞍上，唱的聲音高亢，腔調拖得又慢又長，騾子呢則似乎十分認眞地在聽賞，而且用步調來配合拍子。這種雙韻的歌謠不外是訴説摩爾人的古老故事，或是什麼聖徒的傳説，或是什麼情歌，而更流行的是吟詠大膽的私梟或無畏的強盜，因爲這兩種人在西班牙的匹夫匹婦之間都是動人遐想的英雄。騾夫之歌往往也是即興之作，説的是當地的風光或是途中發生的事情。這種又會歌唱又會乘興編造的本領，在西班牙並不稀罕，據説是摩爾人所傳。聽著這些歌謠，而四周荒野寂寥的景色正是歌詞所唱，偶爾還有騾鈴叮噹來伴奏，眞有豪放的快感。

「在山道上遇見一長串騾隊，那景象再生動不過了。最先你會聽到帶隊騾子的鈴聲用單純的調子打破高處的岑寂，不然就是騾夫的聲音在苛責遲緩或脱隊的牲口，再不然就是那騾夫正放喉高唱一曲古調。最後你才看到有騾隊沿著峭壁下的隘道遲緩地迂迴前進，有時候走下險峻的懸崖，人與獸的輪廓分明地反襯在天際，有時候從你腳下那深邃而乾旱的谷底辛苦地攀爬上來。行到近前時，你就看到他們捲頭的毛紗，總帶，和鞍褥，裝飾得十分鮮豔；經過你身邊時，馱包後面的喇叭槍掛在最順手的地方，正暗示道路的不寧。」

3

伊爾文所寫的風土民情雖然已是一百五十年前的西班牙，但證之以我的安達露西亞之旅，許多地方並未改變。今天的西班牙仍然是沙多樹少，乾旱而荒涼，而葡萄園、橄欖林、玉米田和葵花田裡仍然是渺無人影。盜賊呢應該是減少了，也許在荒郊翦徑的匪徒大半轉移陣地，到鬧市裡來翦人荷包了，至少我在巴塞隆納的火車站上就遇到了一個。至於那些土紅色的古堡，除了春天來時用滿地的野花來逗弄它們之外，都已經被匆忙的公路忘記，儘管雉堞儼然，戍塔巍然，除了苦守住中世紀的天空之外，也沒有別的事好做了。

最大的不同，是那些騾隊不見了。在山地裡，這忍辱負重眼色溫柔而哀沉的忠厚牲口，偶然還會見到。在街上，還有賣藝人用牠來拖咿咿唔唔的手搖風琴車。可是漫漫的長途早已伸入現代，只供各式的汽車疾馳來去了。不過，就在六十年前，夭亡的詩人洛爾卡（Federico García Lorca，一八九八—一九三六）吟詠安達露西亞行旅的許多歌謠裡，騾馬的形象仍頗生動。其中給我印象最深的，是下面這首〈騎士之歌〉：

科爾多巴。
孤懸在天涯。
漆黑的小馬，圓大的月亮，
橄欖滿袋在鞍邊懸掛。
這條路我雖然早認識，
今生已到不了科爾多巴。

穿過原野，穿過烈風，
赤紅的月亮，漆黑的馬。
死亡正在俯視著我。
在戍樓上，在科爾多巴。

唉，何其漫長的路途！
唉，何其英勇的小馬！
唉，死亡已經在等待我，
等我趕路去科爾多巴！
科爾多巴。
孤懸在天涯。

這首詩的節奏和意象單純而有力，特具不祥的神祕感。韻腳是一致開口的母音，色調又是紅與黑，最能打動人原始的感情，而且聯想到以此二色為基調的佛拉曼哥舞與鬥牛。二十年前初讀史班德此詩的英譯，即已十分歡喜，曾據英譯轉譯為中文。三年前去委內瑞拉，有感於希斯巴尼亞文化的召引，認眞地讀起西班牙文來。我耽於這種羅曼斯文，完全出於感性的愛好。首先，是由於西班牙文富於母音，所以讀來圓融瀏亮，盪氣迴腸。像隨時要吟唱一樣。要充分體會洛爾卡的感性，怎能不直接饕餮原文呢？其次，去過了菲律賓與委內瑞拉，怎能不逕遊伊比利亞本身呢？為了去西班牙，事先足足讀了一年半的西班牙文。到了格拉納達，雖然不能就和阿米哥們暢所欲言，但觸目盈耳，已經不全是沒有意義的聲音與形象了。前面這首〈騎士之歌〉，當年僅由英譯轉成中文，今日對照原文再讀，發現略有出入，乃據原文重加中譯如上。論音韻，中譯更接近原文，因為洛爾卡通篇所押的悠揚A韻，中文全保留了，英文卻無能為力。

未去西班牙之前，一提到那塊土地我就會想到三個城市：托雷多，因為艾爾格雷科的畫；格拉納達，因為法耶的鋼琴曲；科爾多巴，因為洛爾卡的詩。我到西班牙，是從法國乘火車入境，在馬德里住了三天，受不了安達露西亞的誘惑，就再乘火車去格拉納達。第二天當然是去遊「紅堡」，晚上則登聖山（Sacromonte），探穴居，去看吉普賽人的佛拉曼哥舞。第三天更迫不及待，租了一輛塔爾波上路，先南下摩特利爾，然後沿著地中海西駛，過畢卡索的故鄉馬拉加，再北上經安代蓋拉，抵名城塞維亞。

而現在是第四天的半上午，我們正在塞維亞東去科爾多巴的途中。藍空無雲，黃地無樹。好不容易見到一叢綠蔭，都遠遠地躲在地平線上，不肯跟來。開了七、八十里路，只越過一條小溪。無論怎麼轉彎，都避不開那無所不在的火球，向我們毫不設防的擋風玻璃霍霍滾來。沒有冷氣，只有開窗迎風，迎來拍面的長途炎風，繞人頸項如一條茸茸的圍巾。我們選錯了偏南經過艾西哈（Eceja）的公路，要是靠北走，就可以沿著瓜達幾維爾河，多少沾上點水氣了。

就是沿著這條漫漫的旱路跋涉去科爾多巴的嗎？六十年前是洛爾卡，一百多年前是伊爾文，一千年前是騎著白駿揚著紅纓的阿拉伯武士，這裡曾經是回教與耶教決勝的戰場，飄滿月牙旌與十字旗。更早的歲月，聽得見西哥德人遍地踐來的蹄聲。一切都消逝了，摩爾人的古驛道上，只留下我們這一輛小紅車冒著七月的驕陽東馳。像在追逐一個神祕的背影。愈來愈接近科爾多巴了，這蠱惑的名字變成一個三音節的符咒祟著我的嘴脣。我一遍又一遍低誦著〈騎士之歌〉：

穿過原野，穿過烈風，
赤紅的月亮，漆黑的馬。
死亡正在俯視著我，

在戍樓上，在科爾多巴。

洛爾卡的紅與黑，我怎麼闖進來了呢？公路在矮灌木糾結的丘陵間左右縈迴，上下起伏，像無頭無尾的線索，前面在放線，後面在收索。風果然很猛烈，一路從半開的車窗外嘶喊著倒灌進來。死亡眞的在城樓上俯視著我麼？西班牙人在公路上開車原就躐等躁進，超起車來總是令你血沸心緊，從針鋒相對到狹路相逢到錯身而過，總令人凜然，想到鬥牛場的紅凶黑煞。萬一閃不過呢？今生眞的到不了科爾多巴？尤其洛爾卡不但是橫死，而且是夭亡，何況我胯下這輛車眞有些不祥，早已出過點事故了。

我的安達露西亞之旅始於格拉納達，而以塞維亞爲東迴的中途站，最後仍將回到格拉納達。昨晚駛入塞維亞，已經是八時過幾分了。滿城的暮色裡，街燈與車燈紛紛亮起，在凱旋廣場的紅燈前面煞車停下，淡玫瑰色的夕照仍依戀在老城寨上，正悠然懷古，說五百年前，當羊皮紙圖上還沒有紐約，伊莎貝拉女皇就是在此地接見志在遠洋的哥倫布，忽然，車熄火了。轉鑰發動了幾次，勉強著火，綠燈早已亮起，滿街的車紛紛超我而去。這情形重複了三次，令人又驚又怒，最後才死灰復燃，提心吊膽地，總算把這匹隨時會仆地不起的駑馬驅策到蒙特卡羅旅店的門口，停在斑剝的紅磚巷裡。這事故，成爲我懷古之旅正妙想聯翩自鳴得意時忽地一記反高潮。晚飯後，找遍附近的街巷不見加油站的影子，更不提修車行了。那家旅店沒有冷氣，沒有冰箱，只有一架舊電扇斜吊在壁上，自言自語不住地搖頭。

「明天怎麼辦？」

朦朧之間不斷地反問自己，而單調的軋軋聲裡只有那風扇在搖頭。整夜我躺在疑慮的崖邊，不能入眠。第二天早餐後，我存說不如去找當地的赫爾茨租車行。電話裡那赫爾茨的職員用英語說：「你開過來看看。」我們開了過去，向他訴苦：「萬一在荒野忽然熄火，怎麼辦？」他說可以把車留給他們修。我說這一修不知要耽擱多久，我們等不及了。正煩惱之際，有顧客前來還車，他說：「換一輛給你們如何？」我們喜出望外，只怕他會變卦，立刻換了另一輛車上路。

定下神來，才發現這架車也是塔爾波，雖然紅色換了白色，其他的裝備，甚至脾氣，依然是表兄表弟。在出城的最後一盞紅燈前，啊哈，同樣熄了一次火。居然勸動它重新起步，而且一口氣喘奔了兩個多鐘頭，但是危機感始終壓在心頭。睡眠不足的飄忽狀態中，昨夜的風扇又不祥地在搖頭。不久風扇搖成了風車，巨影幢幢而不安。而胯下這輛靠不住的車子也喘啊哮啊，變成了故事裡那匹駑馬，毛長骨瘦的洛西南代（Rocinante）。唸咒一般我再度吟哦起那祟人的句子：

死亡正在俯視著我，

在戍樓上，在科爾多巴。

於是西班牙的乾燥與荒涼隨炎風翻翻撲撲一起都捲來，這寂寞的半島啊，去了腓尼基又來了羅馬，去了西哥德又來了北非的回教徒，從拿破崙之戰到三十年代的內戰，多少旗幟曾迎風飛舞，號令這紛擾的高原。當一切的旌旗都飄去，就只剩下了風，就是車窗外這永恆的風，吹過野地上的枯草與乾蓬，吹過鋸齒成排的山脈與冷對天地的雪峰，吹過佛拉曼哥的頓腳踏踏與響板喀喇喇，擊掌緊張的劈劈拍拍，弦聲激動的吉他。

七十五．八．七

問題與應用

1. 你瞭解西班牙的文化與風俗嗎？找朋友討論彼此的「西班牙印象」。
2. 西班牙的佛朗明歌舞蹈和鬥牛聞名全世界，探討其來源為何？

延伸閱讀

1. 余光中《白玉苦瓜》。

2. 朱自清《歐遊雜記》。
3. 歌劇「卡門」。
4. 世界名曲「散塔露西亞」。

李幸長、吉廣輿編撰

物我共生的桃花源

導讀

莊子說：「天地與我並生，萬物與我爲一」，說出了人與自然同源並生的道理，同時指出人類與自然息息相關。人是自然界的一分子，如果靜心思考，其實只不過是宇宙中的微粒而已。因此認識並尊重自然，從中學習，獲得啓示，與之和諧相處，才是人類永續發展的根本。

本單元從「一粒砂見世界」發端，觀察、欣賞自然環境中的一草、一木、山、水、日、月、風、雲……等，並藉由生活的實際感受，體驗環境有形的詮釋與對話。因爲，環境的生命與活力，時時向人類訴說著自然的奧妙，讓我們從其中得到指引與啓發。當我們在面對自然與環境的同時，如何思索與其和諧共處，並在自己生命旅程中重新認識自己，認識環境，感受人與環境互動的重要性，並在榮枯依存的認知中，更加珍惜與愛護，達到永續和諧的境界。

爲了學習前人面對環境與自然的智慧，兼及現今所處環境的體悟，選文從閱讀環境與發現自然之美開始，以認識學習的心態爲宗旨，期能建立獨特的審美觀與自信心，進而愛護自然、保護環境。

因此，選文以古今文學作爲教學教材，其中有些是歷史經驗與記述，有些是現今我們時時可能遇見的周遭環境，兩者相互對應比較，用以得知今昔之變，進而達成鑑古惜今的效果。例如郁永河〈北投硫穴記〉，說的是清朝康熙年間，北投採硫礦的歷史軌跡與當時風物。鄭用錫的〈颶風〉詩，描述的是乾隆時期台灣發生的颱風事件，可以讓我們知道自然力量對環境的影響，至今仍然時時存在。蘇軾〈記先夫人不殘害鳥雀〉一文，除了讓我們慈悲對待萬物之外，根據現今生物生態研究，發現鳥類生存環境的優劣，關係著人類生存空間的良窳；現今文學如陳列的〈玉山去來〉，透過玉山書寫的主題，作爲熱愛自然的媒介，目的在於喚醒對環境的認識。曾貴海的〈小水滴遊高屏溪〉，藉由小水滴的遊歷，描述高屏溪的環境生態，並呼喚人們對溪流與陸地的愛護。廖鴻基〈奶油鼻子〉，描寫瓶鼻海豚與人互動的情形，提醒我們重視海洋生態。這些選文所記述的，都是現今我們隨時可能相遇的環境心情。因此，研讀選文，最最主要的目的，是在提供、提醒我們認識、欣賞，進而疼惜並保護自然環境，以利人類的生生世世。

林天祥編撰

颶風

鄭用錫

作者、題解

鄭用錫生於清乾隆五十三年（公元一七八八年），卒於咸豐八年（公元一八五八年）。字在中，號祉停。淡水廳竹塹人，也就是現在新竹。道光三年（公元一八二三年）中進士，爲臺灣原籍高中進士第一人，故有「開台黃甲」的美譽。平時關心鄉里，所作《北郭園全集》多有悲憫農民之情。辭官後，常邀集騷人墨客相與吟詠，爲「竹塹七才子」之一。

本詩是屬律詩，篇首以「秋」字點出臺灣颱風產生的季節，再用形象語言描寫颶風，使人讀之如在目前，有驚心動魄之感。詩中雖只是短短八句，已經豐富的將臺灣夏秋之際的颱風現象，描繪得生動傳神。雖如此，但鄭用錫眞正的用意卻側重在農作的損害，其中「最是關情收穫近」，正是本詩的詩眼，可見詩人的用意不僅僅只在詩藝，其關心民瘼之處，更是用力的精神所在。

課文

秋風一夜起狂飆❶，颶母西來怒氣驕❷。
何似排雲驅萬馬❸，乍疑傳箭落雙鵰❹。
傾摧樹木山皆動，噴激波濤水亦搖。
最是關情收穫近，田疇禾稼恐枯焦❺。

問題與應用

1. 颶風與颱風有何不同？
2. 颶風對臺灣是好事還是壞事？
3. 颶風的暴起像不像一個暴怒的人？
4. 颶風給你怎樣的啓示？

❶狂飆：形容颶風暴起的樣子。
❷驕：指颶風狂肆亂吹，縱橫摧掃。
❸萬馬：形容風速如萬馬奔騰，氣勢莫敵。
❹傳箭：形容風速之快，有如飛箭之速。
❺枯焦：極言颶風過後農作殘敗的情形。

延伸閱讀

1. 蘇過〈颶風賦〉。
2. 歐陽脩〈秋聲賦〉。

林天祥、蔡舜寧編撰

北投硫穴記

郁永河

作者、題解

郁永河（生卒年不詳），字滄浪，清代浙江仁和人（即現在浙江杭州），康熙年間秀才。曾任閩知府王仲千同知幕賓，喜遊歷，期間遊遍福建各地。康熙三十五年（公元一六九六年），因福州府火藥庫炸毀，損失數十萬斤火藥，此時任職幕僚的郁永河，主動請命赴臺採硫。康熙三十六年春，由福建出發，經廈門、金門，二月到達臺南安平，從鹿耳門（臺江內海出海口）上岸，隨後率領衆人往淡水，再至北投採硫。此事，連雅堂《臺灣通史》中有載。期間將一己所見所聞之風土民情與遭遇，以日記形式寫成《裨海紀遊》❶，其內容涉及時事、番政，地理、風物，爲早期臺灣紀錄的珍貴史料。《裨海紀遊》共分上中下三卷，本篇出自卷中。全文以作者奉命來臺採硫，其中記錄沿途跋涉之艱辛，與親眼目睹沿途之奇景。

文分五段：首段記述探尋硫穴與途中路況，次段歷記沿途叢林景色，三段再描繪深林景致，與初見硫穴情景，四段塗寫硫穴週遭草木不生，荒焦之況，並詳敘硫穴之地熱與沸泉，撼人心神；末

❶裨海：即小海，作者以「裨海」指稱臺灣。

段以硫穴令人難忘之聲景作結，回映前文經歷情形。

課文

余問番人❷硫土❸所產，指茅廬後山麓間。明日，拉顧君偕往❹，坐莽葛❺中，命二番兒操楫❻緣溪入，溪盡爲內北社❼。呼社人爲導，轉東行半里，入茆棘中。勁茆高丈餘，兩手排之，側體而入。炎日薄❽茆上，暑氣蒸鬱，覺悶甚。草下一逕，逶迤僅容蛇伏❾。顧君濟勝有具❿，與導人行輒前，余與從者後，五步之內，已各不相見，慮或相失，各聽呼應聲爲近遠。

約行二三里，渡兩小溪，皆履而涉。復入深林中，林木蓊翳⓫，大小不可辨名，老藤纏結其上，若虯龍環繞。風過葉落，有大如掌者。又有巨木裂土

❷番人：指當時非漢人者的代稱。
❸硫土：指硫磺。
❹顧君：與郁永河同行採買的友人
❺莽葛：爲凱達格蘭族語Banka的音譯，即所謂獨木舟，或譯作「艋舺」、「蟒甲」。
❻操楫：划槳。
❼內北社：即今北投附近。
❽薄：曝曬。
❾逶迤僅容蛇伏：形容路徑狹小彎曲。
❿濟勝有具：指體魄強健，具有登山涉水之先天優良條件。
⓫蓊翳：音ㄨㄥˇ 一ˋ，草木茂盛的樣子。

而出，兩葉如蘗⑫，已大十圍，導人謂楠也⑬。楠之始生，已具全體，歲久則堅，終不加大，蓋與竹筍同理，樹上禽聲萬態，耳所創聞，目不得睹其狀，涼風襲肌，幾忘炎暑。

復越峻坂⑭五六，值大溪，溪廣四五丈，水潺潺巉石間，與石皆作藍靛色。導人謂此水源出硫穴，下是沸泉也。余以一指試之，猶熱甚，扶杖躡巉石渡，更進二三里，林木忽斷，始見前山。又陟一小山顛，覺履底漸熱，視草色萎黃無生意，望前山半麓，白氣縷縷，如山雲乍吐，搖曳青嶂間。導人指曰：「是硫穴也。」風至，硫氣甚惡。

更進半里，草木不生，地熱如炙。左右兩山多巨石，爲磺氣所觸，剝蝕如粉。白氣五十餘道，皆從地底騰激而出，沸珠噴濺，出地尺許。余攬衣即穴旁視之，聞怒雷震蕩地底，而驚濤與沸鼎聲間之，地復岌岌⑮欲動，令人心悸。蓋周廣百畝間，實一大沸鑊，余身乃行鑊蓋上，所賴以不陷者，熱氣鼓之耳。右旁巨石間，一穴獨大，思巨石無陷理，乃即石上俯瞰之。穴中毒焰撲人，目不能視，觸腦欲裂，急退百步乃止。左旁一溪，聲如倒峽⑯，即沸泉所出源

⑫蘗：音ㄋㄧㄝˋ，萌芽。
⑬楠：音ㄋㄢˊ，是一種常綠喬木，爲建築及製造器物之良材。
⑭峻坂：石板陡峭的山坡。
⑮岌岌：危險的樣子。
⑯倒峽：即瀑布。

也。

還就深林小憩，循舊路返，衣染硫氣，累日不散，始悟向之倒峽崩崖，轟耳不輟者，是硫穴中沸聲也。

問題與應用

1. 你是否到北投泡溫泉的經驗？
2. 關子嶺的溫泉與北投溫泉有何差異？
3. 請你描寫風景記遊一篇。

延伸閱讀

1. 柳宗元〈愚溪詩序〉。
2. 孟浩然〈與諸子登峴山〉。
3. 袁宏道〈飛來峰〉。

林天祥、蔡舜寧編撰

記先夫人不殘害鳥雀

蘇軾

作者、題解

蘇軾（公元一〇三七—一一〇一年），字子瞻，號東坡居士，宋眉州眉山（今之四川眉山）人。蘇洵之子，與其弟蘇轍，皆有文名，後人譽稱三蘇。嘉祐二年中進士乙科，由於文章器識卓越，頗受歐陽脩賞識。熙寧間王安石力主新法，東坡先生因理念不同，乃通判杭州，後徙知密州、徐州、湖州。元豐二年又因烏臺詩案，貶謫爲黃州團練副使。不久拜龍圖閣學士、出知杭州、潁州、楊州、定州，這期間又曾召回，任禮部尚書等職。一生爲黨爭所累，紹聖初最遠曾貶至儋州（今之海南島）。可謂宦海浮沉，命運多舛。

東坡先生思想融會儒、釋、道三家，既保有用世襟抱，又能消釋平生順逆之氣，雖多次於黨爭之中感受「命若湯雞」，猶能安然自處。其文學成就古今少見，能於法度之中出新意，在豪放之外又能寄妙理。嘗自評其文曰：「吾文如萬斛泉源，不擇地皆可出，在平地滔滔汩汩，雖一日千里無難。及其與山石曲折，隨物賦形，而不可知也。所可知者，常行於所當行，常止於不可不止，如是而已矣。」其詩、詞、賦常帶有散文特性，造成有宋一代文學特有風格。散文與歐陽脩並稱「歐蘇」，詩歌與黃庭堅並稱「蘇黃」，詞作一變而爲境界雄健奔放，開宋代豪放之風，與辛棄疾並稱

「蘇辛」，書畫皆為能手，書法與黃庭堅、米芾、蔡襄合稱宋四大家，可說是全才文人，卒謚文忠。

本文主旨有三，一是記述其母之慈念，從思念其母而顯其慈愛萬物之德；其次藉由不殘鳥雀（尊重生命），並申言物我與環境的關係；其三是意在言外，批判人之惡者，甚於蛇鼠。

課文

吾昔少年時，所居書室前，有竹柏雜花，叢生滿庭，眾鳥巢❶其上。武陽君❷惡❸殺生，兒童婢僕，皆不得捕取鳥雀。數年間，皆巢於低枝，其鷇可俯而窺也❹。又有桐花鳳❺四、五百，翔集其間。此鳥羽毛，至為珍異難見，而能馴擾❻，殊不畏人。閭里間見之，以為異事。此無他，不忮之誠❼，信於異類也❽。有野老言：鳥雀巢去人太遠，則其子有蛇、鼠、狐狸、鴟、鳶之憂，人既不殺，則自近人者，欲免此患也。由是觀之，異時鳥雀巢不敢近人者❾，以

❶巢：在此當動詞，築巢也。
❷君：即蘇母程氏，受封為「武陽君」。
❸惡：厭惡，顯見其母之慈愛。
❹鷇：音ㄎㄡˋ，須由母鳥餵哺之幼鳥。
❺桐花鳳：是一種形似鸚鵡，且體型略小。由於羽毛五色，綠色為多，性溫馴。暮春時節，常棲息於桐花樹上，故稱「桐花鳳」。
❻馴擾：柔順而從人意。
❼忮：忮音ㄓˋ，嫉妒的意思。
❽異類：指不同族類。
❾異時：如果有一天。

人甚爲於蛇、鼠之類也。「苛政猛於虎」，信哉！

問題與應用

1. 你認為鳥類與我們的相關性為何？
2. 請你講述一件你曾經尊重生命的例子。
3. 請你敘述母親慈悲待人接物的例子。

延伸閱讀

1. 歐陽脩〈畫眉鳥〉。
2. 莊子〈內篇・養生主〉：「澤雉十步一啄，百步一飲，不蘄畜乎樊中。神雖王，不善也。」

林天祥、蔡舜寧編撰

玉山去來

陳列

作者、題解

陳列，本名陳瑞麟，臺灣嘉義人。公元一九四六年出生於嘉義農村，嘉義中學畢業後，考取淡江大學英文系。一九六九年移居花蓮，擔任國中英語教師。陳列出身農家，文學創作多以散文爲主，文章主題，以關懷臺灣土地與人民爲主要訴求。

本文記錄了玉山山勢與雲霧飄渺之美，也抒發了對自然的戀慕與謙遜之情。其中文字樸實而曉暢，不論敘事、寫景或抒情，皆能建構出感人的情境，兼具知性與感性的精神內涵。文中透過玉山書寫的主題，作爲熱愛自然的媒介，目的在於喚醒對環境的認識，並重視環境與人類親密關係的永續，最後形成土地、文化、社區與生活的聯結。進而熱愛鄉野田園，並帶動環境倫理的實踐力量。

玉山被譽爲臺灣的聖山，它本身就是一座活的自然與人文教室。登玉山，可以感受天地的開闊，向自然學習謙卑，登玉山，要先從認識與尊重開始。站在台灣第一高峰，俯瞰家園山川，令人振奮與感動。而玉山的堅毅與純淨，更是臺灣四百年來，代代生生不息的象徵。

玉山位處臺灣的中央，海拔三千九百五十二公尺，有東亞第一高峰之稱。至於「玉山」之名，起源何時，目前尚不可考。康熙年間，漳浦書生陳夢林在〈望玉山記〉一文中，曾言及「玉山之名莫知於何始」，由此推知玉山之名於清代時，就已爲時人所知曉。❶郁永河《番境補遺》中說：「玉山在萬山中，其山獨高，無遠不見；巉巖峭削，白色如銀，遠望如太白積雪。四面攢峰環繞，可望不可即，皆言此山渾然美玉。」從此文獻中，約可推測，玉山之名可能是漢人來臺遠看「此山渾然美玉」，因而得名。

1

崎嶇的碎石小徑在無邊的漆黑中循著陡坡面曲折上升。我臨時隨行的一支欲登玉山頂觀日出的隊伍，自從出了冷杉林，進入海拔約三五五〇公尺的森林界線以後，已因成員體力的不一而斷隔爲好幾截；我看到她們的手電筒或頭燈的微光點綴在上下的數個路段上，在黑暗裡搖晃。那些不時閃現的人影、岩坡和低矮的圓柏叢，全如魅影般。

由於沒有了樹林的遮擋，風稍大了，夾著凌晨近四時的森冷寒氣，從難以辨

❶玉山本名，原是「八通關山」。據曹族的傳說，他們的祖先原來是居住在玉山之巔，稱之爲「Pat-tonkan」（八通關）。後來因玉山之名太響亮又好聽，這原始土名，反而被移至玉山東北方的草原地上，即今所稱的八通關。玉山於一九八五年列爲國家公園，由於高山氣象多變，以及豐富的地質景觀與動植物生態，又有古道之人文古蹟，是登山者的最愛之一。

認的方向綿綿襲滲而來。裹在厚重衣服裡的身軀，卻因吃力攀爬而是熱的。四周也仍相當安靜，只有偶爾從那寂寂黑色中響起的前後人員的傳呼應答，或是石片在暗中某處唰唰滑落滾動的聲音。我一邊聽那聲音在我身旁飄浮懸蕩，一邊聽著自己的心跳和踩在碎石上的跫音，一步步地繼續往那黝黑的高處摸索，彷彿是史前地球上的一個跋涉者。

經過幾小段碎石坡以後，矮樹也漸少了，風，卻更強勁，陣陣拍打著身邊的裸岩，咻咻刮叫。我斜靠在一處樹石間休息，腳下的急斜坡掩沒在黑暗裡，而很遠很遠的底下，是數公里外嘉南平原上和高雄地區依稀聚集的燈光。天空仍是濃濃墨藍，只有很少的幾顆很亮的星。

路愈往上愈坎坷，呈之字形一再轉折，沿鬆脆的石壁而上。我儘量調整呼吸，配合著放下每一個斟酌過的步伐。而就在這專注中，天終於開始轉亮，晨光漸漸，在我身旁和腳下開始幽微浮露出灰影幢幢的巉岩陡崖。驚懼的心反而加重了。

到達位於玉山山脈主脊上的所謂風口的大凹隙時，形勢大改。山野大地好像在我來不及察覺之際忽然在我腳下翻轉了半圈；上坡時一路被暗暝龐大的嶺脈遮住的東邊景觀，轉瞬間出現在我一下子舒放拉遠開來的眼底裡。大斜坡、深谷、北峯，以及從北峯傾斜東去的山嶺，都在薄薄的曙色風霧中時隱時現。寒風囂叫，從那屬於荖濃溪源頭的谷地吹掃過來，沿著大碎石坡，直向這個風口猛衝。

我緊緊倚扶著危巖，努力睜眼俯瞰錯落起伏的山河，心中也一陣陣的起伏。然後，當我手腳並用地爬過最後一段顫巍巍破碎裸露的急升危稜，終於登頂後，我就看到那場我從未見識過的高山風雲激烈壯闊的展覽了。

2

這是四月初的時候，清晨近五點，我第一次登上玉山主峰頂。當我正是氣喘吁吁，驚疑的心神仍來不及落定時，山頂上那種宇宙洪荒般詭譎的氣象，剎那間就將我完全鎮懾住了。

一片洪荒初始的景象。

大幅大幅成匹飛揚的雲，不斷地一邊絞扭著，糾纏著，蒸騰翻滾，噴湧般綿綿不絕從東方冥冥的天色間急速奔馳而至，灰褐乳白相間混，或淡或濃，瞬息萬變，襯著灰藍色的天，像颶風中翻飛得卷絲，像散髮，狂烈呼嘯，衝捲，聲勢赫赫，一直覆壓到我眼前和頭上，如山洪的暴濺吟吼，如宇宙本身以全部的能量激情演出的舞蹈，天與地以及我整個人，在這速度的揮灑奔放中似乎也一直在旋轉搖盪著，而奇妙的是，這些雲，這些放肆的亂雲，到了我勉強站立的稜線上方，因受到來自西邊的另一股強大氣流的阻擋，卻全部騰攪而止，逐漸消散於天空裡。

而在東方天際與中央山脈相接的一帶，在這些喧囂狂放的飛雲下，卻另有一些幾乎沉沉安靜的雲，成水平狀橫臥，顏色分爲好幾個層次，赭紅色、粉紅的、金黃的、銀灰的、暗紫的，彼此間的色澤則細微地不斷漫漶濡染著，毫無聲息，卻又莫之能禦的。

然後，就在那光與色的動晃中，忽然那太陽，像巨大的蛋黃，像橘紅淋漓的一團烙鐵漿，蹦跳而出，雲彩炫耀。世界彷彿一時間豁然開朗，山脈谷地於是有了較分明的光影。

這時，我也才發現到，大氣中原先的那一場壯烈的展覽，不知何時竟然停了。風雖不見轉弱，頭頂上的煙雲卻已淡散，好像天地在創世之初從猛暴的騷動混沌中漸顯出秩序，也好像交響樂在一段管弦齊鳴的昂揚章節後，轉爲沉穩，進入了主題豐繁的開展部。

我找了一個較能避風處，將身體靠在岩石上，也讓震撼的心情慢慢平息下來。

3

啊，這就是臺灣的最高處，東北亞的第一高峯，三九五二公尺的玉山之巔了，嶔奇孤絕，冷肅硬毅，睥睨著或遠或近地以絕壑陡崖或瘦稜亂石斷然阻隔或險奇連結著的神貌互異的四周群峯，氣派凜然。

名列臺灣山岳十峻之首的玉山東峯就在我的眼前，隔著峭立的深淵，巍峨聳矗，三面都是泥灰色帶褐的硬砂岩斷崖，看不見任何草木，肌理嶙峋，磅礡的氣勢中透露著猙獰，十分嚇人。我想，在可預見的未來，我是絕對不敢去攀登的。

南峯則是另一番形勢：呈曲弧狀的裸岩稜脊上，數十座尖峰並列，岩角崢嶸，有如一排仰天的鋸齒或銳牙。白絮般的團團雲霧，則在那些墨藍色的齒牙間自如地浮沈游移，陽光和影子愉悅地在獰惡的裸岩凹溝上消長生滅。而二公里外的北峯，白雲也時而輕輕籠罩，三角狀的山頭此時看來，相形之下就可親近多了，在綠意中還露出了測候所屋舍的一點紅。

中央山脈的中段在似近又遠的東方，大致上，或粉藍或暗藍，從北到南一線綿亙，蜿蜒著起起伏伏，自成爲一個更大的系統，兩端都溶入了清晨溶溶的天光雲色裡，中間的若干段落也仍被渾厚的雲層遮住，但浮在雲上的一些赫赫有名的山頭，卻是可以讓我快樂地一邊對照著地圖一邊默默叫出它們的大名：馬博拉斯、秀姑巒、大水窟山、大關山、新康山……。它們一一來到我的心中。

我站起來，在瘦窄的脊頂上走動。落腳之處，黑褐色的板岩破裂累累，永在崩解似的。岩塊稜角尖銳，間雜著碎片與細屑，四下散置。我就在這些粗礪又濕滑的碎石堆中謹愼戒懼地走著，辛苦抵擋著從西面吹來的愈來愈強盛的冷風。我勉強張眼西望，看到千仞絕壁下那西峯一線的嶺脈和楠梓仙溪上游的一段深谷，都蒙在一片渺茫淡藍的水氣裡。阿里山山脈一帶，則遠遠地橫在盡頭，有如屏障一般，山與天也是同樣粉粉的淡藍，只是色度輕重不一而已。

實在非常冷。我恍悟到耳朵幾乎凍僵了，摸起來麻麻刺刺的。那支登山隊的幾位隊員在急勁酷寒的風中顫抖著身子。有人得了高山症，臉色一陣白似一陣，呼吸困難，身軀直要癱軟下來的樣子。我的溫度計上指著攝氏二度。

4

後來我才曉得，山有千百種容貌和姿色。

這一年來，我三次登上玉山主峰頂。一月中旬，有一次我在雪花紛飛中穿過冷杉林之際，曾被那深厚濕滑的冰雪地阻斷了最後的一段一公里多的登頂路程。繼四月底的初登經驗之後，六月底，我大白天二度登臨，只見濕霧迷離，遠近的景觀幾乎都模糊一片，只有偶爾在那霧紗急速地飄忽飛揚舞踊的某個瞬間，才隱約露出局部的某個斷稜或山壁。

但隔一週後摸黑再上山時，遭遇竟又迥然不同。難得的風輕雲也淡。最迷人的則是日出前後東北方郡大溪一帶的景色。在那溪谷上，霧氣氤氳，濛濛寧謐的水藍。層層疊置著一起從兩旁緩緩斜入溪谷地的山嶺線，便全都浴染在那如煙的藍色裡，彷彿那顏色也一層疊著一層，漸遠漸輕，滿含著柔情。

這個早晨，似乎仍是地球上的第一個早晨，永遠以不同的方式和樣貌出現的高山世界的早晨。當旭日昇起，在澄淨的蒼穹下，臺灣五大山脈中，除了東部的海岸山脈之外，許多名山大嶽，此時都濃縮在我四顧近觀遠眺的眼底，所有的那些或伸展連綿或曲扭褶疊的嶺脈，或雄奇或秀麗的峰巒，深谷和草原，斷崖和崩塌坡，都在閃著寒氣，變動著光影，氣象萬千，整個的形象卻又碩大壯闊，神色則一般地寧靜無比。這個時候，光和風雲，以及其他什麼時候的雨雪雷電，都瞬息萬變地在這個山間世界裡作用嬉戲，讓山分分秒秒地改變著它的形色與氣質。然而就在那捉摸不定的特性裡，透露的卻又是巨大無朋、如如不動的永恆的東西，讓人得到鼓舞與啓示的東西，例如美或者氣勢，動與靜的對立與和諧，生機與神靈。

我一次又一次地在玉山頂來回走動，隱約體會著這一類的訊息，時而抬頭四顧巡逡，一邊再默默念起各個山峰的名字。一種對天地的戀慕情懷，一種臺灣故鄉的驕傲感，自我心深處汩汩流出，一次深似一次。

5

臺灣，其實，不就是一個高山島嶼嗎？或者更如陳冠學所謂的，「臺灣以整個臺灣，高插雲霄」。

兩億五千萬年以前，當時的亞洲大陸的東方有一個海洋，來自陸塊的砂、泥等沉積物經年累月在陸棚和陸坡上堆積。

七千萬年前，大陸板塊與海洋板塊開始碰撞，產生了巨大的熱與力的作用，原來的沉積岩廣泛變質。臺灣以岩石的面貌初次露出水面。

此後的漫長歲月裡，這個區域漸回復平靜，臺灣島與大陸之間的地槽再度累聚起厚厚的沉積物，冰河的融化則使臺灣島又沒入海面。

四百多萬年前，一次對臺灣影響最大的造山運動發生了。菲律賓海洋板塊由東方斜著撞上了臺灣東部，使臺灣島的基盤急速隆起，地殼抬升，使岩層再次褶皺斷裂，變形變質。這些斷層，亦即近南北方向的斷層，是臺灣一種出現頻繁的地質構造。本島南北平行的幾個大山脈，也正是這種來自東西方向的劇烈擠壓造成的，臺灣因此高山遍佈。

因此，臺灣以拔起擎天之姿，傲立海中。

在這個島上，海拔超過三千公尺的名山，達三百餘座。面積僅有三萬六千平方公里的一個海島，竟坐擁這麼多高山峻嶺，舉世罕見。

目前，這兩大板塊衝撞擠壓所產生的抬升起用，仍在進行。

我所站立的這座玉山，正就是地殼上升軸線經過之處。我置身的玉山山脈和眼前的這一段中央山脈，也正是臺灣山系的心臟地帶，座落在臺灣高山世界的最高處。

6

我一次又一次走入山區，在玉山頂碎裸的岩石間踱步，時而環顧那些既殊形詭狀又單純重覆疊置著淡入遠天或浮露於閒雲間的峰巒，當世界遼闊清亮的時候；而當風生雲湧，冷氣颼颼刺痛著我寒凍的臉孔，所有的景物和生命跡象又都急急隱沒了，甚或細密的雨陣排列著從某個方位橫掃而來，夾著風與霧，消失了一座又一座的山谷和森林。清明中見瑰麗，晦暗動盪中更仍是大自然無可置疑的巨大與神奇。

我於是開始漸能體會學者所說的臺灣這個高山島嶼的一些生界特質了。不眞的，假使沒有這些攢簇競立的大山長嶺，臺灣的幅員將顯得特別狹小，不見高深，風景則變得平板單調，沒了豪壯氣勢與豐富的姿采，而人與其他生物也勢必有著迥異於目前的生息風貌的吧。

對於生界的特色，氣候是關鍵性的決定因子，而對於臺灣的氣候，我眼際裡的這些重重高山，正有著莫大的正面作用，像一道道相倚並峙的屏障般，在冬夏兩季期間，分別攔下了來自東北與西南的季風氣流，使得島上年年都有充沛的雨水，孕育出蒼翠的森林，並將全島滋潤的難見不毛之地。座落於島上中央地帶的整個玉山國家公園，也因而成爲臺灣最重要的集水區。濁水溪、高屏溪和東部的秀姑巒溪這三條臺灣島上的大水系，都以這裡爲主要的發源地。

臺灣山勢的崇高，也使溫度、氣壓和風雨都受到極大的影響而呈垂直變化，在海拔不同的地區造成極其明顯的氣候差異，使原屬亞熱帶短距離緯度內的台灣，出現了寒溫暖熱的諸種氣候型。動植物的類型，當然也就隨海拔位置的不同而大有變異。

臺灣垂直高度近四千公尺，從平原走上玉山頂，就氣候和草木的變化來說，微地形、微氣候和微生態系姑且不論，大略等於從此地向北行四千公里。一個蕞爾小島竟有如此紛歧的氣候型和生態系，這又是世界難有其匹的。

臺灣就是一座山，一座從海面升起直逼雲天且蘊藏著豐富生命資源的巍巍大山。這是造化奇特的賜予。我們大部分人大部分時間就在它的腳下生聚行住。我在玉山地區三番兩次進出逗留，總覺得自己已走進它的源頭了。

7

這個源頭，基本上，卻相當荒寒。

設於海拔三八五〇公尺之玉山北峰的測候所，測得的玉山地區年均溫是攝氏三・八度。攝氏五度的等溫線大致與海拔三五公尺的等高線相合。而三千公尺以上的地區，在冬季乾旱不明顯時，積雪期可連續達四個月。

一般而言，由於氣候的因素，加上岩石裸露，風化劇烈，土壤化育不良，海拔超過三千六百公尺的地帶無法形成森林，三千八百公尺以上的地區，更可以說是臺灣生育地帶的末端，只能存活著少數的某些草本植物。

我先前幾次走過這個高山草本植物帶時，只覺得滿眼盡是光禿的危崖峭壁，岩層破碎。勁厲的冷風，經常吹襲。這裡像是另外一個世界。間或出現在石屑裡的小草，看起來毫不起眼。我不曾爲它們停留過疲累的腳步。

然而六月底再次經過時，我卻爲它們展露的鮮豔色彩而大感驚訝。荒冷沉寂的高山上突然出現了一片蓬勃的生機。尤其是北峯周圍，可能因坡度較緩，土壤發育較好，花草甚茂，各種色彩紛紛將這個高山地域鑲飾得不再那麼冷硬：紫紅色的阿里山龍膽，晶瑩剔透如薄雪般的玉山薄雪草，藍色的高山沙參，黃色的是玉山佛甲草、玉山金梅和玉山金絲桃，以及在北峯頂上盛開成一大片的白瓣黃心的法國菊……。我開始帶著一本小圖鑑專程去進一步認識它們。

在長期冰封之後，這些高山草花，這時，正進入它們的生長季節。它們正趁著氣溫回升的短暫夏日努力成長，在一季裡匆忙地儘量完成從萌芽至開花、結果以至散播種子的一生歷程。

不過另一方面，我這時卻也開始瞭解到高山野花之所以多爲多年生，原來是有其苦衷的。對許多高山植物而言，籽苗內的養分畢竟有限，無法同時供應成長與孕育種子之需，所以爲了達成繁殖的目的，只得採取分年逐步完成生命循環的策略：第一年全心全意發展根系，次年發芽，然後年復一年的儲存能量，待準備充足後，再驕傲地綻放出美麗的花朵來。

但即使是這麼堅韌的高山岩原植物，在玉山主峯頂上，也已少見。我反而發現了兩棵玉山圓柏。四月底的時候，這一簇出現在峯頂稍南絕崖陡溝中的綠意旁，仍留著一堆殘雪。它們是臺灣最高的兩棵樹。

然而就植物生命而言，地衣則還高過了它們。顏色斑駁地貼生在山巔裸岩上的這些地衣雖屬低等植物，但因不畏高山上必然強烈的風寒和紫外線，且能將假根侵透入岩石內，逐漸使之崩解，使高山上高等植物的生長成爲可能，因此一向是惡劣環境中最強悍的先鋒植物。

至於動物，據說在溫暖的季節，仍會有長鬃山羊、水鹿和高山鼠類在此出沒。但我三度登頂，卻只有在四月底的那一次看到一隻岩鷚。只有一隻。牠長得胖胖的，離我約僅一丈，在板岩碎屑上慢條斯理地走著，毫無怕人的樣子。灰色的小小的頭，時而啄點著地面，時而抬起來四下顧盼，背部灰栗相間的覆羽在刮掃的冷風中不斷地張揚起伏。

這就是臺灣陸棲鳥中海拔分佈最高的鳥類，而且是世界上僅存於我們這個島嶼上的臺灣特有亞種。

可是爲什麼只有一隻呢？牠眞的能在這麼高寒的裸岩間找到果腹的小蟲或植物種籽嗎？興奮之餘，這些都不免令我疑惑。

8

我一再地攀爬跋涉於玉山頂一帶，後來彷彿覺得幾乎要成爲一種迷戀式的追尋甚或膜拜了。我逐漸察覺到，自己似乎愈來愈期待著要在每次的山野漫遊中，在某個時刻，通過高山世界那種亙絕千里的恢宏大氣勢，通過周遭或恆久或瞬息生滅的形色聲氣和律動，去和什麼東西連結起來，譬如土地，譬如時間，等等。我是已體會到了我可以爲之歡欣的某些什麼，但我仍貪婪的希望能確切地把握得更多。

然而，經過了一長段時日之後，玉山頂所有的那些經歷，在記憶中其實有一部分卻已混淆起來：某些個別的興奮心情雖還在，但印象中所有的那些或美麗或偉大的色彩和聲音，形狀和氣質，所有的那些我曾有過的感動或震撼，領會或省悟，最終都混合成單純的某些繫念和啓示，留存在心底裡。

當夏天過去，秋天來到，高山的花季迅速銷聲匿跡，冷霜降臨，多刺的玉山小檗的葉子轉紅了，掉落了。然後是冬天，一片皚白的冰雪世界。那些裸岩、地衣、那兩株海拔最高的圓柏，以及全部的那些堅苦卓絕的高山草花們，都將一體覆蓋在厚厚的白雪下。而那隻孤獨的岩鷚，應該也會往低處移居的吧。

然後，也許四個月之後，春天回來了。然後夏天……。好長好長的一再輪迴的宇宙的歲月，大自然的歲月，我目睹過的那個玉山地區高山世界的歲月。

我懷念這樣悠悠嬗遞著的歲月，同時相信這其中必然存在著可以超越時間的義理和秩序，一些既令人敬畏卻又心生平安和自在，既令人引以為傲卻又願意去謙虛認知的屬於高山、屬於自然、屬於宇宙天地的義理和秩序。

問題與應用

1. 登山應具備哪些事前準備？
2. 登山與人生有何相關與借鑑？
3. 可以說說一次的登山經歷？

延伸閱讀

1. 〈過松源晨炊漆公店〉宋代・楊萬里：「莫言下嶺便無難，賺得行人錯喜歡。進入萬山圈子裡，一山放出一山攔。」
2. 愛亞〈春日且去看花〉，收錄於《開拓文學沃土》蕭蕭主編，臺北：聯合文學，二〇〇五年。

林天祥、蔡舜寧編撰

新中橫的綠色家屋

劉克襄

作者、題解

劉克襄，公元一九五七年生於台中縣烏日鄉，有「鳥人」之稱。由於父親不喜歡資本主義，故為他取名為劉資愧，二歲時改名至今。文化大學新聞系畢業後，曾任職臺灣日報副刊編輯、自立晚報藝文組主任兼副刊主編，以及中國時報人間副刊撰述委員等職。年輕時喜愛賞鳥，並以鳥類生態作為書寫的題材，開啓臺灣自然生態寫作之風。在創作寫生的過程之中，小至昆蟲花草，大至地理文史，多所嘗試，且能深會有得。近來創作則以生態旅遊、古道訪查與社區營造為主。其作品頻頻獲得好評，並獲得不同文類獎項，尤其對臺灣土地的熱愛，以文載道，貢獻頗大。由於長年作生態考察，對於這片土地有深刻的瞭解，將其經驗，形之於文，每能引起共鳴。

本文〈新中橫的綠色家屋〉所要傳達的正是如何面對自然，而能與之安處的精神。這對於一般居住在城市裡，講究發展、快速的價值取向的人來說，無疑是一種啓示。一如其在文中所說的：「保護土地也維護自己健康，將來下一代才能繼續在此安身立命。」

課文

過了山城水里，再往內山行去，只有一條台十六線。這條山路的盡頭，井然二分，看似吉利的數目字也變了。綿長的台二十一線緊貼著中央山脈，但南北風光截然不同。

往北行，不遠處，日月潭坐落著，沿途開闊，景致明媚，一路好山好水。晚近熟知的一些新興的文化創意產業，或者社區營造的示範村落，這兒也散落了那麼好幾處。在此彷彿看得到美好的光景，也看得到未來的發展可能。

若折道向南，俗稱新中橫，道路突地變得窄小，窮山惡水，直通東埔，遙指神木村。過往新聞報導裡，雨季一到，凡新中橫，都是負面的新聞爲多。山崩路斷、土石流橫阻等不好的印象，常攏集而來。

前個月，我臨時要去日月潭附近，拜訪社區營造新景點，一時訂不到附近的，只好上網在就近的水里，找間適合的民宿過夜。初時我們以爲，民宿就在鎮上不遠處。豈知，水里範圍甚大，非區區一小鎮之內含。當我和內人摸黑駕車，尋路抵達台十六線的盡頭，發現不是左轉，竟而非得轉向新中橫時，二人頓時不安起來。

「可以退掉，說不去了嗎？」我一邊轉向，一邊遲疑地囁嚅著。

「可是人家已經準備晚餐，這樣太失禮了。」老婆口氣還是很堅決。

車子又開了三四公里。一路上，左側多爲險峭的山勢，右邊則是開闊的陳有蘭溪。或許是接近山區，夜空不時急落暴衝的陣雨。月光下，溪水看似優美，但時斷時續的豆大雨珠又彷佛提醒著，山洪若爆發，隨時可能會有那種挾著巨大土石，浩蕩奔騰的駭人情景。

我們欲下榻的民宿叫老五民宿，坐落在上安村，一個叫郡坑的小地方。一般地圖上，還不一定註明。連我這樣經常旅行的人，久未走訪，對此地亦是充滿強烈的陌生和疏離。

車子抵達荒涼的村子後，只見街道暗灰灰地，彷佛已半夜多時。單面的一排街屋，幾户人家露出鵝黃之小燈和電視螢幕的閃爍，映照著柏油路上溼答答的水漬之光。從抄錄的地址索驥，我們小心翼翼地沿一條小徑右轉，再陡下而行，彎繞至一河階臺地才結束。這段更沒路燈，只能靠著車燈搜尋。夜色昏暗，我們雖然看不見彼此的臉，但勢必都充滿無奈，彷佛誤上了賊船。

按木牌指示，駛抵民宿規劃的空地後，四周盡是荒郊林野。我們不禁再納悶，想要下榻的民宿到底在哪？直到把行李卸下，又有一牌子指引方向，才豁然有了另一番新境。

眼前一條蜿蜒的幽深小徑，鋪著錯綜的石階，彎彎曲曲地伸入一座庭園。小徑旁並沒有路燈裝置，路面亦有些崎嶇不平。我暗自詫異，這些小細節都沒處理好，該不會民宿還未完工吧？還是老闆爲了省錢而就簡？走沒幾步，才警覺，自己一時心急，大意誤判了。

只見不遠處溪聲潺潺，幾雙流螢緩緩慢飛，周遭蛙鳴亦不斷。若是小徑映射明亮的燈光，恐怕就無此風景了吧？而小徑刻意彎曲，保持原始風味，也有形成多樣風景的功能。我們再舉頭，林子不遠處，一棟二層樓木屋外貌的民宿坐落著，黑瓦白牆散發著和風味，彷彿風景明信片上的畫面。

主人似乎恭候多時，仍在一樓亮著鵝黃小燈的餐廳工作，有機的晚餐也早就備便了。這幾年在家習慣清淡安全的食物，外出旅行吃東西，甚是辛苦，尤其是走訪偏遠地區。沒想到這家民宿在網路上的宣傳，毫無誇張不實之處。二人一邊享用晚餐，自是開懷不已。

我們當初在網路上尋找民宿時，主要便看到了自然農法的介紹，被此一信念而吸引，決定挑此夜宿。但那時還是半信半疑，可能只是廣告噱頭。現在不僅旅途的舟車勞頓終於卸下，連當初訂房的忐忑不安也解除。

桌上的晚餐內容如下：紅麴麵線、土肉桂佐破布子煨苦瓜、有機蔬菜沙拉、金針菇炒洋蔥、花生豆腐，以及梅子燉雞等。幾乎所有食材都採用當地自然農園的物產，或者以自醃漬的食品做爲佐料。這頓簡單而別緻的晚餐，從內容的選擇即可忖度出主人的理念和用心。

飽足後，走上二樓的客房休息，環顧房間內的擺飾果眞無電視、冷氣，外頭亦無卡拉ＯＫ。一般民宿若是如此布置內容，相信遊客必定抱怨不已。但女主人一開始即提醒我們，希望旅人來此敞開心胸，多聆聽周遭自然環境的聲音，而非躲在房間內，觀看電視。我雖欣賞主人的信念，但不免疑惑，到底有多少旅客，願意選擇這等簡樸的民宿環境？

淨身後，下樓再拜訪女主人。她正在餐廳一角，製作多種口味的全麥饅頭。這項副業，如今慢慢地成爲老五民宿的招牌。民宿在此偏遠位置，能夠吸引的旅客著實不多。他們因而發展手作食品，譬如饅頭、釀造醋、醃梅、梅精等，試圖推廣地方物產，同時增添些許收入。

飯後，通常民宿主人都會泡茶，請客人吃些小點心。如果客人願意聊天，他們也樂意分享自己的生活資訊，或當地風物見聞。

這間開業約莫十年的民宿，不只強調建築的家園美學，以及民宿的在地精神。更難得的，當然是懷抱有機的理念經營。過去我偶遇民宿主人，或有生態觀念甚佳者，嘴上喃唸環保，但往往力行有限，那天晚上，針對有機農作，我便進一步探詢莊主在此自給自足的理念。

原來，男主人姓盧，綽號即叫老五，從小在郡坑的鄉野長大。年長後，他到城市的銀行上班。女主人過去也是上班族，擔任山葉鋼琴的老師。後來，他們厭倦緊張而忙碌的都會生活，十多年前決定搬遷回老家。

這樣的返鄉背景，其實在台灣各地比比皆是，並不特別。但接下來的遭遇，似乎才值得反思。返鄉後，老五因爲愛喝茶，決心從事茶業的栽植。他先有在月潭畔購地種茶，起初也灑農藥，但他漸漸困惑，農藥眞能治蟲嗎？小時候認識的害蟲現在依然生生不息，反而是農藥必須不斷推陳出新，更令他沮喪的是，家鄉早已質變，不再如兒時那般淳樸。

「其實這些都是有相關性的，因爲人的要求太多。依照大自然的法則，農作物只能收成一半，但人全都要，就必須灑藥施肥，然後賺比較多的錢，再去買卡拉OK、喝酒……結果有比較好嗎？沒有啊！生活富裕了，精神卻變弱了。我們這兒的人年紀輕輕就中風，體態也全都走樣了。」沒讀過生態學的老五，從生活中累積的體驗，摸索著人和自然的相互關係。

他得到一個結論，大自然有平衡的機制，也決定栽植有機茶葉。只是當時有機之風味未開，較高的售價使得茶葉銷售困難，沒想到又遭遇一場土石流，將茶園沖毀大半，迫使他走向民宿經營之路。

爲何要蓋一間和風味十足的民宿呢？其實，老五只是懷念小時候的鄉村，期待有一棟色澤可以搭配自然環境，同時非水泥的建築。結果跟建築師討論後，搭建出了今日黑瓦白牆的模樣。如今不遠處，他自己和一些友人，利用工作假期，正在興建另一間屋舍，更充滿節能與環保精神。

也不只建築帶著綠色思維施工，連庭園維護亦然。比如，農莊闢建前原有一條長滿水草的彎曲圳溝，過去地方政府花錢疏圳，全部鋪上水泥，九二一地震時崩毀。老五自己開怪手清理，轉而以石塊重新鋪砌河岸，恢復水草多樣生長的世界。桃芝颱風來襲時，即使大水淹沒庭園，溪流仍安然無恙。老五笑說，比水泥還省錢。我們以爲那是生態工法，但那時他根本沒涉獵多少生態知識，只是執著地想要恢復，兒時所看到的溪流環境，有溪蝦和小魚棲息。

還有草坪上，彷彿種植了許多園藝植物，其實不然。老五都堅持本地的原生樹種，搭配民宿的內涵。我們遠眺民宿猶如清靜典雅的京都別墅。細觀之，才知是充滿生態內涵，尊重物種的鄉土農舍。

隔天清晨，我們喝當地出產的羊奶，吃手工全麥饅頭和蔬果沙拉。原本一大早想趕去日月潭，因爲喜愛整體民宿的環境，又好奇老五夫婦的理念，遂刻意再留一些時間，繼續和他們深聊。

我有一個不解，想從他們口中獲得答案。台二十一線貫穿的信義鄉，還有緊鄰此鄉的這裡，大抵是每回颱風時，屢屢發生土石流的地方，也是生態學者詬病，地質最爲脆弱，山坡開發最爲嚴重的環境。夏季一落雨，許多遊客都不太敢前來。他們爲何堅持在此條件相當不利的環境經營民宿，還要宣導有機呢？

老五的回答很乾脆，因爲這是祖先的家園，世代在此成長。

除了實踐自己夢想中的屋舍，他還希望帶動村人一起進行自然農耕，漸漸讓家鄉的土地變乾淨。經營民宿不僅能吸引旅客到來，購買當地的物產。透過直接接觸，農民發現愈來愈多消費者詢問耕作物是否有機，因而更會思考轉型。反之，拜訪產地也讓消費者認識作物的眞面目。

保護土地也維護自己的健康，將來下一代才能繼續在此安身立命。老五深刻體認，有機無法一個人單獨完成，而是大家一起不用藥，整體環境才可能改善。

早些年，他在鄉間，聽過許多過度噴藥的可笑案例。比如，有人到葡萄園接葡萄，當場吃了二顆，嘴巴就痲了。還有一個更離奇，一位小偷摸進農園摘果物，偷了一陣後，結果當場倒地睡著了。莫非是太累了？非也，而是周遭剛剛才噴灑農藥，小偷在裡面待太久，被薰昏了。

經過他的不斷勸說，身體力行，時日一久，周遭的鄰人也發現，有機耕作的成本反而比噴灑農藥低，又對身體好，遂逐漸認同他的理念，放棄了慣行農業的栽種方法。如此，一個接著一個，好幾戶都跟他站在同一條陣線。

於是，六七位志同道合的農民相互合作，在這片簡窳之地悄然地組成了上安自然農耕隊。他們嘗試以及友善對待土地的方式，種出各種安全的蔬果和農產，宣揚生活中實踐環保的重要。

他們種的果實仍是附近的特產，只是梅子沒附近的青綠，葡萄亦不如豐丘的肥美。但這些農作對土地、對食用者、對生長在這塊土地和農耕的人，都是健康安全的。

以前我常疑惑，有機家園的夢想，在臺灣會不會是紙上談的兵？在這兒，在臺灣最不安穩最惡質的環境，一個從鄉野摸索土地倫理的民宿經營者身上，我隱然看到，這等彷彿不切實際的高遠理想，早已在默默地辛苦摸索，而且是從民宿的經營出發。

八八風災時，信義鄉再度遭到土石流重創，水里亦遭波及。坐落陳有蘭溪畔的老五民宿，還是農耕隊還安好嗎？後來得知此地無恙後才寬心。諸多熟悉的災區，卻特別關心它，無疑地，我們早把這裡，這棟偏遠小村的黑瓦白屋，當作生命裡很重要的旅次之地，也認定是未來偏遠山區理想家園的指標。

問題與應用

1. 從環保的角度看，你認為一家好的民宿應具備哪些條件？
2. 你能說說所謂有機耕種與有機飲食嗎？
3. 為什麼保護土地就能永續生存呢？請你說說看。

延伸閱讀

1. 劉克襄《十五顆小行星：探險、漂泊與自然的相遇》。
2. 陳冠學《田園之秋》。

林天祥、蔡舜寧編撰

奶油鼻子❶

廖鴻基

作者、題解

廖鴻基，臺灣花蓮人，公元一九五七年生。花蓮高中畢業後，曾擔任採購、養蝦工人以及縣議員助理等職。三十五歲時決定轉業，以討海為生，從捕魚、網魚到賞魚賞鯨，進而投入保護海洋的行列，並因此開始以海為主題的寫作。因為對海的認識與熱愛，一九九六年參與民間企業所贊助的「花蓮沿岸海域鯨類生態研究計畫」。從此對鯨豚生態進行調查工作，期間規劃賞鯨船，擔任海洋生態解說員。作者為了進一步關愛海洋環境，成立黑潮海洋文教基金會，擔任創會董事長，至今仍致力於臺灣海洋生態保育及教育工作。

本文〈奶油鼻子〉選自《鯨生鯨世》一書，其中描寫瓶鼻海豚與人互動的情形，就是從事鯨豚生態調查工作時，所記錄的多種鯨豚習性之一。文中所描述的「瓶鼻海豚」，作者起初以為，「牠們野性十足、機伶敏感，而且不會讓船隻稍稍靠近」，直到「牠的眼沒有挑釁、沒有侵略、沒有狡狎粗暴，我看到的是笑容，是頑皮真摯的笑容」，這期間不同觀感的轉變，是從實際體察得來的描

❶ 奶油鼻子是英文 Bottle nose 誤聽為 Butter nose。原為瓶鼻，此為奶油鼻子，是將錯就錯的翻譯。

繪。也由於這樣深刻的認知，將其所見所感，發爲筆端，書寫成臺灣海洋文學的新天地。

因此閱讀本文，讓我們對瓶鼻海豚多一分認識之外，同時也讓我們更懂得尊重海洋，以及關懷臺灣永續生存的重要性。

1

「尋鯨計劃」開始的前幾個航次，當船隻遠遠與一群海豚接觸，那時，我並不懂得如何來分辨看起來全像一個模子印出來的尖嘴海豚。船上有經驗的研究生會用英文喊出在船前跳躍、游走的海豚俗名。沒錯，我是聽到了「Butter nose」（奶油鼻子）這個名詞。

是喔，是喔！一下下露出水面的嘴喙及額隆，是那麼油亮光鮮而且短巧可愛，眞是一群滑膩黏溜的奶油鼻子。

2

後來，再遇見這個種類的一群海豚時，我學會分辨了。多麼得意的腔調，我指著牠們用中文高喊：「啊——奶油鼻子！」

我發現研究生們因爲我這一聲喊嚷而轉頭看我，一臉狐疑、詫異，好像在說：

「哪來的新名詞？」

原來是瓶鼻海豚——Bottle nose！不曉得是他們講得不好？還是我聽得不好？

之後，再碰到牠們時，很奇怪的是，儘管我已經知道牠們叫瓶鼻海豚，但是第一個浮現在我腦子裡的名詞仍然是奶油鼻子。

3

奶油鼻子是海洋育樂世界裡常見的明星，在表演水池裡，牠們隨著訓練員的手勢及哨音，做各種花俏的跳躍及類似馬戲表演的高難度特技動作。每一個項目表演完成後，牠們會從訓練員手裡得到一條魚做爲獎賞。

表演場裡，牠們是那樣溫馴、逗趣而且平易近人。

但是，當我在海上與牠們幾番接觸後，我深深覺得，牠們在水池子裡是戴著面具表演、是被迫扮演著不是自己的另一種角色，像歡場女子的笑靨往往只浮露在濃妝豔抹的表皮上。短暫表演過後，牠們就得在有限的空間裡徘徊躑躅。奶油鼻子似乎也懂得，那是不得不的生活。

4

在海上，牠們是如此的不同！

牠們野性十足、機伶敏感，而且不會讓船隻稍稍靠近。我們經常尾隨一群奶油鼻子，即使經過了兩個小時，牠們仍然和剛發現時一個模樣，只要船隻稍微靠緊，牠們便下潛不見蹤影，三、五分鐘過後，牠們浮出一段距離。氣就氣在那段不短不長的距離，彷彿牠們在表演時用來取悅觀眾的聰黠全用來在海上戲耍船隻，那是教人放棄可惜、想攀又攀不著的迷離距離。

就這樣，我們經常一陣追、一陣等，我們必須極有耐心的等待；而牠們似乎更有耐性。

牠們始終這樣不厭其煩地反覆逗弄船隻，黑龍船長常常被惹出火氣而破口大罵：「幹——裝彳肖啞、變猴戲……。」那眞是賊頭賊腦的一群「搞怪」海豚。我常常覺得牠們在一段距離外觀察我們、嘲笑我們，遠遠把玩、考驗著我們的修養和耐性。

倒是研究生們很興奮，他們說：「從來沒看過野生的。」我原本以爲奶油鼻子是一種最通俗、最容易見到及親近的海豚。

5 「尋鯨計劃」期中發表會前幾天，我們整理一個月來所拍得的照片，這期間所發現的六種鯨豚，大約都拍到了近身特寫照片，獨獨所有奶油鼻子的照片，都只是拍到點點小小、賊頭賊腦滑膩黏溜的遠景照片。

啊，誰說牠們平易近人？說牠們溫馴可愛？比較起來，其他種海豚也許一開始接觸時，也和奶油鼻子一樣採取和船隻隔開一段距離的策略，但通常在船隻尾隨一段時間後，或者在我們吹口哨、拍掌鼓噪用聲音傳達我們的善意之後，牠們在確認船隻沒有惡意下，通常就會改變行爲態度，而和船隻有了和善的對應。只有奶油鼻子！只有奶油鼻子不慌不忙，從頭到尾保持一貫的愼戒或者說一貫的耍弄態度。

我們曾經跟蹤一群奶油鼻子起碼超過了一個小時，各種可能表達善意的方法我們都試過了，口哨吹了又吹、響了又響，牠們理都不理，仍然那一副陰沉樣子，只把嘴尖、額隆少許露出在遠遠海面。船長吹響一陣沙啞的口哨後喘著氣說：「無法度咧，再吹下去強要斷氣了。」

研究生說，野生的瓶鼻海豚很兇，很少人敢下水和牠們同游。

6

過去討海時，有一次收完延繩釣回航途中，看到十數隻遠遠游在船頭。一陣子後，不見了，以爲牠們是離開了。

沒料到，就在船舷邊，一陣嘩啦水聲突起，那是駭人的近距離聲響，猛一回頭，是一隻牛一樣胖碩的巨獸，幾乎撞觸到船欄，躍起在舷牆邊。

牠身上有些刮痕，像個歷盡滄桑的沙場武士，牠瞪看著我，兇狠、狡黠，十分展現牠突襲、挑釁的氣勢。

7

有一次搭飛機上臺北，在松山機場下機後走向出口，走道屋簷外十數架龐大客機頂著鼻尖朝向簷內，隆隆響著引擎音爆，彷彿壓藏著的無限動力隨時就要爆發，就要脫韁衝出。我突然興起一股似曾相識的知覺。

走著、走著，一直走到出口閘門外才想起來，這些飛機像極了一群野生的奶油鼻子。

8

奶油鼻子應該個性火爆、孤僻，牠們很少像其他種海豚那樣集結成大群體，牠們總是十來隻一群，像是極富侵略性、破壞性的小游擊隊，也像是血氣方剛的青少年狂飆族，牠們四處襲擾，四處拈惹生事。

資料上說，牠們經常侵犯別種海豚，而有許多雜交種的紀錄。

計畫末期，秋風漸起陣陣拂刮海面，陽光燦麗熟黃，空氣中隱約一股孕育熟成的氣息。

那一天，我們在石梯港外海遇見一群花紋海豚，那是至少有兩百隻以上的大群體。這群花紋海豚和過去遇見的不同，牠們分離成七、八隻一組，幾乎放眼可見的所有海域全是牠們的小組群體。

小群體裡總有一、兩隻翻腹仰游，其餘五、六隻猴急地在四周湧動，牠們大力拍尾，激起片片水花。牠們應該是在交尾，牠們在逞勇、示威，以博得交尾的機會。

這頭一片熱情水花，一段距離外，又見一圈激情浪漫。整個海域全籠罩在一片纏綿溶融的氣息裡。

應該不干奶油鼻子的事，這是花紋海豚的交配盛會，但是，兩、三隻奶油鼻子一組，匆匆忙忙，牠們在激情的各個圈圈間忙碌穿梭，像是百花盛開季節在花朵間穿刺忙著採花蜜的蜂蝶。

牠們是採花賊，色瞇瞇模樣，這頭碰一下，那頭沾一下，彷彿終於逮到機會的毛躁小伙子，強要在別人的歡愛場合裡沾點甜頭。

我好像看到牠們狎邪的表情，那樣粗魯、急躁地到處拈花惹草。

9

計畫結束前，終於遇上了一群約五十隻左右的奶油鼻子，群體中有許多母子對，我知道這是一次近距離接觸牠們的大好機會。船隻緊緊跟住牠們，緩緩旁行。

我站在船尖鏢臺上。

先是一陣高頻尖銳的哨聲綿綿刺在耳膜上，像是耳鳴，嗶嗶剝剝，像是大鐵鍋裡翻炒著砂礫，又像是刀鋒刮在凹凸不平的玻璃上，那聲音讓人有點暈眩。

看到了！是兩隻狀碩的奶油鼻子擦過船尖，在鏢臺下躍出水面。這是兩個月計劃中奶油鼻子第一次主動靠近船隻。兩隻躍起後，輕巧地拍落水花，不知牠們是如何辦到的，拍落水面的剎那旋即翻身朝牠切入的方向飛快離去。

又一陣耳鳴爆響，另兩隻刺切進入船尖下，牠們翻身轉向極快，一下船左、一下船右，在船尖前彎繞蛇行。我在鏢臺上左探、右探，眼光抓緊騎在牠的背上，但常常被牠騰翻甩落如何也跟不上牠。

我很想高聲大喊：「看嘛——牠只是野一點並不那麼壞。」

看嘛，看嘛！最多時，我數到五隻，牠們也願意和船隻親近。

像五條銹紅色絲巾在水面下御風飄搖。牠們在鏢臺下立體疊游，匯聚成尖椎型的群體，替船尖穿刺水流。我覺得是五匹駿馬在船頭拉車開路，縱然手上沒有韁繩，我也可以感受到臨風奔騰的快感。

嘈嘈嚷嚷的聲音一直貼嚮在耳膜，不曉得牠們在說些什麼？有一隻翻身浮上水面，身體左右搖擺翻轉，一下左眼看我，一下換成右眼看我。彼此在飛快的速度上默默對看。

牠的眼神裡沒有挑釁、沒有侵略、沒有狡狎粗暴，我看到的是笑容，是頑皮眞摯的笑容。

我感覺到內臟都在融化，牠的眼神、笑容全像一泓清水流入胸腔，我好想放下相機高聲狂嘯——這才是我心目中眞眞實實的奶油鼻子。

10

沒有僞裝和面具，牠們隨意離去。遠遠的，那隻和我在船前心神交融的奶油鼻子，用驚人的爆發力跳出驚人的高度，連續三次，像是在跟我說：「再見了！我的朋友！」

問題與應用

1. 你對海豚的了解有多少呢？
2. 海豚與人類的關係你能說說嗎？

延伸閱讀

1. 廖鴻基《討海人》。
2. 廖鴻基《來自深海》。
3. 劉克襄〈雲豹還在嗎？〉
4. http://zh.wikipedia.org/w/index.php?title=%E5%8F%B0%E7%81%A3%E9%9B%B2%E8%B1%B9&variant=zh-twenanimal.tesri.gov.tw

林天祥、蔡舜寧編撰

小水滴遊高屏溪

曾貴海

作者、題解

曾貴海，公元一九四六年出生於屏東佳冬鄉客家庄，是醫生也是詩人，曾經發行雜誌《文學台灣》，一生致力於支持臺灣本土文學運動和生態環境保護，有「綠色教父」之稱。曾組織「衛武營自然公園促進會」，鼓吹「綠色之夢」，使六十六公頃的軍營改變成自然公園。後來又發起「保護高屏溪運動」、「大河之愛」，為避免美濃水庫毀滅美濃客家文化，多方奔走尋找改善大高雄水源的替代方案。著有詩集《鯨魚的祭典》、《高雄詩抄》、《台灣男人的心事》、《原鄉．夜合》，以及綠色行動紀錄散文《被喚醒的河流》、《留下一片森林》。

本文將自己模擬為加州海邊的小水滴，參加一次亞洲之旅，遊歷南臺灣的高屏溪。沿途欣賞著臺灣的花草樹木、山川河流……，卻也目睹著環境污染與生態環保的破壞。最後小水滴祈望不要把破敗的未來交給後代子孫，而是讓子孫仍然擁有美麗的世界。

課文

海的大家庭不像人類社會，將土地瓜分成一百多個國家，常常爲了爭奪疆界而戰爭。海水眞是四海一家，海洋中有許多洋流像血液循環著地球的表面以一定的途徑流動，並翻滾著海洋的食物鏈及魚群，像聖誕老人般把海洋資源定期帶向世界各地。臺灣的黑潮❶不就是在冬季把烏魚帶給臺灣，成爲移民與貿易的一種歷史誘因嗎？

信風把加利福尼亞洋流、北赤道洋流、黑潮及北平洋洋流吹成一個循環圈。加利福尼亞小水滴本來是加州海邊的一滴海水，因爲好奇，聽說海流將有一次亞州之旅，最主要的旅站是南臺灣的高屏溪。廣告文宣上提醒水滴們：如果現在不去，亞州有些國家的河流將成爲斷河，像中國的長江、黃河和臺灣的濁水溪、高屏溪，以後可能沒有機會去那裡觀光。

那年初夏，加利福尼亞小水滴終於隨海洋旅行團東遊，經過北赤道洋流後隨

❶黑潮：又稱日本暖流，是太平洋洋流的一環，也是北太平洋流速最強的海流。自菲律賓開始，穿過臺灣東部海域，沿著日本往東北向流，在與親潮相遇後，匯入東向的北太平洋洋流。黑潮得名於其海水的顏色較深，這是因爲其所含之雜質與營養鹽較少，陽光穿透過水面，較少被反射回來。黑潮行經臺灣東部海域之後，在臺灣東北外海形成良好的漁場，至於其發電之潛力，也因距離臺灣海岸較近，值得作深入之評估。

黑潮到達臺灣海峽。

小水滴和同伴們拚命往上浮，被陽光蒸發成更小的水滴，與遊伴們搭上海峽上空的浮雲，在天空中飄浮了幾天，才被西南季風吹往陸地上空。首先映入眼簾的是一大片平原，那片平原在地理上原本處於馬緯度無風帶，應該是淒涼旱地，但眼前看到的卻是閃爍著金色陽光的綠色版圖，小水滴一直以為加州是世界上最美麗的地方，但他看到臺灣島國時不得不驚嘆，導遊告訴他們臺灣五分之三的土地被高山覆蓋，三千公尺以上的高山共有二百六十多座，每座山都是隔離的生態家庭和水源庫，這就是臺灣成為綠色世界的原因。而且，從山頂到平原不到四千公尺的落差就有四千多種植物，平均不到一公尺有一種以上的植物，這就是大自然鍾愛臺灣的恩賜。

小水滴隨雲堆飄蕩，他看到山上佈滿繁複的林相和花草樹木。高山上有臺灣冷松、鐵杉、玉山圓柏和滿山的杜鵑，讓他看得傻眼。忽然間，雲堆碰上一座巨大的樹林，那就是臺灣紅檜和扁柏組成的高山霧林帶。小水滴和遊伴們沾上了扁柏的葉片慢慢循著樹身流下，他也聽到森林下面的細流和地下水流的腳步聲，終於踏上高屏溪之旅的第一站。小水滴和遊伴們游進森林社會含水層四通八達的水路密道，那裡有許多泥土、樹根、藻茵和生物。他們親切的歡迎小水滴，並帶他四處參觀這個亞熱帶森林的地底世界。小水滴在那兒玩了幾天流向一條細小的涓流。一路上，他靜靜地欣賞挺拔優雅的巨木，森林裡的飛鳥和美麗的花草。導遊說不久將經過一段隧道，說著說著，眼前一暗，小水滴已經進入地下水的航道，潛行在黑暗中，無限寧靜地流了一段時間後，突然轟然大響衝出岩隙，形成水花四濺的瀑布，從幾十公尺的高處往下面的水潭激射，摔得頭昏眼花，終於穿過森林走向人類社會。

導遊告訴團員們盡量欣賞美麗的上游，往後還有一艱辛的路要走。從四面八方匯集而來的小水滴們一路上互相交換上游旅程的經驗，小水滴才瞭解這條河流大約長一百七十多公里，是全臺灣最大流量與流域面積的河流。這條河共匯集了四條主要支流，包括楠梓仙溪❷、荖濃溪❸、濁口溪❹和隘寮溪❺。楠梓仙溪和荖

❷楠梓仙溪：又稱旗山溪，位於臺灣南部，爲高屏溪支流，主流河長一百一十八公里，流域面積八百四十二平方公里，分佈於嘉義縣東端及高雄市東北半葉的西部。依據〈野生動物保育法〉，目前臺灣成立了「楠梓仙溪野生動物保護區」，位於高雄市那瑪夏區的楠梓仙溪及其支流，設置的目的是爲了保護當地淡水魚類及其棲息環境。

❸荖濃溪：位於臺灣南部，在高屏溪的主流上游，河長一百三十三公里，分布於高雄市東部、屏東縣北部、臺東縣西端一小部分及南投縣南端一小部分。荖濃溪流域山高水長，優美的景點極多，沿途的公園、遊樂區、溫泉……等都極能吸引旅遊人潮。

❹濁口溪：位於臺灣南部，屬於高屏溪水系，河長五十五公里，流域面積五百二十九平方公里，爲荖濃溪第二大支流，主流流域涵蓋高雄縣茂林鄉、桃源鄉，在大津附近加入荖濃溪河系。本流域有多處旅遊景點，適合從事休閒活動。

❺隘寮溪：位於臺灣南部，屬於高屏溪水系，河長六十九公里，流域面積八百二十九平方公里，爲荖濃溪最大支流，分佈於屏東縣北部與臺東縣西側一小部分。隘寮溪有條河堤車道，深受旅遊者喜愛，全長約二十四公里，東起隘寮、南至九如，沿途可見美好之風光。

濃溪從玉山傾流而下，濁口溪則從較低的卑南山及出雲山流來，而隘寮溪發源於遙拜山和大武山，這些山都是臺灣原住民的聖山和傳說中神的家鄉，許多原住民的祭典及歌謠虔誠的歌頌森林之神的偉大與恩典。上游住有南鄒和布農，魯凱和排灣則散佈濁口及隘寮溪。其中還有一種目前已從臺灣消失的平埔族，他們的後代現在遺落在旗山附近，被漢人溶化掉了。下游則住滿了後來移民自中國的河洛人、客家人、外省人、大陳人。這條河流養了這麼多不同族群的人，才被稱爲屏東平原的母親之河，又叫族群共和溪。

上游的原住民們幾千年來都是河流的好朋友，他們從小到老與河流相敬如賓，他們親近河流，偶爾會到河裡捉魚，卻很少放毒捉魚，不像平地人，一天到晚毒魚電魚。原住民也敬畏河流，他們常常告訴孩子們說：「河流走過的地方，以後還會再來。」有時候，雨下得太大，河流眞的往原住民村落沖過去，因此他們不敢隨便佔領河流走過的道路，不像漢移民，拚命砍伐高山森林，種植高冷蔬菜，上山時猶如蝗蟲過境，下山時垃圾留滿地，漢人永遠不會明白原住民們幾千年來與河一家的生存方式與道理。

這些原住民都是歌唱家和藝術家，特別是魯凱族和排灣族。他們的木雕藝術絕美，也很愛把自己裝飾成八色鳥的模樣。他們是臺灣人種中仍然保有原始眞誠的族群。小水滴還看到了許多特有種的高山花朵，像臺灣百合從高山上像希望的白喇叭一路盛開到平原。一葉蘭則孤絕冷傲的生長在霧林雲海中的濕冷岩壁，其他如玉山杜鵑、玉山薄雪草和玉山石竹等，這些花木都在六月開始綻放，這次旅途正好碰上花季。小水滴最感動的是看到山坡上玉山杜鵑綻開的整片花海，構成臺灣山與花的大自然樂章。

小水滴也碰到一些加州河流沒有看過的魚類，像高身鯝魚❻、馬口魚❼、臺灣石斑魚等，這條溪住有六十八種魚類，一百二十八種鳥，但他非常遺憾看不到聞名全球的帝雉。

小水滴沿著荖濃溪這條支流下來，經過高雄縣的桃源鄉後，很快地流向下游的都市化農村，開始了導遊所謂的苦難之路。小水滴到達旗山美濃時，首先聞到一股腥臭，導遊說那是人畜的屎尿，這是海洋世界所沒有的；愈往下游，河流也逐漸灰濁，胸口開始窒悶，旅伴們大都呈現輕微缺氧。四大支流在嶺口會合成一條大河。過了嶺口，除了屎尿味外，也聞到一些化學酸鹼的惡味，聽說是兩岸化學工廠排放的。小水滴開始些微中毒，心中直喊快點快點，快到出海口。在昏沉

❻高身鯝魚：臺灣特有的淡水魚類，一般稱爲「高身鏟頜魚」，體長二十至三十公分左右，有些體長甚至可達五十公分。分布於臺灣東部的卑南大溪、太麻里溪及南部的高屏溪中游流域，以藻類及水生昆蟲爲食。目前，高身鯝魚已瀕臨絕種，屬於受保育的魚種。

❼馬口魚：鯉科魚種，屬於初級淡水魚，性喜低溫而清澈的水域，棲息在河川中、上游及支流。在臺灣，馬口魚爲最主要的溪釣種類之一，原本分布在西部各水質清澈之河川，經人爲引入後，東部某些河川亦可見此魚。

狀態中，突然撞上一片蘭花瓣，花朵的幽香沁出了這片土地特有的香氣，小水滴精神一振，爬上花瓣一齊往下游，原來那是一葉蘭的花瓣，小水滴慶幸坐上這艘諾亞方舟。其實這只是苦難的開始。再往下游，污染物充滿河川，小水滴沾滿全身，奇癢無比。有些可能是致癌物質，是一些工廠委託偷採砂石的人在採盜砂石後埋入河床的凹坑內，然後慢慢的滲進河水，前陣子美濃附近的河床不是發現了三千多桶化學廢棄物嗎？

小水滴在花瓣上載沉載浮地衝向出海口，要不是一葉蘭的香氣，早已休克昏迷。他迷迷糊糊的看到有人埋暗管排放毒水，把廢水打入地下，有人不分晝夜的挖採砂石，甚至挖到六公尺下面的黏土層，使河床裸露出，也有幾座綿延近一公里的垃圾河岸。反正人類不想要的或用過的，不管有毒或無毒，都往河裡丟。小水滴想不通，生長在這條河流上游的人類跟下游的人類爲什麼有這麼大的差別。下游的人難道沒有組成所謂的「政府」和社會嗎？爲什麼允許人類公民做出這種行爲？小水滴恍恍惚惚地拚命向前游，腦海中簡直不敢想像這裡的人民品質和內在心靈到底出了什麼差錯，他們和政府都是共犯嗎？

小水滴在下游發現了一個令人驚奇的現象，下游的魚類變得很少，只看到兩種強勢魚叫做吳郭魚和溪哥❽。在高屏大橋的迴流處，河面長滿了布袋蓮，幾

❽溪哥：初級淡水魚。常棲息於河川的中、下游及溝渠中水流較緩的潭區或淺灘。溪哥是臺灣的特有魚種，爲臺灣河川最主要的溪釣種類之一，屬於極爲普遍的食用魚。

十隻紅嘴的吳郭魚每隔幾分鐘就一齊竄上來，在水面上猛吸幾口氣，然後迅速下沈，一直重覆同樣的動作，原來是水中氧氣稀薄，只好用這種方式生存。

有一天下午，小水滴看到河床上有一群人手中拿著相機和紙筆，後面跟著一些記者和學者，他們正在紀錄高屏溪的生命象徵。這一群人聽說是什麼保護高屏溪綠色聯盟、美濃愛鄉協進會、鳥會和濕地保護聯盟的生態保育成員；六年來他們一直呼籲復活高屏溪，要求政府和人民停止迫害奄奄一息的河川。這些人還拍攝紀錄片、出書，並邀集官員民代到河流懺悔，也開過不止百次的會議，現在他們還在喊著關懷著，但高屏溪仍然躺在污染與破壞的加護河床內。

加利福尼亞小水滴衝到出海口碰到海水時，慶幸自己逃過一劫，他深深地感謝上帝和一葉蘭，但一葉蘭花瓣卻被污染成黑色，經不起污濁凡界的摧殘枯萎死去。潔淨的靈魂眞不容易在這兒生存，這個下游社會應該怎麼辦？

這次旅遊的代價太大了，幸好已經回到大海，馬上就要順著黑潮，轉搭北太平洋流回到加利福尼亞海邊，他默默地注視著死去的一葉蘭，那瓣臺灣土地聖潔的花瓣，願您安息！

小水滴想著，地球上任何地方的土地和河流本來都是美麗清淨的，會變成污穢醜陋都是主宰地球生界的人類所造成。他們的異常行爲與價值觀，必定逃不過佛教輪迴思想的因緣果報。土地與海洋本是一家，當土地不再接受海洋的滋潤，河川將乾枯，田原將荒蕪。小水滴祈望從現在開始，人們不要再談理論和開支票，眞正去愛這條河流，禁止所有污染的東西進入河川，也不要讓可怕的下游人種進入河川，使河川生養休息十年，否則這裡的人類只有繼續蓋水庫，阻斷水滴們回到大海懷抱的路，使河川成爲斷流，大地上草木不生花不開而鳥飛絕。

小水滴祈望不要把破敗的未來交給後代子孫，讓子孫們詛咒我們的自私與殘酷。願全人類的子孫出生時能夠擁有仍然美麗的世界，一張開眼就會感謝祖先的恩澤和生命的喜悅。

一九九九年一月

問題與應用

1. 請就你生長的周邊環境，仔細觀察其破壞程度與保護成效如何？
2. 你是否看過生態保育的相關紀錄片？其印象是否與〈小水滴遊高屏溪〉的所見所聞類似？

延伸閱讀

1. 張瀚元：《當青蛙來敲門——新店溪左岸的溼地故事》，臺北：左岸文化出版社，二〇〇五年十二月。
2. 齊柏林導演：電影「看見臺灣」，二〇一三年十一月。

梁淑芳編撰

Note

Note

國家圖書館出版品預行編目資料

大學國文／黃寶珊等編撰. ——初版. ——
臺北市：五南, 2014.09
面： 公分
ISBN 978-957-11-7813-4（平裝）
1.國文科 2.讀本
836 103017278

1XBJ 國文系列

大學國文

作　　者 — 黃寶珊、王翠芳、吉廣輿、李幸長、吳銘宏、林天祥、梁淑芳、鄭瓊月、劉怡廷、蔡舜寧、賴慧玲
發 行 人 — 楊榮川
總 經 理 — 楊士清
副總編輯 — 黃惠娟
責任編輯 — 蔡佳伶
封面設計 — 黃聖文
出 版 者 — 五南圖書出版股份有限公司
地　　址：106台北市大安區和平東路二段339號4樓
電　　話：(02)2705-5066　傳　　真：(02)2706-6100
網　　址：http://www.wunan.com.tw
電子郵件：wunan@wunan.com.tw
劃撥帳號：01068953
戶　　名：五南圖書出版股份有限公司
法律顧問　林勝安律師事務所　林勝安律師
出版日期　2014年 9 月初版一刷
　　　　　2018年 8 月初版八刷
定　　價　新臺幣420元

※版權所有．欲利用本書全部或部分內容，必須徵求本公司同意※

凝煉知識品味閱讀